Wolf S. Dietrich

Kühle Brise

Handlung und Figuren dieses Romans entspringen der Phantasie des Autors. Ebenso die Verquickung mit tatsächlichen Ereignissen. Darum sind eventuelle Übereinstimmungen mit lebenden oder verstorbenen Personen zufällig und nicht beabsichtigt. Nicht erfunden sind bekannte Persönlichkeiten, Personen der Zeitgeschichte sowie Institutionen, Straßen und Schauplätze in Cuxhaven, Bremerhaven und im Umland.

Originalausgabe Januar 2018
Zweite Auflage Februar 2018

Tel.: 0561/766 449 0, Fax: 0561/766 449 29

Titelfoto: © Biker – Fotolia.com
Druck: Totem, Inowroclaw, Polen

ISBN: 978-3-95475-152-5
www.prolibris-verlag.de

Wolf S. Dietrich

Kühle Brise

Cuxland Krimi

Prolibris Verlag

Der Autor

Wolf S. Dietrich studierte Germanistik und Theologie und arbeitete als wissenschaftlicher Mitarbeiter an der Universität Göttingen. Dann war er Lehrer und Didaktischer Leiter einer Gesamtschule. Er lebt und arbeitet heute als freier Autor in Göttingen und Cappel-Neufeld bei Cuxhaven. *Kühle Brise* ist sein siebzehnter Krimi im Prolibris Verlag und der sechste, der im Cuxland spielt. Der Autor ist Mitglied im Syndikat, der Autorengruppe deutschsprachiger Kriminalliteratur.

Mehr Informationen zum Autor unter: www.literatur-aktuell.de

1

2017

Wortlos betrat der alte Mann den Verkaufsraum der kleinen Bäckerei, drängte sich an der Kundin vorbei, die gerade bedient wurde, und steuerte auf einen der Sessel zu, die zu dem Ensemble aus drei Tischen, einem Ecksofa und vier Stühlen gehörten. Am frühen Vormittag ließen sich hier selten Kunden nieder, um Kaffee zu trinken oder ein belegtes Brötchen zu verzehren. Und sollte sich doch einmal jemand an den Stammplatz des alten Övenhorsts setzen, musste Annika ihn an einen anderen Tisch bitten. Ohne hinschauen zu müssen, wusste sie, dass sich der Hauseigentümer in den Sessel fallen lassen, nach der bereitliegenden Zeitung greifen und sie geräuschvoll aufblättern würde. Sie reichte die Tüte mit den Brötchen über die Theke, nannte den Preis und nahm das Geld entgegen. »Auf Wiedersehen, Frau Icken, einen schönen Tag noch!«

Als die Kundin den Laden verlassen hatte, begann Annika, das Frühstück für den Gast vorzubereiten. Kaffee, Milch und Zucker, ein Croissant, ein Brötchen mit gekochtem Schinken, frisch belegt. Sie seufzte unhörbar. Gerhard Övenhorst nahm jeden Tag das Gleiche, schüttelte den Kopf über das, was er in der Zeitung las, die hier auslag, und verließ die Bäckerei, nachdem er alles verzehrt hatte, ohne ein Dankeswort und ohne zu bezahlen. Später, wusste Annika, würde er einige Zeit in der Spielothek bei René Müller verbringen und gegen Mittag die benachbarte Kneipe aufsuchen, um sich das Tagesgericht und ein Bier servieren zu lassen, wofür er ebenfalls nicht zahlen würde.

Maksym Melnik, der Pächter, stammte aus der Ukraine und hatte denselben Fehler begangen wie René und auch Timo, Annikas Mann. Sie waren auf das scheinbar großzügige Angebot von Öve, wie er im Viertel genannt wurde, eingegangen, hatten Pachtverträge unterschrieben, die mit einem Kredit verbunden waren. Für die ersten Monate waren weder Rückzahlung noch Zinsen fällig, und die monatliche Belastung war vergleichsweise niedrig. Danach aber stiegen Zins und Pacht in die Höhe. Inzwischen waren Timo und Annika so hoch bei Öve verschuldet, dass nach Abzug ihrer Verpflichtungen ihm gegenüber kaum genug zum Leben blieb. Obwohl sich die Kundschaft zufrieden zeigte und der Umsatz stieg, gelang es ihnen nicht, die Schuldenfalle zu verlassen.

Einige Zeit hatten sie sich der Illusion hingegeben, das Problem könnte auf natürliche Weise aus der Welt verschwinden. Övenhorst war gestürzt und wegen eines gebrochenen Oberschenkelhalsknochens ins Krankenhaus gekommen, wo er sich eine Infektion zugezogen hatte, die wiederum Herzprobleme zur Folge hatte. Eines Tages war eine Dame in der Bäckerei erschienen und hatte sich als seine Tochter vorgestellt. »Es sieht nicht gut aus«, hatte sie gesagt, aber nicht den Eindruck erweckt, als sei sie deswegen sonderlich besorgt. »Wir müssen mit allem rechnen.« Annika und Timo hatten ihre Anteilnahme ausgedrückt, der Frau Genesungswünsche für ihren Vater mitgegeben und sich, nachdem sie gegangen war, hoffnungsvoll angesehen. »Wenn die Tochter das Haus übernimmt, wird bestimmt alles besser«, hatte Annika gemurmelt. Timo war skeptisch geblieben. »Abwarten.«

Er hatte Recht behalten. Nach fast einem Jahr war Övenhorst mit einem Herzschrittmacher aus dem Krankenhaus zurückgekehrt und hatte seine morgendlichen Besuche in der Bäckerei wieder aufgenommen. Seine Bewegungen waren etwas schwerfälliger geworden, außerdem benutzte er eine Gehhilfe, die er demonstrativ an den Tisch lehnte, wenn er sich auf seinem Stammplatz niederließ.

Annika hatte das Brötchen wie gewohnt üppig belegt, ein Croissant daneben platziert, frischen Kaffee abgefüllt und alles auf einem Tablett arrangiert. Mit angehaltenem Atem trug sie es zu ihm hinüber, murmelte »bitte sehr« und kehrte rasch hinter den Tresen zurück. Der Gast verströmte einen unangenehmen Geruch, der sie an faulende Kartoffeln in einem muffigen Keller erinnerte.

Övenhorst musste im Geld schwimmen, schließlich hatte er nicht nur die Geschäftsräume im Erdgeschoss, sondern auch ein Dutzend Wohnungen in den oberen Etagen vermietet. Er selbst bewohnte die kleinste von allen. Sie befand sich auf der Rückseite des Hauses, neben der Spielothek, die ebenfalls zu seinem Imperium gehörte. Außerdem besaß er ein weiteres Geschäftshaus in der Fußgängerzone und eine Barkasse im Hafen, mit der Touristen zu den Seehundsbänken geschippert wurden. Trotz der Einnahmen daraus sowie aus Vermietung und Verpachtung, die Annika auf mindestens zwanzigtausend Euro monatlich schätzte, kam der Hausbesitzer wochenlang in derselben abgewetzten Hose und im selben verwaschenen Hemd in die Bäckerei. Seine Schuhe waren ausgetreten, und die graubraune Jacke, die er zu jeder Jahreszeit trug, hatte auch schon bessere Tage gesehen. All das hätte sie nicht gestört, wäre da nicht dieser Geruch gewesen. »Alte ungewaschene Männer riechen so«, hatte Timo ihr erklärt und mit den Schultern gezuckt, als sie sich bei ihm beklagt hatte. »Kenne ich von meinem Opa.«

Die Ladentür wurde geöffnet, eine ältere Dame aus der Nachbarschaft und ein junger Mann betraten den Verkaufsraum und unterbrachen Annikas Gedankenfluss. Weitere Kunden erschienen, Annika musste sich auf deren Wünsche konzentrieren und verschwendete keinen Gedanken mehr an Öve. Am Rande bemerkte sie, dass er sein Frühstück beendet hatte und den Laden, wiederum grußlos, verließ.

Gerhard Övenhorst humpelte durch die Fußgängerzone. Sein Ziel war ein Wohn- und Geschäftshaus an der Nordersteinstraße. Er hatte es vor Jahren günstig erworben. Nach dem Abriss des Karstadt-Kaufhauses war auf dem Weg zum Kaemmererplatz eine hässliche Brachfläche entstanden, die den Eindruck vermittelt hatte, die Geschäftszeile sei hier zu Ende. In der Folge waren einige Betriebe aus der Nachbarschaft in die Insolvenz und die Immobilienpreise in den Keller gegangen. Eins der leer stehenden Gebäude hatte er gekauft, die Geschäftsräume ungenutzt gelassen und die übrigen Räume hauptsächlich an osteuropäische Arbeiter vermietet. Innerhalb von drei Jahren waren die Ausgaben für den Kauf wieder hereingekommen.

Unter den Bewohnern hatte er ein Brüderpaar gefunden, das bereit war, gegen ein entsprechendes Entgelt zahlungsunwillige Mieter zur Räson zu bringen oder hinauszuwerfen. Außerdem halfen sie bei Bedarf auf der *Kühlen Brise* aus, der Ausflugs-Barkasse, mit der er an Touristen verdiente. Die beiden ehemaligen Hafenarbeiter hatten wegen gemeinsamer Eigentumsdelikte eingesessen und waren auf Bewährung. Ihre Freiheit hing davon ab, dass er ihnen einen festen Wohnsitz und ein Arbeitsverhältnis bescheinigte. Sie hatten die Bewohner, die ohnehin keinen Mietvertrag besaßen, an die Luft gesetzt. Nachdem das Haus vollständig entmietet war, hatte er es saniert und modernisiert.

Inzwischen war die Baulücke an der Nordersteinstraße durch eine moderne Geschäftszeile geschlossen worden und Övenhorst hatte begonnen, Läden und Wohnungen seines Gebäudes zu vermieten. Mit ordentlichen Verträgen, aber zum höchstmöglichen Mietzins. Und mit bewährter Steigerungsklausel. Niemand war gezwungen, das zu akzeptieren, doch er hatte immer Menschen gefunden, die dazu bereit waren. Das würde auch für dieses Haus gelten. Noch standen die Räume leer, aber für die Geschäftsräume im Erdgeschoss hatte er bereits einen Vertragspartner, und es gab Interessenten für die freien Wohnungen, bevor er sie überhaupt inserieren konnte.

Heute würde er das erste Apartment im Dachgeschoss übergeben, obwohl in den Läden die Handwerkerarbeiten nicht abgeschlossen waren. An eine offensichtlich gut situierte alleinstehende Dame. Sie dürfte keine Probleme mit der steigenden Miete haben. Eine Stunde vor dem verabredeten Termin für die Aushändigung der Schlüssel stieg er die Treppe aus hellgrauem Naturstein zu den Wohnungen hinauf.

Unterhalb der Dachgeschosswohnungen begegnete ihm eine junge Frau, die höflich grüßte und an ihm vorbei die Treppe hinabeilte. Er hatte sie noch nie gesehen.

»Wer sind Sie?«, rief er ihr nach. »Was machen Sie hier? Wie sind Sie hier reingekommen?«

Sie blieb stehen, wandte sich um, stieg einige Stufen wieder hinauf und musterte ihn kritisch. »Wer will das wissen?«

»Ich bin der Eigentümer«, knurrte Övenhorst. »Und mich interessiert, wer in meinem Haus herumläuft.«

Ihre Miene entspannte sich. »Dann sind Sie der Vermieter von Frau Doktor Anderson! Ich werde bei ihr zur Untermiete wohnen. Ein Handwerker, ich glaube ein Maler, hat mich reingelassen, als er ging.« Sie nahm eine weitere Stufe und streckte die Hand aus. »Mein Name ist Solveig Vollmer. Ich wollte nur mal sehen, wo genau die Wohnung liegt.«

Övenhorst achtete nicht darauf. Er schüttelte den Kopf. »Untermiete ist nicht erlaubt. Suchen Sie sich etwas anderes!«

»Frau Anderson bittet selbstverständlich um Ihre Zustimmung und hat eine entsprechende Erklärung vorbereitet. Sie brauchen nur zu unterschreiben.«

»Das wäre ja noch schöner!« Övenhorst hob die Stimme. »Ich unterschreibe nichts, was nicht von mir oder meinem Anwalt stammt. Untervermietung kommt nicht infrage. Basta!« Er wandte sich zum Gehen. »Und Sie verschwinden jetzt«, rief er über die Schulter.

»Sie können die Erlaubnis zur Untervermietung nur verweigern«, widersprach die Frau, »wenn die Wohnung dadurch überbelegt wird oder besondere Gründe gegen meine Person sprechen.«

Övenhorst fuhr herum und hob seine Gehhilfe. »Was ich kann und was ich nicht kann, entscheide ich, und sonst niemand. Merken Sie sich das!«

»Nach Paragraf fünfhundertvierzig BGB ...«

»Kommen Sie mir nicht mit Paragrafen!«, schrie Övenhorst wütend und stieß mit seiner Krücke nach der Frau. Er traf sie am Brustbein. Sie geriet aus dem Gleichgewicht, ruderte mit den Armen, verfehlte das Geländer, stürzte mit einem Aufschrei rückwärts die Treppe hinab, rollte und rutschte über die Stufen bis zur nächsten Etage, wo sie regungslos liegen blieb. Nur Unterschenkel und Schuhe waren zu sehen.

Unschlüssig starrte er auf die Beine der Frau, wartete darauf, dass sie sich bewegten und aus seinem Blickfeld verschwanden. Doch die Füße rührten sich nicht. Mit einem ärgerlichen Schnaufen nahm er eine Stufe abwärts, verharrte, stieg weiter die Treppe hinab. Schließlich stand er vor dem Körper der unbekannten Frau, die sich nicht rührte. Mit der Gehhilfe stupste er gegen eine ihrer Schultern. Der Kopf fiel zur Seite und gab den Blick frei auf eine Blutlache, die sich langsam auf dem Steinfußboden ausbreitete. Övenhorst entfuhr ein halblauter Fluch. Die Schweinerei würde sich nur schwer beseitigen lassen.

Noch einmal stieß er den Körper mit der Krücke an. Ein kaum wahrnehmbares Atemgeräusch entwich dem offenen Mund. Argwöhnisch beugte er sich über die Frau. Lebte sie noch? Ratlos betrachtete er das Gesicht. Plötzlich flatterten die Augenlider, öffneten sich.

»Hallo?«, rief er. Keine Reaktion. Unschlüssig verharrte er in gebeugter Haltung, starrte in die aufgerissenen Augen. Sie schienen ihn anzusehen. Sekunden später verloren sie ihren Glanz und erstarrten zu blickloser Entrücktheit.

Övenhorst richtete sich auf und umrundete vorsichtig das Hindernis, nahm die letzte Treppe zum Erdgeschoss und verließ das Gebäude über den Hinterhof. So rasch seine schmerzende Hüfte es erlaubte, eilte er zum anderen Haus zurück, ging jedoch nicht in seine Wohnung, sondern betrat nach einem kurzen Blick auf die Uhr die Spielothek.

René Möller war in Cuxhaven geboren und aufgewachsen, hatte etwa ein Drittel seines achtundvierzig Jahre währenden

Lebens im Knast verbracht und erst als Pächter von Övenhorsts Spielsalon zu einem regelmäßigen und dauerhaften Auskommen gefunden. Zwar kassierte der Verpächter den größten Teil seiner Einnahmen, aber René war genügsam, und durch gelegentliche zusätzliche Jobs im Auftrag seines Chefs ließ sich sein Einkommen so weit verbessern, dass er sein anspruchsloses Leben finanzieren konnte.

Als Övenhorst eintrat, sah er ihn überrascht an. »Moin, Chef. Ungewöhnliche Zeit, Chef.«

Sein Verpächter winkte wortlos ab und deutete zum Telefon. René nahm den Apparat aus der Halterung. Der Alte lehnte seine Krücke gegen die Theke, kramte ein zusammengefaltetes Stück Papier aus der Tasche und schob es René hin. Ein Name und eine Telefonnummer. »Soll ich wählen?«

Övenhorst nickte, René drückte auf die Tasten und reichte ihm das Telefon.

»Die Übergabe des Schlüssels muss verschoben werden«, sagte er ohne Begrüßung, als sich jemand meldete. »Auf morgen. Oder Sie holen ihn bei mir ab. Wiederhören.« Dann wählte er eine Mobilfunknummer, die er im Kopf hatte. »Schnapp dir deinen Bruder und den Bulli! Fahrt zum Haus! Nein, zum neuen. Einen Schlüssel für den Hintereingang findet ihr im Wagen. Im Treppenhaus, im ersten Stock, liegt etwas, das verschwinden muss. Und dann reinigt ihr die Stelle. Aber gründlich. Anschließend ruft ihr mich unter dieser Nummer an. Ich will wissen, ob alles erledigt ist.«

Er gab René das Telefon zurück, packte ihn am Kragen und zog ihn zu sich heran. »Ich bin seit einer Stunde hier. Merk dir das! Kann sein, dass man dich danach fragt. Vielleicht musst du's auch beschwören. Hast du mich verstanden?«

René nickte. »In Ordnung, Chef.«

Der Alte ließ ihn los. »Schreib dir Tag und Uhrzeit hinter die Ohren!«

»Mach ich, Chef. Sie können sich auf mich verlassen.« Er grinste, warf einen Blick auf den Kalender an der Wand, dann auf seine Armbanduhr. »Siebter August, neun Uhr. Sieben acht, neun. Kann man sich gut merken. Möchten Sie was trinken, Chef?«

»Ein Bier«, antwortete Övenhorst und deutete mit einer Kopfbewegung zu einem Automaten, der etwas abseits an der Wand hing. »Und schmeiß da was rein!«

René öffnete eine Flasche Flensburger, schob sie über den Tresen, verließ seinen Platz, zog eine Münze aus der Hosentasche und steckte sie in den Einwurfschlitz des *Merkur-Disc-Super*. Das Gerät ließ eine Tonfolge hören, seine bunten Scheiben setzten sich in Bewegung. Övenhorst griff nach seiner Krücke und stellte sich davor, eine Hand an der Stopptaste.

Den alten Spielautomaten mit elektromechanischer Technik, der 2001 noch von D-Mark auf Euro umgerüstet worden war, hätte er längst an einen Sammler verkauft, wenn Övenhorst nicht darauf bestanden hätte, daran täglich sein Spielchen zu machen. Die modernen Geräte mit ihren LED-Anzeigen und gewaltigen Klangkulissen verachtete er. Eigentlich war der Alte kein Spieler, sondern ein knallhart kalkulierender Geschäftsmann. Dabei war er so geizig, dass er sich weder einen eigenen Telefonanschluss noch ein Handy leistete, zum Telefonieren kam er zu ihm in die Spielothek oder ging in die benachbarte Kneipe. Dennoch gönnte er sich das Spiel am Automaten. Wahrscheinlich hatte er sich das als junger Mann nicht leisten können oder die Ausgabe gescheut.

Nachdem René an seinen Platz zurückgekehrt war, beobachtete er den Alten, der mit erstaunlichem Geschick die rotierenden Scheiben so oft an der richtigen Stelle zum Stillstand brachte, dass immer wieder Münzen laut klappernd in der Geldausgabe landeten. Bei jedem Gewinn stieß er ein zufriedenes Grunzen aus. Doch am Ende würde er die Spielothek mit leeren Händen verlassen, da der Apparat nicht mehr Geld ausspucken konnte, als man hineinsteckte. Den einen Euro, den René bei den Besuchen seines Verpächters in den Automaten werfen musste, erstattete ihm der Geizhals nicht. Für René war das kein Problem, denn der er besaß den Schlüssel und holte sich die Münzen in unregelmäßigen Abständen zurück.

Heute war Övenhorst früher gekommen als sonst, und René fragte sich, ob die Anweisung, sich an Datum und Uhrzeit zu erinnern, und die beiden Telefonate damit zusammenhingen. Anscheinend brauchte der Alte ein Alibi. So was kam vor, er kannte das. Aber der zweite Anruf, mit dem er Mike und Marco diesen geheimnisvollen Befehl erteilt hatte, gab ihm Rätsel auf. Offenbar musste im neuen Haus etwas weggeräumt und eine Verunreinigung beseitigt werden. Auch das war an sich nichts Ungewöhnliches. Doch in Verbindung mit der Alibi-Sache kam ihm der Auftrag seltsam vor. Es schien fast, als wäre eine Leiche wegzuschaffen. René musterte den Mann vor dem Geldspielautomaten. Övenhorst war kräftig, aber der schmale graue Haarkranz an seinem kantigen Schädel, die fleckige Kopfhaut und die langsamen und offensichtlich anstrengenden Bewegungsabläufe beim Gehen ließen sein Alter erkennen. Der Mann war über achtzig und wohl kaum in der Lage, jemanden umzubringen.

*

Wenn einer der Kowalski-Brüder vom Anblick der toten Frau überrascht war, so verbarg er es vor dem anderen. Sie beugten sich über sie, sahen sich an und zuckten mit den Schultern. »Wir brauchen eine Decke oder so«, stellte Mike fest. Marco verließ wortlos das Treppenhaus, ging zum Wagen und kehrte mit einer großen schwarzen Plastikfolie zurück.

Sie wickelten die Leiche in die Plane und trugen sie ohne nennenswerte Anstrengung die Treppe hinunter zum Hinterausgang. Nachdem sie sich vergewissert hatten, dass auf dem Hof kein Mensch zu sehen war und von den Fenstern und Balkonen der Nachbarhäuser niemand herüberschaute, verfrachteten sie das Paket in den Lieferwagen. Marco nahm Eimer, Schrubber und Feudel heraus und sah seinen Bruder fragend an. »Erst putzen?« Mike nickte, schloss den Wagen ab und ging voran.

Eine knappe Stunde später waren alle Spuren vom Ort des Unfalls beseitigt. Zufrieden betrachteten die Männer ihr Werk. Nahm man einen bestimmten Winkel ein und sah genau hin, blieb ein leichter Schatten erkennbar. »Das sieht man nur«, sagte Marco, »wenn man weiß, wo der Fleck war.« Sein Bruder nickte und gab mit einer Kopfbewegung das Zeichen zum Gehen.

Wenig später rollte der VW Bulli vom Hinterhof des Hauses. »Wohin?«, fragte Mike, als sein Bruder in die Holstenstraße einbog.

»Hafen. Aber nicht jetzt. Erst zu Öve.«

*

Als Mike und Marco die Spielothek betraten, hatte Övenhorst gerade die letzte Münze verspielt. Inzwischen waren etliche Besucher an den Automaten beschäftigt. Eine Kakofonie unterschiedlichster elektronisch erzeugter Töne erfüllte den Raum. Der Alte nahm seine Krücke und hinkte auf die Brüder zu. »Hier ist es zu laut. Wir gehen nach draußen.«

Die Fußgängerzone hatte sich gefüllt. Durch den Strom aus schlendernden Touristen, einkaufenden Einheimischen und hastenden Berufstätigen dirigierte er seine Männer zum Eiscafé an der Ecke zur Segelckestraße. Das *Da Dalto* war wie immer gut besucht. Övenhorst hielt es für eine Goldgrube. Es hatte nur den Nachteil, dass es nicht ihm gehörte. In den neunzehnhundertsiebziger Jahren hatte er versucht, mit Saverio Da Dalto ins Geschäft zu kommen, doch der Mann aus Venetien hatte eine Beteiligung abgelehnt.

Im gläsernen Raucherbereich gab es freie Tische. Abseits der übrigen Gäste ließen sie sich nieder.

Für Mike und Marco bestellte Övenhorst Espresso, für sich ein Glas Wasser. Nachdem sich die Bedienung zurückgezogen hatte, griff er in die Innentasche seiner Jacke und zog eine abgegriffene Brieftasche hervor. Er nahm zwei Hunderter heraus und schob sie über den Tisch. Rasch und wortlos ließen die Brüder die Scheine verschwinden. »Der Flur ist sauber«, berichtete Mike. »Die ... das ... Paket schaffen wir heute Nacht fort.«

Övenhorst kniff die Augenlider zusammen. »Aber so, dass es nicht wieder auftaucht. Ist das klar?«

»Selbstverständlich«, bestätigte Marco. »Wir bringen sie ... es ...«

»Das will ich gar nicht wissen«, unterbrach ihn der Alte. »Ich verlasse mich auf euch. Denkt daran, den Wagen hinterher gründlich zu reinigen!«

Die Brüder nickten. »Klar, Chef«, antworteten sie wie aus einem Mund.

»Dann ist ja alles gut.«

Nachdem die Bedienung Espresso und Wasser serviert hatte, leerte Övenhorst sein Glas. »Ein bisschen Kleingeld werdet ihr in der Tasche haben«, sagte er, nahm seine Krücke und stand auf. »Morgen meldet ihr Vollzug!« Ohne eine Antwort abzuwarten, verließ er das Eiscafé.

Die Blicke seiner Helfer folgten ihm, bis er in den Fleckenpüsterweg einbog und aus ihrem Sichtfeld verschwand.

Mike schob die Espressotasse von sich und winkte der Bedienung. »Zwei Grappa!«

*

Der blaue VW Transporter T3 aus den neunzehnhundertachtziger Jahren war genau das Fahrzeug, nach dem er gesucht hatte. Stumpfer Lack, rostige Stoßstangen und etliche Beulen störten ihn nicht. Viel wichtiger als solche Äußerlichkeiten waren eine gültige TÜV-Plakette und brauchbare Reifen. Was den Wagen vor allem auszeichnete, war das Fehlen einer Wegfahrsperre. Und er war günstig abgestellt. Der Parkplatz vor dem Bahnhof stand voller Fahrzeuge. Deren Besitzer waren mit dem Zug unterwegs oder im gegenüberliegenden Supermarkt, auf dem Wege dorthin oder kamen bepackt heraus und hatten nichts anderes im Sinn, als ihre Einkäufe zu verstauen. Niemand achtete auf seinen Nebenmann. Sascha würde nicht auf den Schutz der Dunkelheit warten müssen.

Er trug einen grauen Overall, in dem man ihn, würde er überhaupt wahrgenommen, für einen Handwerker hielte. Um die Tür auf der Fahrerseite zu öffnen, die Kabel für Zündung und Anlasser zu überbrücken und den Motor zu starten, benötigte er weniger als eine Minute. Niemand stellte sich ihm in den Weg, kaum jemand beachtete den T3, als er vom Parkplatz rollte. An der Ampel zur Einmündung auf die Konrad-Adenauer-Allee bog er links ab und folgte der B 73 stadtauswärts. Er durchfuhr den Kreisel, an dem die A 27 begann, und verließ ihn in Richtung Hamburg, passierte Altenbruch und erreichte schließlich Otterndorf. Hier bog er in eine schmale Seitenstraße ein, an deren Ende er sein Ziel fand. Eine leere Scheune. Er stieg aus, öffnete das Tor und sah sich um. Niemand war in der Nähe. Sascha fuhr den Transporter hinein, stellte den Motor aus und schob die Tür wieder zu. Dann zog er sein Handy aus der Tasche und wählte.

»Bin da«, sagte er, als sich sein Gesprächspartner meldete. »In eurer Scheune. Habe einen T3 gefunden.«

*

Die Kowalski-Brüder warteten schon in der Spielothek, als Gerhard Övenhorst am nächsten Morgen dort eintraf. Demnach hatten sie ihren Job bereits erledigt. Zufrieden nickte er ihnen zu und rief eine Bestellung in Renés Richtung. »Mach mal drei Biere auf! Für meine Freunde und für mich.«

René bejahte stumm, und Övenhorst humpelte heran, lehnte seine Gehhilfe gegen den Tresen. Er ergriff eine der Flaschen, die René auf die Theke gestellt und geöffnet hatte, und hielt sie hoch. »Zum Wohl! Auf die erfolgreiche Aktion!«

Zögernd tasteten Mike und Marco nach den Getränken, machten aber keine Anstalten, mit ihrem Chef anzustoßen.

Mit einer ruckartigen Bewegung ließ Övenhorst seine Flasche auf die Theke knallen, sodass das Bier aus dem Flaschenhals schäumte. »Was ist passiert?«, fragte er mit schneidender Stimme.

Mike breitete hilflos die Arme aus. »Der Transporter ist weg.«

»Wie weg?«, schnappte der Alte.

»Ganz weg«, ergänzte Marco. »Verschwunden. Geklaut. Mit Ladung.«

Övenhorst lief rot an und streckte die Hand aus. »Ich will die Hunnis zurück.«

2

2017

»Darf ich bei Oma und Opa schlafen?«, fragte die dreijährige Nele, als Marie Janssen in Otterndorf die Bundesstraße verließ und in den Sophienweg einbog.

»Ich weiß nicht«, antwortete sie zerstreut. »Papa kann dich heute Abend abholen.«

Nele schob die Unterlippe vor und zog die Stirn kraus.

Maries Gedanken waren bei der bevorstehenden Abschiedsfeier. Konrad Röverkamp hatte, nachdem seine Dienstzeit auf Antrag des Chefs verlängert worden war, nun endgültig die Altersgrenze erreicht. Da in den Polizeidienststellen Alkoholverbot herrschte, hatte Konrad Freunde und Kollegen in die Offiziersmesse des Marinefliegerstützpunktes Nordholz eingeladen. Heute würde Kriminalrat Lütjen ihm die Urkunde zur Versetzung in den Ruhestand überreichen. Der Chef hatte Andeutungen über einen möglichen Nachfolger gemacht, jedoch keine Einzelheiten preisgegeben.

»Ich möchte aber lieber bei Oma und Opa bleiben«, erklärte Nele bestimmt. »Opa hat ein neues Kaninchen.«

»Du hast mindestens zwei Stunden Zeit, dich mit ihm anzufreunden«, wandte Marie ein, verspürte allerdings wenig Neigung, das Thema Übernachtung mit ihrer Tochter auszudiskutieren. Die bevorstehenden Veränderungen im Kommissariat beherrschten ihre Gedanken. »Wir fragen Oma, ob es ihr auskommt, wenn du über Nacht bleibst«, schlug sie ihrer Tochter vor.

»Juhu!« Nele klatschte in die Hände. »Oma sagt bestimmt ja.«

Wahrscheinlich hatte ihre Tochter Recht. Maries Mutter hatte sie von klein auf tagsüber betreut, den Kindergarten besuchte Nele erst seit einem halben Jahr. Großmutter und Enkelin liebten sich über alles. Und ihr Vater hatte – nach anfänglicher Skepsis – einen Narren an dem Kind gefressen.

Holger Janssen war trotz seines Rentnerdaseins viel unterwegs. Er engagierte sich in einer Bürgerinitiative gegen die Elbvertiefung und kämpfte für den Schutz der Wölfe, die in den vergangenen Jahren im Elbe-Weser-Dreieck aufgetaucht waren. Marie empfand die Tiere eher als Bedrohung. So gut sie sich mit ihrem Vater auch verstand, in dieser Frage gab es gelegentlich Auseinandersetzungen. Ein weiterer Diskussionspunkt war seine Neigung, Nele allzu sehr zu verwöhnen. Ihre Mutter war einigermaßen konsequent, aber Opa Holger konnte ihr keinen Wunsch abschlagen. Es war Marie immer noch nicht gelungen, ihm klar zu machen, dass auch Leckereien aus dem Bioladen seinem Enkelkind schaden konnten, bekam es zu viel davon. Zum Glück hatte dieses Thema an Bedeutung verloren, seit Nele nur gelegentlich von ihren Großeltern betreut wurde. So wie heute, wenn sie nach Dienstschluss noch eine Veranstaltung hatte. Oder wenn die Aufklärung eines Verbrechens Überstunden erforderte. Felix, der als Redakteur bei den Cuxhavener Nachrichten arbeitete, kam selten vor neunzehn Uhr nach Hause.

Als Marie im Helgoländer Weg vor dem Haus ihrer Eltern hielt, erklang der Klingelton ihres Smartphones. Über die Freisprechanlage meldete sich Felix.

»Hallo, Marie!«

»Papa«, krähte Nele, bevor Marie sich melden konnte, »darf ich bei Oma und Opa schlafen?«

Ihr Vater lachte. »Deshalb rufe ich an. Marie, hörst du mich?«

»Klar und deutlich. Wir sind gerade bei meinen Eltern angekommen. Was meinst du mit deshalb?«

»Wenn Nele bei ihnen übernachtet, komme ich mit nach Nordholz. Ich kann heute früher Schluss machen und würde dafür den Artikel zu Röverkamps Verabschiedung übernehmen. Was hältst du davon?«

»Das wäre super, Felix.« Marie sah ihre Tochter an, die aufgeregt mit den Händen wedelte. »Ich muss nur erst meine Mutter fragen, ob sie einverstanden ist.«

»Oma *ist* einverstanden«, rief das Mädchen. »Das weiß ich.«

»Wir klären das gleich«, sagte Marie. »Ich rufe dich zurück.« Sie legte auf und stieg aus, um ihrer Tochter aus dem Kindersitz zu helfen.

Kaum hatte sie Nele abgesetzt, rannte das Kind los. Im selben Augenblick erschien seine Großmutter in der Tür und breitete die Arme aus. »Wie schön!«

»Oma«, rief Nele, »darf ich bei euch schlafen?«

Wenig später saßen Marie und ihre Mutter auf der Terrasse und genossen die Sonnenstrahlen des spätsommerlichen Nachmittags und den Blick aufs Wasser der Medem. Nele inspizierte die Kaninchenställe ihres Großvaters. »Selbstverständlich kann sie hier schlafen«, sagte Maries Mutter. »Es ist doch noch alles da. Und wir freuen uns. Und es ist auch kein Problem, wenn sie bis morgen Abend bleibt.«

»Das ist lieb von dir, Mama. Aber ich möchte, dass sie möglichst wenig im Kindergarten fehlt. Sie geht gerne hin, hat dort ihre Gruppe mit Freundinnen und Freunden. Kontinuität ist in dem Alter wichtig. Felix holt sie morgen früh vor der Arbeit wieder ab.« Marie zog ihr Smartphone hervor. »Ich muss ihn nur informieren, dass er nachher mit nach Nordholz kommen kann.« Sie tippte rasch eine WhatsApp-Nachricht ein.

»Was wollt ihr in Nordholz?«, fragte Holger Janssen, der in diesem Augenblick auf der Terrasse erschien. »Moin, mein Kind.« Er küsste seine Tochter auf die Stirn und seine Frau auf die Wange. »Schön, dass ihr da seid.«

»Konrad wird in den Ruhestand verabschiedet«, erklärte Marie. »Das machen die Kollegen gern bei den Marinefliegern. Er wollte erst nicht feiern, aber wir haben ihm so lange zugeredet, bis er eingewilligt hat.«

»Verstehe.« Ihr Vater grinste. »Bullen bechern besser beim Bund. Apropos. Möchtest du was trinken?«

»Danke.« Marie verzog das Gesicht und schüttelte den Kopf. »Deine Witze waren schon lustiger, Papa.«

Holger Janssen winkte ab. »Vergiss die dummen Sprüche deines Vaters. Erzähl mir lieber, wie es bei euch im Kommissariat weitergeht.«

»Wenn ich das wüsste!«, seufzte Marie. »Kriminalrat Lütjen macht ein großes Geheimnis daraus. Es soll ein Hauptkommissar von außen kommen.«

»Hoffentlich einer, mit dem du dich verstehst.« Ihre Mutter machte ein besorgtes Gesicht. »So einen wie den Herrn Röverkamp findet man wahrscheinlich so schnell nicht wieder.«

Marie nickte. »Das macht mir ein bisschen Angst. Konrad und ich waren ein tolles Team. Obwohl er schon so alt ist.«

»Der ist doch nicht alt«, widersprach Holger Janssen. »Wir sind ein Jahrgang. Na ja, fast.« Er beugte sich vor und fixierte seine Tochter. »Was ist eigentlich mit dir? Müsstest du nicht auch mal befördert werden?«

»Das geht nicht mehr so schnell wie früher.« Marie hob die Schultern. »Vielleicht am Jahresende. Und wenn, werde ich Oberkommissarin. Für die Leitung des FK1 reicht das nicht. Das ist die Stelle eines Ersten Kriminalhauptkommissars.«

»Und wer ist dann der zweite?«, fragte ihre Mutter.

»Das werde ich oft gefragt.« Marie lachte. »Aber den gibt es nicht. Nur Erste.« Sie stand auf. »Ich muss los, Felix aus der Redaktion abholen.«

»Grüß bitte Herrn Röverkamp von uns«, sagte ihr Vater. »Wenn er eine sinnvolle Beschäftigung sucht, kann er bei uns mitmachen. In der Initiative gegen die Elbvertiefung oder beim Tierschutz.«

»Ich glaube nicht, dass Konrad solche Ratschläge braucht. Der ist in letzter Zeit viel mit dem Fahrrad unterwegs. Seit er sich ein E-Bike angeschafft hat, macht er ausgedehnte Touren. Wingst, Geestland, Wurster Nordseeküste. Manchmal trifft er sich mit unserem alten Chef Christiansen, und die beiden radeln zusammen durch die Gegend.« Sie winkte Nele zu. »Mach's gut, mein Schatz!«

Nele winkte zurück, machte aber keine Anstalten, ihrer Mutter Auf Wiedersehen zu sagen. Die Kaninchen nahmen ihre volle Aufmerksamkeit in Anspruch.

Marie verabschiedete sich von ihren Eltern und ging zum Wagen. Als sie schon den Motor startete, klopfte ihre Mutter an die Scheibe und hielt einen Einkaufsbeutel hoch, in dem sich Marmeladengläser abzeichneten.

»Nimm das mit!«, rief sie. »Erdbeeren und Rhabarber. Isst dein Mann doch so gern.«

Zu Hause standen noch etliche Gläser aus Renate Janssens Produktion. Marie verkniff sich eine Bemerkung, ließ das Fenster herunter, nahm den Beutel entgegen und verstaute ihn im Fußraum vor dem Beifahrersitz. »Danke, Mama. Felix wird sich freuen. Macht's gut!«

*

»Bei allem Militärischen ist mir ein bisschen unbehaglich«, sagte Marie, als sie in Nordholz zwischen dem Aeronautikum auf der einen und dem ausgedienten Flugzeug auf der anderen Seite zum Gelände des Marinefliegergeschwaders 3 einbogen.

Felix hob die Schultern. »Ich war schon ein paar Mal hier, zur Einhundertjahrfeier und zuletzt, als sie die neuen Sea-Lynx-Bordhubschrauber bekommen haben. Irgendwann nimmst du das Militärische nicht mehr wahr. Die Uniformen sehen auch gar nicht so martialisch aus, sie erinnern mich eher an Traumschiff-Offiziere wie Sascha Hehn als Kapitän Burger und seinen Vorgänger Paulsen, den meine Oma so liebte, als er noch Oberförster war. Wie heißt der gleich?«

»Siegfried Rauch?« Marie lachte. »Lass das nicht die Soldaten hören!«

Felix grinste und hielt vor dem Schlagbaum. »Wir wollen zur Feier von Kriminalhauptkommissar Röverkamp«, sagte er durch das geöffnete Fenster.

Der Wachhabende salutierte, ließ sich die Ausweise zeigen und verglich die Namen mit den Eintragungen auf der Einladungsliste.

Wenig später betraten Marie und Felix den Saal der Offiziersmesse. Durch die Fensterfront an Längs- und Stirnseite schien die Sonne, leicht gedämpft von orangeroten Raffrollos. An der gegenüberliegenden Wand hing ein Porträt des Grafen Zeppelin, nach dem das Marinefliegergeschwader benannt war. Marie bestaunte die Tafel, die jedem Spitzenrestaurant Ehre gemacht hätte. Teller und Gläser auf weißen Tischtüchern, dazu Servietten in der Farbe der Rollos, alles perfekt ausgerichtet. So ordentlich würde ich das gar nicht hinkriegen, dachte sie und hielt Ausschau nach Konrad Röverkamp.

Anscheinend gehörten sie und Felix zu den letzten Gästen, denn der Hauptkommissar war bereits umringt von Menschen. Marie erkannte Konrads Lebensgefährtin Sabine, den ehemaligen Chef des Zentralen Kriminaldienstes Christiansen und dessen Frau Renate. Sicher war sein Nachfolger, Kriminalrat Lütjen, ebenfalls zur Stelle. Doch Marie konnte ihn nicht entdecken, weil *der Lütte*, wie man ihn wegen seiner geringen Körpergröße in der Inspektion auch nannte, wahrscheinlich von allen anderen Personen überragt wurde. Dazu gehörten noch Staatsanwalt Krebsfänger und einer der Rechtsmediziner, mit denen sie gelegentlich zu tun hatten. Marie erkannte Kollegen aus dem Kommissariat und aus der Kriminaltechnik. Einige unbekannte Gesichter ordnete sie Konrads Freundeskreis zu. Der Raum war erfüllt von lebhaften Gesprächen, sodass trotz kaum hörbarer Hintergrundmusik das Geräuschniveau einer Party erreicht wurde.

Anne Lüken, die Pressesprecherin der PI, winkte ihnen zu. Felix hatte regelmäßig mit ihr zu tun und verstand sich gut mit der sympathischen Frau. »Da ist Anne.« Er steuerte auf sie zu. »Ich sag ihr Guten Tag.«

»Lass uns erst mal Konrad begrüßen«, entgegnete Marie und zog Felix an der Hand durch die Menge. Als sie den Kreis, der sich um ihren Kollegen gebildet hatte, erreichten, verstummten die Gespräche um sie herum. »Da ist sie ja«, hörte sie den Lütten sagen. Alle schienen sie anzustarren.

Marie erschrak.

*

»Sieht ein bisschen schrottig aus, die Kiste«, murmelte Dennis, nachdem er den VW-Bus einmal umrundet und wegen des dämmrigen Lichts in der Scheune mit seinem Handy ins Innere des Wagens geleuchtet hatte.

»Hast du einen Besseren?«, fragte Sascha. »Dieser fährt astrein, fällt nicht auf und ist vollgetankt. Da kriegen wir mindestens zwölf Sätze rein. Macht zehntausend Tacken für jeden von uns.«

»Aber nur, wenn die Räder original Audi, BMW oder Mercedes sind.«

Sascha hob die Schultern. »Klar. Wir fangen bei Manikowski an. Zweimal in Cuxhaven, einmal Otterndorf, außerdem Geestland und Bremerhaven. Und dann nehmen wir auch noch die Mercedes-Niederlassung mit. Zurück fahren wir über Bremervörde und Stade. Zu Spreckelsen. So viele fabrikneue Aluräder, wie wir einsammeln können, kriegen wir gar nicht unter.«

Dennis hob die Schultern. »Okay.« Er klopfte gegen die Außenwand des Bullis. »Aber das Gerümpel muss raus. Und Werkzeug rein. Wagenheber und so weiter.«

»Klar.« Sascha öffnete die Schiebetür des T3. »Kann das Zeug so lange hier bleiben?«

»Warum nicht? Mein Großvater kommt nicht mehr her. Und Vadder auch nicht. Wenn er könnte, würde er die Scheune abreißen lassen. Aber Opa erlaubt es nicht.« Dennis griff nach einem umgefallenen Eimer. Mit einer Kopfbewegung deutete er ins Innere des Wagens. »Was ist das für ein Paket?«

*

»Schöne Scheiße«, knurrte Mike und leerte sein Glas. Sein Bruder nickte, trank ebenfalls aus und schenkte Wodka nach. »Was machen wir jetzt?«

»Wir müssen den Dieb finden und ihm die Karre wieder abnehmen.«

Marco gab einen unartikulierten Laut von sich. »Der ist doch längst sonst wo. In Polen oder ...«

»Das glaube ich kaum.« Mike schüttelte den Kopf. »Das war kein Profi. Die klauen teure Limousinen, aber nicht so eine alte Kiste wie Öves VW. Da brauchte einer einen Transporter. Wahrscheinlich für irgendein krummes Ding.«

»So einen finden wir nie«, seufzte Marco.

»Vielleicht doch.« Mike hob einen Zeigefinger. »Wenn einer wissen kann, was in Cuxhaven und umzu so läuft, ist das die Wirtin der *Seepocke*. Die Tochter von Willibald Steenhusen. Der Alte hat uns früher schon gute Tipps gegeben. *Litfaßsäule auf zwei Beinen* haben wir ihn genannt. Erinnerst du dich nicht? Der wusste, wo was zu holen war, wer was plante und wem man nicht in die Quere kommen durfte. War ein einträgliches Geschäft. Ich habe gehört, in der Kneipe werden immer noch Informationen gehandelt.«

»Die Tochter? Kennen wir die? Ich meine, kennt sie uns? Erzählt die uns überhaupt was?«

Mike zuckte mit den Schultern. »Käme auf einen Versuch an. Willibald soll gelegentlich aushelfen. Vielleicht können wir mit ihm sprechen.«

»Muss aber schnell gehen. Wenn der Autodieb die ... das doch nicht so blöd, die Bullen ... Und falls doch, kämen die nicht zu uns, sondern zu Öve. Und der könnte sagen, dass man ihm den Wagen geklaut hat. Wer was damit transportiert hat, weiß er natürlich nicht. Wenn wir Glück haben, lässt der Typ die Leiche verschwinden. Dann sind wir aus dem Schneider. Trotzdem sollten wir zusehen, dass wir die Karre finden, und uns auf den Weg zu Willibald und seiner Tochter machen.«

*

Die *Seepocke* befand sich in der Nähe des Alten Hafens in einem schmalen Haus, eingeklemmt zwischen einem Spielcasino und einem Bordell. Als Mike und Marco die Kneipe betraten, erkannten sie den Vater der Wirtin erst auf den zweiten Blick. Zum einen war der Laden rappelvoll und die Luft rauchgeschwängert, zum anderen schien Willibald geschrumpft. Am Zapfhahn hinter der Theke hantierte ein schmales Männlein geschäftig mit Biergläsern. Sein kleines Gesicht unter der gebräunten Glatze war eingefallen, doch die blauen Augen wirkten wach. Sie leuchteten auf, als er sich den Ankömmlingen zuwandte. Er hob eine Hand und winkte den Brüdern zu. Mit einer Kopfbewegung dirigierte er sie zum Ende der Theke, an der noch ein Hocker frei war.

»Euch habe ich ja eine Ewigkeit nicht mehr gesehen. Pils und Persiko? Wie früher?«

Beide Brüder schüttelten den Kopf. »Wir brauchen einen Tipp«, sagte Mike. »Auch wie früher.« Nach einer Pause fügte er hinzu: »Wenn du noch immer Bescheid weißt. Ich meine, was hier so läuft.«

Willibald Steenhusen grinste. »Dat kannst glööven.« Er stellte die Gläser, die er gerade gefüllt hatte, auf der Theke ab und kam näher. »Was wollt ihr wissen? Kann aber sein, dass die Antwort was kostet. Wie früher.«

»Jemand hat unseren Transporter gestohlen«, erklärte Marco. »Blauer VW-Bulli, Baujahr 1988.«

»Is ja 'n Ding.« Der Wirt lachte. »Ihr alten Hasen lasst euch beklauen? Ist die Kiste überhaupt noch was wert?«

»Das ist nicht witzig«, knurrte Mike. »Es geht nicht so sehr um den Wagen, sondern um den Inhalt. Also, hast du eine Idee?«

Steenhusen neigte den Kopf. »Wenns 'ne neue Luxuslimousine wäre, könnte ich euch einen Tipp geben. Aber bei so einer alten Karre ...« Er wandte sich wieder dem Zapfhahn zu. Kurz darauf hob er den Kopf wieder und sah die Brüder an. »Vielleicht habe ich doch etwas für euch. Vor ein paar Tagen hat sich ein junger Bursche nach Kleintransportern erkundigt. Der wollte nur nix ausgeben. Nannte sich Sascha. Ob der Name stimmt?«

»Und weiter?«, fragte Marco ungeduldig. »Nachname, Adresse?«

Der Wirt hob die Schultern. »Gebt ihr überall eure Visitenkarten ab, wenn ihr ein Ding ausbaldowert? Ich glaube, ihr seid schon zu lange aus dem Geschäft. Aber wartet mal, ich frage meine Tochter. Der Typ hat versucht, sie anzubaggern und ihr die Ohren vollgelabert.« Er gab der jungen Frau, die mit einem gefüllten Tablett zwischen den Tischen unterwegs war, einen Wink.

Wenig später kam sie zur Theke. »Was ist? Siehst doch, was ich zu tun habe.«

»Nur eine kurze Frage, Schatz. Hier sind zwei alte Freunde, die interessieren sich für den Typen, der dich kürzlich so blöd angequatscht hat. Stellte sich als Sascha vor und wollte von mir wissen, wie er an einen Kleintransporter kommt. Für lau.«

»Ach der.« Aurora verzog das Gesicht. »Der sah ganz nett aus. War aber ein bisschen zu jung für mich. Hat mir seinen Namen und seine Telefonnummer auf einen Bierdeckel geschrieben. Sascha ... Lindemeier, Lindemann, Lindenau oder so ähnlich. Kam, glaube ich, aus Otterndorf.«

»Hast du den Deckel noch?«, fragte Mike.

»Sehe ich so aus?« Die Wirtin schob ihrem Vater das Tablett hin. »Fünf Pils, fünf Malteser.« Sie wandte sich an die Besucher und grinste. »Ihr könnt ja den Müll durchsuchen. Ist noch nicht abgeholt worden. Steht hinten auf dem Hof.«

Die Brüder sahen sich an. »Vielleicht sollten wir einen Blick ins Altpapier werfen«, murmelte Marco. »Ich glaube nicht, dass wir was finden, aber man weiß ja nie.« Mike nickte.

Kurz darauf stocherten die beiden Männer in dem blauen Container herum, schoben Zeitungen, Prospekte und Kartons zur Seite, stapelten neben dem Behälter Bierfilze zu kleinen Türmen auf.

»Scheiße«, grummelte Marco. »Auf fast allen steht was drauf. Nur kein Name.«

Eine halbe Stunde später hielt Mike triumphierend einen Bierdeckel hoch. »Die Suche hat sich gelohnt. Wir haben ihn.«

*

Offenbar hatte man soeben über sie gesprochen. Ein halbes Dutzend Augenpaare waren auf Marie gerichtet, ohne dass sie auch nur erahnen konnte, worum es gerade ging. Die Blicke waren schwer zu deuten. Sabine lächelte aufmunternd, Konrad Röverkamp schaute wohlwollend, Kriminalrat Lütjen skeptisch, ihr ehemaliger Chef Christiansen erstaunt, seine Frau freundlich. Staatsanwalt Krebsfänger wirkte irritiert. Neben Lütjen stand ein unbekannter Gast in der Runde, der sie kritisch musterte. Er war mindestens eins neunzig, kräftig, hatte mittelblondes Haar, blaue Augen und einen akkurat gestutzten Bart. Sie schätzte ihn auf Ende dreißig oder Anfang vierzig, fand, dass er ein wenig zu elegant gekleidet war und zu sehr nach Model aussah, um zum Kreis der Kollegen zu gehören. Er erinnerte sie an einen Schauspieler, der vor Jahren in einer Serie den »Letzen Bullen« dargestellt hatte.

»Schön dich zu sehen«, sagte Sabine und brach damit den Bann. »Willkommen und Abschied«, zitierte der Staatsanwalt zu Maries Überraschung Johann Wolfgang von Goethe.

»Moin zusammen«, sagte sie und nickte Konrad zu. »Danke für die Einladung.«

Felix gab dem Hauptkommissar die Hand. »Können wir uns zwischendurch kurz unterhalten?«

»Klar«, antwortete Konrad Röverkamp. »Ich freue mich, dass ihr kommen konntet.«

Kriminalrat Lütjen ergriff das Wort. »Darf ich bekanntmachen? Kriminaloberkommissarin Marie Janssen, ihr ... äh ... Lebensgefährte, Herr Dorn von den Cuxhavener Nachrichten.« Er legte eine Hand auf die Schulter des deutlich größeren Mannes neben ihm. »Und hier, Frau Janssen, ist Ihr neuer Kollege. Hauptkommissar Jan Feddersen. Er tritt die Nachfolge unseres Pensionärs an.«

»Kriminalkommissarin«, korrigierte Marie und streckte die Hand aus. »Willkommen im Team!«

»Freut mich, Sie kennenzulernen, Frau Janssen.« Der Neue hatte eine kräftige, tiefe Stimme. Er ergriff Maries Hand. »Ich habe schon von Ihnen gehört.«

»Das ... überrascht mich ein wenig.« Unsicher suchten Maries Augen Halt bei Konrad. »Hast du über mich ...?«

Er schüttelte kaum merklich den Kopf und öffnete den Mund, um zu antworten. Doch der Kriminalrat kam ihm zuvor. »Ich musste Herrn Feddersen erst überzeugen, sich auf die Stelle zu bewerben. Da habe ich ein bisschen aus dem Nähkästchen geplaudert. Junge attraktive Kollegin mit hervorragenden Ortskenntnissen, hoher kriminalistischer und sozialer Kompetenz und außerordentlich guter Aufklärungsquote.«

Entsetzt starrte Marie ihren Chef an. Noch nie hatte er sich so über sie und ihre Ermittlungen geäußert. »Attraktiv?«, fragte sie gereizt. »Ist das jetzt ein Kriterium für die Würdigung unserer Arbeit?« Innerlich klappte sie ein Scharnier herunter. Wenn Lütjen sie dem neuen Kollegen als Lockvogel angeboten hatte, würde der Schönling sein blaues Wunder erleben.

Der Kriminalrat hob die Hände. »War nur gut gemeint, Frau Janssen. Ich wollte Ihnen nicht zu nahe treten.«

Treten ist das richtige Wort, dachte Marie. Am liebsten hätte sie dem Lütten sonst wohin ... »Gut gemeint ist das Gegenteil von gut«, zischte sie. »Sollte ein Vorgesetzter den Dienstgrad seiner Untergebenen nicht kennen?« Die zweite Bemerkung war jetzt nicht nötig, sagte sich Marie, es tat aber gut, dem kleinen Macho einen Tritt vors Schienbein zu geben.

Doch der wirkte keineswegs betroffen, grinste vielsagend in die Runde und schwieg.

»Lasst uns Platz nehmen«, versuchte Konrad Röverkamp die Situation zu retten. »Das Essen kommt gleich. Vorher muss ich noch ein paar Worte sagen.«

Während sich die Gäste am Tisch niederließen, zog er Marie beiseite. »Vergiss Lütjens Gequatsche! Der neue Kollege kann schließlich nichts dafür. Ich glaube, er ist in Ordnung. Sabine hat sich vorhin länger mit ihm unterhalten. Wenn sie sagt, dass er einen guten Eindruck macht, bin ich zuversichtlich.«

»Danke Konrad!« Sie sah ihn an. »Hast du gewusst, dass der hier aufkreuzt?«

Röverkamp schüttelte den Kopf. »Die endgültige Entscheidung ist erst gestern gefallen. Lütjen war schon länger an der Personalie dran. Aber er hat sich sehr bedeckt gehalten. Bei der Direktion in Oldenburg gab es wohl auch noch andere Interessen. Heute Mittag hat er mich angerufen und gefragt, ob er Feddersen mitbringen kann. Dich wollte er überraschen.«

»Ist ihm gelungen.« Marie verzog das Gesicht. »Darauf hätte ich gern verzichtet.«

»Kann ich verstehen.« Er lächelte hintergründig. »Aber das ist noch nicht alles.«

»Was kommt denn jetzt?«, stöhnte Marie. »Weißt du wieder mehr als ich?«

»In diesem einen Punkt weiß ich tatsächlich mehr. Du wirst es gleich erfahren, musst dich nur ein wenig gedulden. Nach dem ersten Gang hält Lütjen seine Rede zu meiner Verabschiedung. Darin kommst du auch vor.«

»Das ist nicht dein Ernst, Konrad, ich verstehe nicht, wieso du ...«

Er hob die Hände. »Nicht aufregen, Marie! Ich habe ihn darum gebeten.«

3

1988

»Das würdest du tun?« Ein wenig ungläubig, aber schon halb überwältigt vor Freude schlang Claudia ihre Arme um Hardys Hals und küsste ihn auf beide Wangen. Sie saßen in seinem Strandkorb in der Grimmershörnbucht, von hier aus hatten sie den Schiffsverkehr in der Elbmündung beobachtet. Containerschiffe, kleinere Motorboote, Segelyachten unterschiedlicher Größen zogen an der Kugelbake vorüber. Die *Wappen von Hamburg* war von der Insel Helgoland gekommen und hatte an der Alten Liebe festgemacht. Schließlich war eine der Barkassen von den Seehundsbänken zurückgekehrt, und Hardy hatte Claudia eröffnet, dass sein Schiff in Betrieb genommen worden war und derzeit für den Ausflugsverkehr vorbereitet wurde. Nur ein Name fehlte noch.

Er lächelte und strich ihr über das Haar. »Einen Tag nach deinem zwanzigsten Geburtstag machen wir die Schiffstaufe. Du wirst die Sektflasche am Bug zerschellen lassen. Am nächsten Morgen werden die Cuxhavener Nachrichten und die Nordsee-Zeitung über die Barkasse und die jugendliche Schönheit seiner Taufpatin berichten. Mit Foto.«

»Mein Name steht dann am Bug, sodass alle ihn sehen können? Jeden Tag, wenn Einheimische und Touristen kommen, um eine Hafenrundfahrt zu machen oder einen Ausflug zu den Seehundsbänken?«

»Die Cuxhavener werden sich das Maul zerreißen, aber das neue Fahrgastschiff wird Claudia heißen. Und es wird größer und schöner sein als die Barkassen der Reedereien, die das Geschäft bisher unter sich aufgeteilt haben.«

Claudia schloss die Augen. Vor sich sah sie ein weißes Schiff, das vor Cuxhaven durch die Wellen pflügte und an dessen Bug ihr Name prangte.

»Ganz ohne Gegenleistung geht das allerdings nicht«, hörte sie Hardy sagen.

Erschrocken sah sie ihn an. »Gegenleistung? Was meinst du?«

»Du musst es deiner Mutter sagen. Ich möchte nicht, dass sie es aus der Zeitung erfährt.«

Claudia schüttelte den Kopf. »Da steht doch nur etwas über die Schiffstaufe. Nicht über uns. Oder?«

»Deine Mutter ist eine kluge Frau. Sie wird sich einiges zusammenreimen. Wer weiß, vielleicht ahnt sie schon was.«

»Niemals. Mama lebt nur für ihre Arbeit. Ich wundere mich manchmal, dass sie mich überhaupt gekriegt hat. Von der Liebe hat sie null Ahnung. Mein Erzeuger hat sie kurz nach meiner Geburt sitzen gelassen. Ich glaube, sie hatte seitdem keinen Mann mehr. In ihrer Welt kommt Leidenschaft nicht vor, Sex sowieso nicht. Wenn ich ihr von uns erzähle, flippt sie aus.«

Hardy lächelte nachsichtig. »Trotzdem sollte sie die Wahrheit von dir erfahren. Weder durch einen Zeitungsbericht noch durch Dritte. Schon gar nicht von mir. Sie ist mindestens zehn Jahre jünger als ich. Und dass ich mit ihrer Tochter ...«

»Das würde sie umbringen«, unterbrach Claudia ihn und verzog das Gesicht. »So oder so. Egal wer versucht, ihr die Sache zu verklickern.«

»Es geht nun mal kein Weg daran vorbei. Wir können unsere Beziehung nicht auf Dauer geheim halten. Und die wenigsten Menschen haben Verständnis dafür, dass ein sehr junges Mädchen mit einem viel älteren Mann ...«

»Ich bin fast zwanzig«, begehrte Claudia auf. »Meine Mutter war neunzehn, als sie mich bekommen hat. Das bedeutet, sie hat einen Typen rangelassen, als sie achtzehn war.«

»Das waren andere Zeiten«, erklärte Hardy. »1968. Kommune 1, Rainer Langhans, Uschi Obermeier, freie Liebe. *Wer zweimal mit derselben pennt, gehört schon zum Establishment*, hieß eine ihrer Parolen. *Sex and Drugs and Rock 'n' Roll* war die Maxime. Junge Frauen wollten ihre Jungfernschaft nicht mehr bewahren, sondern möglichst schnell loswerden. Und deine Mutter war bestimmt auch damals eine schöne Frau.«

»Auch wenn die Zeiten sich geändert haben«, beharrte Claudia, »sie kann mir nicht vorschreiben, wen ich lieben darf und wen nicht.« Plötzlich kam ihr eine Erleuchtung. »Wenn sie früher so drauf war, kann sie doch heute nicht so tun, als wären wir im Mittelalter. Außerdem bist du überhaupt nicht alt.«

Sie verschränkte die Arme und betrachtete ihn. Hardy trug Jeans und ein weißes T-Shirt, das seinen muskulösen Oberkörper zur Geltung brachte. Das dunkle Haar fiel ihm bis in den Nacken. An den Schläfen zeigten sich silberne Strähnen, und um die Augen herum gab es tatsächlich ein paar Fältchen, dennoch wirkte er nicht älter als David Hasselhoff, der gerade mit »Looking for Freedom« die Charts stürmte. Hardy hatte dessen graublaue Augen und ähnelte dem Sänger und Schauspieler, für den viele Mädchen ihrer Altersgruppe schwärmten. Aber sie, Claudia, war die Einzige, deren Freund aussah wie David Hasselhoff und ein richtiger Mann war. Alle anderen mussten sich mit unreifen Jungen abgeben, die keine Ahnung von den Wünschen und Sehnsüchten einer Frau hatten. Bisher hatte sie ihre Beziehung zu Hardy für sich behalten. Weil er sie darum gebeten hatte. Und auch weil ihr ein wenig mulmig war. Andererseits brannte sie darauf, sich mit ihm zu zeigen. Aber mit der Schiffstaufe, mit dem Bericht und den Fotos in der Zeitung würde nun alles entschieden. Sie als Taufpatin, Hand in Hand mit dem Schiffseigner auf den Lokalseiten der Cuxhavener Nachrichten und der Nordsee-Zeitung. Das Ereignis wäre Stadtgespräch, und ihre Freundinnen würden vor Neid platzen.

»Nein«, sagte Hardy, »alt bin ich nicht. Jedenfalls fühle ich mich jung. Besonders, seit wir uns kennengelernt haben. Aber den meisten Menschen gelte ich als zu alt für dich. Das wird auch deine Mutter so sehen. Darum solltest du sie schonend darauf vorbereiten, dass sie einen Schwiegersohn bekommt, der älter ist als sie selbst.«

Claudia stieß einen gedämpften Freudenschrei aus. »Wir werden heiraten?«

Hardy nickte. »Wenn du willst.«

»Ob ich will?« Sie umfasste seinen Kopf mit beiden Händen, zog ihn zu sich heran und küsste ihn. Diesmal auf den Mund und mit wilder Leidenschaft. Erregung erfasste sie. Mit einer Hand tastete sie nach dem Gürtel seiner Jeans.

»Du bist wirklich nicht alt«, murmelte sie an seinem Ohr.

*

Claudias Mutter reagierte erstaunlich gelassen auf die Eröffnung, dass ihre Tochter einen Freund hatte, den sie heiraten wollte. »Das ist der Lauf der Welt. Wir sind alle Opfer unserer Triebe und der gesellschaftlichen Konventionen. Ich wünsche dir, dass du an einen Mann geraten bist, der dich wirklich liebt und nicht verarscht. Wie heißt er und was macht er?«

»Hardy. Er ist Geschäftsmann. Und Schiffseigner. Ihm gehört das neue Fahrgastschiff. Für Ausflugsfahrten. Zu den Seehundsbänken und so.«

»Klingt interessant. Hat er geerbt? So ein Schiff kostet so viel wie ein Einfamilienhaus. Ein junger Mann, der sich das leisten kann, muss reiche Eltern haben.«

»Seine Eltern sind tot«, erwiderte Claudia. »Sie haben ihm ein Haus hinterlassen. Das Schiff wird durch eine Bank finanziert. Ich werde es taufen. Am Sonntag nach meinem Geburtstag. Es soll *Claudia* heißen.«

»Nette Idee.« Ihre Mutter lächelte. »Scheint ein tüchtiger Mann zu sein, dein Verehrer. Wann werde ich ihn kennenlernen?«

Claudia zögerte. »Bald, hoffe ich. Aber du musst mir versprechen, dass du nicht ausflippst.«

»Warum sollte ich ausflippen? Wenn er dir gefällt, werde ich ihn akzeptieren. Ich habe keine Vorurteile und kann gut mit jungen Leuten. Das weißt du. Das mit der Hochzeit hat aber keine Eile, oder?«

»Ich bin nicht schwanger, falls du das meinst. Außerdem wäre es kein Grund. Hast du selbst immer gesagt.«

»Kluges Kind.« Claudias Mutter lächelte. »Dann hat das Heiraten ja noch Zeit. Ist sowieso besser, denn ihr müsst euch erst richtig kennenlernen.«

»Wir kennen uns schon ein halbes Jahr.«

»So lange? Da hast du deine Verliebtheit aber gut verborgen, mein Schatz. Oder war ich unaufmerksam?« Ihre Mutter schüttelte nachdenklich den Kopf. »Wie auch immer, es wird höchste Zeit, dass ich ihn kennenlerne. Findest du nicht?«

Claudia nickte wortlos und biss sich auf die Unterlippe.

»Gibt's da ein Problem?«, fragte ihre Mutter.

»Vielleicht. Ich weiß nicht. Es könnte sein. Wegen ...«

»Wegen?«

»Hardy ist ... schon etwas älter«, flüsterte Claudia.

»Das ist ja nun nichts Ungewöhnliches. Wie alt ist er denn?«

Hardys wahres Alter erschien Claudia plötzlich als Zumutung für ihre Mutter. Sie zögerte mit der Antwort, machte ihn schließlich zehn Jahre jünger. »Zweiundvierzig.« Immerhin sieht er aus wie David Hasselhoff, dachte sie trotzig, und der ist sechsunddreißig.

Mit vor Erstaunen weit geöffneten Augen schaute ihre Mutter sie an. »Zweiundvierzig? Dann ist er älter als ich!«

»Aber er sieht viel jünger aus. Und du warst immer für freie Liebe, ohne Grenzen durch Konventionen oder andere Fremdbestimmung. Du kannst nicht plötzlich dagegen sein, nur weil ich deine Tochter bin.«

Claudias Mutter öffnete die Mund und schloss ihn wieder. Sie starrte sie an wie eine Erscheinung. »Darüber reden wir noch«, stieß sie schließlich hervor. »Später. Jetzt muss ich die Nachricht erst mal verdauen.«

*

Die Geburtstagsfeier fand am Freitag vor der für Sonntag geplanten Schiffstaufe statt. Hardy hatte Janssens Tanzpalast angemietet, eine Band engagiert und für eine großzügige

Bewirtung gesorgt. Claudia hatte Freundinnen und Freunde eingeladen, dazu ehemalige Mitschüler vom Lichtenberg-Gymnasium und Kommilitoninnen und Kommilitonen ihres Semesters von der Hochschule Bremerhaven. Ihren Freundinnen Andrea und Melanie hatte sie unter dem Siegel der Verschwiegenheit anvertraut, dass sie in festen Händen sei, und beide eingeladen, am übernächsten Tag an der Schiffstaufe teilzunehmen. Bei der Gelegenheit würden sie Claudias Freund kennenlernen.

»Ist er nicht hier?«, fragte Melanie und sah sich suchend um. »Ich dachte, es ist Carsten. Aber ich sehe ihn nicht.«

»Ach Carsten«, seufzte Claudia. »Das ist lange her. Ich habe ihn zwar eingeladen, allerdings glaube ich nicht, dass er hier auftaucht.«

»Warum sollte er nicht kommen?« Andrea grinste hintergründig. »Alte Liebe rostet nicht.« Sie senkte die Stimme und fügte hinzu: »Wenn nicht er der Glückliche ist, kann ich ja mal meinen Charme an ihm ausprobieren. Carsten ist voll cool, irgendwie erwachsen geworden, ein richtiger Mann. Du würdest ihn kaum wiedererkennen.«

»Ich überlasse ihn dir gern.« Claudia lachte. »Gegen *ihn* kommt er nicht an.«

»Aha, der geheimnisvolle Unbekannte hat noch immer keinen Namen«, stellte Melanie fest und musterte die hereinströmenden Gäste. »Ist er schon da?«

»Er kommt nicht. Ihr könnt ihn am Sonntag kennenlernen. Bei der Schiffstaufe. Um zwölf Uhr im Hafen.«

»Ja, aber …« Die beiden Freundinnen sahen sich verständnislos an. »Warum ist er heute nicht hier? An deinem Geburtstag.«

»Mein Geburtstag ist morgen«, erklärte Claudia. »Und .... Wir haben das so verabredet, damit ...« Sie brach ab, weil sie plötzlich Unsicherheit spürte. Ihr waren Hardys Argumente so selbstverständlich richtig erschienen, dass ihr keine Zweifel gekommen waren. Aber jetzt, mit den Augen ihrer Freundinnen betrachtet, erschien es ihr absurd, dass der Mann, der sie heiraten wollte, nicht zur Feier ihres zwanzigsten Geburtstags kam.

Zum Glück setzte in diesem Augenblick die Musik ein. So laut, dass sie ihre Worte übertönte. »Ich erkläre euch das später«, war in Wahrheit keine Antwort, sondern eine Ausflucht, aber zu mehr sah sie sich nicht in der Lage. Außerdem hatten ankommende Gäste sie entdeckt und kamen mit ausgebreiteten Armen auf sie zu. Andrea und Melanie warfen sich bedeutungsvolle Blicke zu und wandten sich ab.

Claudia umarmte jeden der Besucher, wies Glückwünsche bis Mitternacht zurück, deutete zum Tisch für die Geschenke, war mit ihren Gedanken jedoch ganz woanders. Sie sah Hardy vor sich, der allein zu Hause vor dem Fernseher saß. Sogar das Fernsehprogramm hatte sie sich angesehen. Es gab das ARD-Wunschkonzert mit Gianna Nannini, den Dubliners, Gitte und den Hollies. Später im ZDF das Aktuelle Sport-Studio. Sollte sie ihn anrufen, um ihn zu bitten, seinen Entschluss zu überdenken? Wie würde er reagieren? Er war es nicht gewohnt, dass jemand seine Entscheidungen infrage stellte. Gelegentlich hatte sie erlebt, wie sich seine Miene verdunkelte, wenn sie eine Äußerung angezweifelt hatte. Dann hatte sie eine tiefe Verärgerung gespürt und sich beeilt, die Wogen zu glätten. Schließlich war Hardy ein Mann mit großem Wissen und viel Erfahrung.

Plötzlich wurde ihr bewusst, dass sie sich ihm gegenüber stets wie ein dummes Mädchen verhalten hatte. Und nicht wie die selbstbewusste Frau, zu der sie hatte werden wollen. So weit zurück sie sich erinnern konnte, hatte ihre Mutter sie immer darin unterstützt. Wie kam es, dass sie jetzt Angst davor hatte, Hardy anzurufen und ihn herzubitten? Fürchtete sie seine ablehnende Antwort? Oder scheute sie vor der Situation zurück, die sich ergäbe, käme er tatsächlich? Ihre Mutter war sichtlich geschockt gewesen, schien sich jedoch vorerst damit abgefunden zu haben, dass er mehr als doppelt so alt war wie ihre Tochter. »Ich beurteile Menschen nicht nach Äußerlichkeiten«, hatte sie am nächsten Tag gesagt. »Wenn ich ihn kennengelernt habe, werde ich dir sagen, was ich von ihm halte.« Aber was würden ihre Freundinnen und Freunde sagen, und, vor allem, was würden sie denken? Hastig griff Claudia nach einem Glas Sekt, das ihr angeboten wurde, stürzte den Inhalt hinunter, gab es zurück und nahm ein weiteres vom Tablett.

Wenig später hatte sie einige Gläser getrunken, ohne sie zu zählen. Sie fühlte sich deutlich besser. Ihre Gedanken kreisten nicht mehr um Hardy und die Frage, ob sie ihn anrufen sollte. Stattdessen wirbelte sie über die Tanzfläche, sodass sich ein angenehmer Schwindel in ihr ausbreitete. Obwohl viele Pärchen gekommen waren, gab es genügend Männer, denen die Gelegenheit, mit dem schönen Geburtstagskind zu tanzen, hochwillkommen war. Keiner von ihnen hatte damit gerechnet, dass Claudia nicht in festen Händen war, und jeder wollte seine Chance nutzen. Mit rasch wechselnden Tanzpartnern genoss sie die Musik und die Bewegung. Bis ihr plötzlich Carsten gegenüberstand. Im ersten Augenblick erstarrte sie, doch dann erlag sie seinem Lächeln und ihren Erinnerungen. Mit ihm war sie fast ein Jahr zusammen gewesen. Die erste große Liebe, der erste Sex, die erste bedingungslose Vertrautheit.

»Warum sind wir eigentlich auseinandergegangen?«, fragte sie mehr sich selbst als ihn. Doch er hatte ihre Worte verstanden, hob die Schultern und umarmte sie. »Das frage ich mich auch«, raunte er an ihrem Ohr. »Ich glaube, du hattest Angst, dich zu binden, wolltest deine Freiheit bewahren und alle Möglichkeiten offen halten. Ich, ehrlich gesagt, auch.« Er sah sie an und grinste. »Wie ich sehe, ist es uns gelungen. Wir haben also noch eine Chance.«

Claudia lachte, mehr aus Unsicherheit als über seine kühne Bemerkung. Es gab diese Chance nicht, denn sie würde Hardy heiraten, verdammt. Das hatte sie schließlich ... Ich hätte Carsten nicht einladen sollen, dachte sie, er bringt mich ganz durcheinander. War es möglich, dass ihre Gefühle durch seinen Anblick und seine Berührungen ins Wanken gerieten? Sie war so sicher gewesen, in Hardy den Mann ihres Lebens gefunden zu haben. Und nun flammten plötzlich Zweifel auf, nur weil ihr Ex-Freund mit ihr tanzte?

»Ich glaube nicht«, flüsterte sie leise. Carsten konnte ihre Worte unmöglich verstanden haben, doch sie schaffte es nicht, sie laut zu wiederholen. Stattdessen lächelte sie ihn an und erwiderte den sanften Druck seines Körpers. Was mache ich hier, fragte sie sich, schloss die Augen und gab sich den Gefühlswellen hin, die sie erfasst hatten.

»Ich glaube, Claudia verarscht uns«, sagte Andrea kurz vor Mitternacht an der Theke zu ihrer Freundin. »Es ist doch Carsten. Sieh dir die beiden an!«

Melanie wandte den Kopf zur Tanzfläche. »Du hast Recht«, stellte sie nach einer Weile fest. »Da brennt's. Würde mich nicht wundern, wenn die zwei irgendwann verschwinden. Falls es den großen Unbekannten wirklich gibt, tut er mir jetzt schon leid.«

*

Obwohl Dieter Kürten im ZDF-Sportstudio über eine Konferenzschaltung zu einem Hotel am Tegernsee mit Franz Beckenbauer, Andy Brehme und Rudi Völler aufwarten konnte, hatte Hardy wenig Freude an der Sendung, in der es immerhin um die Europameisterschaft ging. Statt wirklich aufzunehmen, was Moderatoren und Spieler zum Spiel des Vortages gegen Spanien sagten, schweiften seine Gedanken immer wieder ab. Zu Claudia und ihrer Geburtstagsfeier.

Die Bekanntgabe ihrer Beziehung durch die Schiffstaufe war perfekt organisiert, und seine Entscheidung, bei der Feier in Janssens Tanzpalast nicht zu erscheinen, hatte gute Gründe. Dort wären junge Leute von Anfang zwanzig versammelt. Um Mitternacht, wenn Claudias Geburtstag begann, gäbe es ein großes Hallo, alle würden Schlange stehen, um sie zu umarmen und ihr zu gratulieren. Vorher und nachher würde viel Alkohol fließen und laute Musik durch den Saal dröhnen. Ein Mann in den Fünfzigern würde in dieser Umgebung vielleicht für einen Verwandten gehalten. Aber wenn er sie küssen würde ... Er stellte sich vor, wie hundert Menschen in ihren Bewegungen innehielten und auf das ungleiche Paar starrten. Womöglich würde Claudias Mutter eine Szene machen. Die Feier wäre damit wahrscheinlich gelaufen. Deshalb war es gut, dass er zu Hause geblieben war. Andererseits machte sich in ihm zunehmend Unruhe breit.

Wie immer, wenn er eine Situation nicht unter Kontrolle hatte, packte ihn Verdrossenheit. Während er vor dem Fernseher saß, verrannen die letzten Minuten des Tages. Mit dessen Ende würde für Claudia nicht nur ein neues Lebensjahr, sondern für sie beide ein neuer Lebensabschnitt beginnen. Mit einer jungen hübschen Frau an seiner Seite wäre sein Leben perfekt. Geschäftsfreunde würden ihn beneiden und ihm Respekt zollen. Mit der gesellschaftlichen Anerkennung würden sein Ansehen und seine Aussichten wachsen, in maßgeblichen Cuxhavener Kreisen gehört zu werden. Claudia war auch deshalb ein Glücksfall, weil sie seine Meinung nicht hinterfragte und seine Wünsche widerspruchslos akzeptierte. Sie war leicht zu beeinflussen, gut zu lenken und in vielfacher Hinsicht formbar. Das bedeutete allerdings, dass er ein Auge auf sie haben musste. Weder ihre Mutter noch andere Personen durften auf sie Einfluss nehmen.

Der Gedanke an junge Männer, die sich zweifellos Chancen bei ihr ausrechneten, verstärkte seine Unruhe. Er schaltete den Fernseher aus und ging im Zimmer auf und ab. Bilder aus längst vergangenen Tagen tauchten vor ihm auf. Er war Anfang zwanzig, hatte wieder einmal nach einer Party ein Mädchen abgeschleppt. Seine vierte oder fünfte Eroberung, die mit viel Alkohol begonnen und im Bett oder auf dem Rücksitz eines Autos ihren Abschluss gefunden hatte. Diese war nicht folgenlos geblieben. Und hatte ihm das größte Ärgernis beschert, das ihm je widerfahren war. Eine Unterhaltsklage mit anschließender Zahlungsverpflichtung. Dabei waren die

Begegnungen flüchtig und der Sex eher enttäuschend gewesen.

Wahrscheinlich, dachte er, ist es heute nicht anders. Nur dass die jungen Leute nicht nur trinken, sondern auch kiffen. Plötzlich sah er Claudia vor sich, einen Joint in der Hand, im Arm eines grinsenden Jungen. Dass sie sich früher oder später auf Sex mit jüngeren Männern einlassen würde, war ihm klar. Solange das diskret geschehen würde, wäre das kein Problem. Aber noch war sie nicht seine Frau, und sein Triumph am morgigen Tag durfte nicht gefährdet werden. Nicht durch eine verkaterte Claudia und schon gar nicht durch einen liebestollen jungen Mann. Hardy sah auf die Uhr. Wenn er eine Stunde nach den mitternächtlichen Gratulationen auftauchte, würde ihn kaum jemand wahrnehmen. Ein großer Teil der Gäste wäre betrunken oder bekifft, die Luft vom Rauch nahezu undurchdringlich. Dann dürfte es nicht schwer sein, sich unbemerkt in den Saal zu begeben und nach Claudia Ausschau zu halten. Vielleicht konnte er sie sogar hinauslotsen.

Der schnellste Weg führte über die B 73. Doch weil es hier in den Nächten von Samstag auf Sonntag Verkehrskontrollen geben konnte, wählte Hardy den Weg über Altenwalder Chaussee und Heerstraße. Eine halbe Stunde nach Mitternacht erreichte er Lüdingworth, parkte in der Jacobistraße, von wo aus er den Eingang zu Janssens Tanzpalast im Blick hatte. Die wummernden Bässe der Musik drangen bis in sein Auto vor. Vor ein Uhr würde er nicht hineingehen.

Mondschein und Straßenlaternen erhellten den Platz und die Straße vor dem Tanzlokal. Dort standen Gruppen und Grüppchen junger Leute. Einige rauchten, andere hatten Gläser oder Flaschen in der Hand. Einige Pärchen knutschten, andere verdrückten sich in Richtung Kirche. Amüsiert beobachtete Hardy die Paare, die es offensichtlich eilig hatten, im Schatten der Bäume unterzutauchen.

Aus einer der Gruppen löste sich eine Gestalt, überquerte mit unsicherem Gang den Platz und schlug den Weg in die Jacobistraße ein. Schwankend und mit Orientierungsschwierigkeiten kämpfend, näherte sich der junge Mann Hardys Standort. In einigen Metern Entfernung begann er an seiner Hose zu nesteln. Dabei sah er sich suchend in alle Richtungen um, schwankte und stolperte schließlich auf den Wagen zu. Hardy ahnte, was passieren würde. Rasch stieg er aus und trat dem Jungen entgegen.

»Du pisst mir nicht an den Wagen!«, zischte er. »Sieh zu, dass du woanders ...«

Im nächsten Moment begann es zu plätschern. Der Pisser kicherte, schob den Unterleib vor und richtete den Strahl auf die Motorhaube des BMW, sodass auf dem Blech ein dezentes Trommeln erklang. Dann schwankte er seitwärts und benässte Hardys Schuhe.

In dem Augenblick schlug er zu. Die Faust traf den Solarplexus seines Gegenübers. Mit einem unartikulierten Laut klappte er zusammen, fiel auf den Straßenbelag und erbrach sich. Hardy ergriff einen Fuß und schleifte den leblosen Körper über den Gehsteig zu einer Einfahrt. Als der Mann stöhnte, ließ er sein Bein fallen und versetzte ihm einen kräftigen Tritt in die Nieren. Dann wandte er sich angeekelt ab, warf einen Blick in die dunkle Straße und einen zweiten zum Platz vor dem Tanzpalast. Niemand hatte von dem kurzen Vorfall Notiz genommen. Hardy kehrte zum Wagen zurück und setzte sich hinters Steuer.

Als die Anzeige im Armaturenbrett auf ein Uhr sprang, zog er den Schlüssel ab und öffnete die Tür, um auszusteigen. In diesem Augenblick entdeckte er Claudia. Sie hatte den Saal nicht durch den Haupteingang verlassen, sondern war seitlich des Hauses plötzlich in einen schmalen Lichtstreifen getreten, der aus einem Fenster nach draußen fiel. Sie wandte sich um, schien mit jemandem zu sprechen, der hinter ihr von der Dunkelheit verborgen wurde. Sekunden später zog sie einen jungen Mann durch den hellen Fleck, im nächsten Augenblick verschwanden die beiden Gestalten.

Hardy stieg aus, um besser sehen zu können. Claudia und ihr Begleiter blieben unsichtbar. Ratlos starrte er in die Finsternis neben dem Haus. Vor dem Haupteingang und auf der Straße herrschte ausreichend Helligkeit, dagegen lag die andere Seite im Dunkeln. Während er noch überlegte, ob er den beiden folgen sollte, rollte ein Wagen langsam am Haus vorbei. Ein rotes Coupé. Es schien von den Parkplätzen zu kommen, die sich hinter der Gaststätte befanden. Als der Wagen ihn passierte, erkannte er einen Honda CRX, auf dem Beifahrersitz saß Claudia. Hastig setzte Hardy sich ans Steuer, startete den Motor und folgte dem Sportwagen.

*

»Aber du bringst mich gleich wieder zurück, okay?« Claudia kicherte. Alles war so unwirklich. Sie saß mit ihrer ersten großen Liebe in einem Auto, war auf dem Weg zum Hafen. »Lass uns zu unserer alten Stelle fahren«, hatte er vorgeschlagen, »und aufs Wasser schauen, wie früher. Nur eine halbe Stunde oder so.« Seinem Lächeln hatte sie nicht widerstehen können. Und sie hatte sofort gewusst, dass es nicht beim Schauen bleiben würde. Carsten war erwachsener und noch attraktiver geworden. Eigentlich unvorstellbar, dass er keine Freundin hatte. Aber darüber wollte sie sich jetzt keine Gedanken machen. Heute war ihr Geburtstag, sie schwebte wie auf einer Wolke und sah sich dabei zu, wie sie auf ein Abenteuer zustrebte, das das letzte dieser Art in ihrem bisherigen Leben sein würde. Ab morgen würde alles anders sein. Ganz Cuxhaven würde es erfahren: Sie gehörte zu Hardy. Schon bald wäre sie die Frau des Reeders. Und würde zu einem Teil jener Gesellschaft, für die ihre Mutter nur abfällige Bemerkungen übrig hatte.

Nachdem sie den Nordseekai erreicht hatten, rangierte Carsten den Wagen so an den Rand, dass sie das Hafenbecken vor sich hatten. Er stellte den Motor ab und deutete auf das Wasser, in dem sich silbern der Mondschein spiegelte. »Wie damals. Weißt du noch?«

»Natürlich erinnere ich mich.« Claudia schloss die Augen und gab sich ganz dem Rausch der Gefühle hin, der sie erfasst hatte. Als Carsten sich zu ihr hinüberbeugte, um sie zu küssen, kam sie ihm entgegen.

*

Der Fahrer hatte die Strecke über die B 73 zur Innenstadt genommen, war zügig in die Kapitän-Alexander-Straße abgebogen und hatte über eine schmale Zufahrt den Nordseekai am Alten Fischereihafen erreicht. Dort hatte er den Wagen so rangiert, dass er mit den Vorderrädern am Rand des Kais zu stehen kam und die Insassen aufs Wasser blicken konnten.

»Wie romantisch«, murmelte Hardy, schaltete die Scheinwerfer aus und rollte langsam näher. Als er die Silhouetten der Insassen erkennen konnte, hielt er an und stellte den Motor ab. Einige Sekunden bewegte sich in dem Sportwagen nichts. Waren Claudia und der junge Mann nur zum Reden hierher gefahren? Nach einer Weile gerieten die Köpfe aneinander, dann erschienen Hände und Arme. Offensichtlich befreiten sich Claudia und ihr Begleiter von der Kleidung. Obwohl es in dem Coupé ziemlich eng zugehen musste, waren bald darauf Körperteile zu sehen, deren Bewegungen nur einen Schluss zuließen.

Hardy spürte, wie sich Zorn in ihm zusammenballte, und sein Puls zu rasen begann. Dieses Gefühl, das ihn erfasste und zu beherrschen drohte, war ihm vertraut. Es hatte ihn schon als Kind überwältigt. Dann war er mit bösen Attacken auf Spielgefährten losgegangen. In seiner Jugend war er straffällig geworden, weil er bei Auseinandersetzungen blindwütig zugeschlagen hatte. Erst als Erwachsener hatte er gelernt, seine Wut zu beherrschen. Meistens jedenfalls. Doch wenn er zu sehr unter Druck stand, versagten die erlernten Techniken. Statt rhythmisch zu atmen, einen befreienden Schrei auszustoßen oder aus dem Wagen zu springen, um zu rennen, startete er den Motor seines BMW 735i. Wie in Trance steuerte er die unbeleuchtete Limousine auf das Heck des Hondas zu.

4

2017

»I always thought it was you, you always thought it was me«, ertönte statt eines Klingeltons Lady Gagas Lied aus dem Handy. Die Nummer des Anrufers war unterdrückt, deshalb meldete sich Sascha nur mit einem vorsichtigen »Hallo?«

»Hi, Sascha. Wo bist du gerade?«, wollte ein Anrufer wissen, dessen heisere Stimme er niemandem zuordnen konnte.

»Wer ist da?«, fragte er zurück.

»Hör mal«, sagte der Unbekannte, »erkennst du deinen alten Kumpel nicht mehr?«

»Charly, bis du das? Du klingst so anders.«

»Schnupfen«, antwortete die Stimme. »Bin gerade in der Gegend. Wollte mal meinen alten Freund Sascha Lindenthal in Otterndorf besuchen. Bist du zu Hause?«

Sascha zögerte. »Ja, schon. Aber im Moment ist es schlecht. Kannst du morgen oder besser übermorgen noch mal anrufen?«

»Was machst du? Geschäfte?«

»Kann man so sagen.«

»Ich könnte dir helfen«, schlug Charly vor. »Kann auch 'n Kumpel mitbringen, der ordentlich mit anfasst. Ware einladen, Ware ausladen, je nachdem, was so anliegt. Natürlich als Freundschaftsdienst. Kohle brauchen wir nicht. Haben gerade ein super Ding gedreht.«

Sascha dachte an die Räder, die abgeschraubt, in den Bulli geladen, am Ende der Tour wieder ausgeladen, in die Scheune gebracht, dort gestapelt und abgedeckt werden mussten. Zwei kräftige Helfer wären nicht schlecht. Vor allem ginge das gefährliche Abmontieren zu viert wesentlich schneller. Sie hätten dadurch weniger Risiko und bessere Chancen, mehr Räder mitzunehmen. »Okay«, sagte er schließlich. »Wir können Hilfe gebrauchen. Aber nur, wenn ihr wirklich keine Kohle wollt. Viel bringt die Sache nämlich nicht ein.«

»Großes Indianerehrenwort«, sagte Charly. »Wir kommen nach Otterndorf. Und dann trinken wir erst mal einen zusammen. Wann und wo wollen wir uns sehen?«

»An der alten Bundesstraße, kurz vor der Medem, ist rechts eine Pizzeria. Da warte ich auf euch.« Sascha nannte eine Uhrzeit und legte auf.

*

Mike hielt einen Daumen nach oben, grinste zufrieden und schob sein Smartphone in die Tasche. »Treffpunkt ist eine Pizzeria.«

»Aber wie ...«

»Ganz einfach. Wenn sein alter Kumpel Charly nicht kommt, wird er nach Hause gehen. Dabei folgen wir ihm unauffällig, schnappen uns den Bulli und ... bringen ... die Ladung weg.«

»Und wie kommen wir nach Otterndorf?«, fragte Marco.

»Ich rufe in der Spielhalle an und frage Öve.« Sein Bruder zog das Handy wieder hervor und wählte. »Moin, Chef«, sagte er, nachdem René den Alten ans Telefon geholt hatte. »Wir haben eine Spur. Der Bulli steht in Otterndorf. Da müssen wir irgendwie hinkommen.«

»Nehmt die Karre vom Bäcker! Schlüssel könnt ihr hier abholen.«

»Brauchen die ihr Auto nicht selbst?«

»Das muss euch nicht kümmern«, antwortete Övenhorst und legte auf.

*

Wie jeden Abend verschloss Annika die Ladentür, verstaute die übrig gebliebenen Backwaren in dem dafür vorgesehenen Behälter, wischte die Verkaufstheke ab und reinigte den Fußboden. Dann kontrollierte sie die vorbereiteten Teige für den nächsten Tag. Die Kunden erwarteten am Morgen frisches Brot und frische Brötchen. Backen brauchte viel Zeit, darum musste um drei Uhr damit begonnen werden. Wenn Timo nicht schon am Abend vorher den Teig herstellen würde, müsste er seinen Arbeitstag um Mitternacht beginnen.

Sie sog den Duft der Backstube ein, schloss einen Moment die Augen und genoss die Vorstellung der frischen Backwaren, die sie am Morgen in die Regale räumen würde. Alles war in bester Ordnung. Sie sperrte die Backstube ab und wollte die Treppe nehmen, die nach oben zur Wohnung führte. Ein Geräusch von der hinteren Tür ließ sie zusammenfahren. Timo verbrachte den Abend bei einer Veranstaltung der Innung im Kulturbistro der Lebenshilfe. Dort wollte er auch den Innungsmeister um Rat fragen, wie sie aus den Verträgen mit Övenhorst herauskommen konnten. Hatte er die Tür zum Hof nicht geschlossen? »Ich gehe das Stück zu Fuß«, hatte er gesagt. »Ein bisschen Bewegung an der frischen Luft tut mir gut.«

Jetzt knirschte es im Schloss, als ob jemand den Schlüssel drehte. . . Die Hintertür klemmte. Man musste nicht nur das Schloss öffnen, sondern auch kräftig drücken. Nun schlug jemand mit der Faust dagegen. Oder trat mit dem Fuß. Wie oft hatten sie den Vermieter gebeten, sie richten zu lassen. Timo hatte schon einige Male den verzogenen Sturz bearbeitet, aber damit nur vorübergehende Besserung erreicht. In diesem Augenblick war Annika froh, dass die Tür Widerstand leistete. Ihr Mann, dessen Veranstaltung vielleicht ausgefallen war, konnte das jedenfalls nicht sein, denn der wusste, wie er sie ohne großes Getöse öffnen konnte. Wer versuchte gerade, ins Haus einzudringen? Sollte sie sich dagegenstemmen? Oder die Treppe hinaufhasten und sich in der Wohnung einschließen? Bevor sie zu einer Entscheidung kommen konnte, schwang die Tür auf und schlug krachend gegen die Wand.

»Verdammtes Pack!«, brüllte eine männliche Stimme. »Kein Respekt vor dem Eigentum. Kann man eine Tür nicht so behandeln, dass sie nicht kaputtgeht?«

Övenhorst! Annikas Gedanken überschlugen sich. Was will der Alte hier? Um diese Zeit? Weiß er, dass Timo nicht da ist? Will er was von mir? Zögernd löste sie sich aus ihrem Versteck, ballte die Fäuste und biss die Zähne aufeinander, bereit, sich gegen einen Angriff zu verteidigen. Zuerst würde sie dem alten Sack die Krücke wegtreten. Und dann ...

»Wo ist der Autoschlüssel?«, knurrte Övenhorst.

»Welcher Autoschlüssel?« Annika war irritiert.

»Wie viele Fahrzeuge habt ihr denn, Mädchen?« Der alte Mann trat näher und starrte sie finster an. »Ich sehe nur eins. Oder habt ihr heimlich Geld beiseitegeschafft und irgendwo einen Porsche versteckt?« Er lachte meckernd und musterte sie anzüglich von oben bis unten. »Hat die Dame vielleicht einen Nebenberuf?« Er trat einen weiteren Schritt auf sie zu und hob seine Krücke, sodass der verdreckte Gummifuß vor ihrer Nase schwebte. »Wie viel kostet eine Stunde?«

Annika wich zurück. »Was wollen Sie? Mein Mann ist nicht da. Kommen Sie morgen wieder!«

»So lange kann ich nicht warten.« Övenhorst ließ den Stock sinken und streckte die Hand aus. »Ich brauche den Wagen. Jetzt. Also, wo ist der Schlüssel?«

Unwillkürlich warf Annika einen Blick zum Schlüsselbrett und wusste sofort, dass sie einen Fehler gemacht hatte. Mit unerwarteter Schnelligkeit hob der Alte erneut seine Gehhilfe und stieß Annika damit gegen die Brust, sodass sie rückwärts taumelte. Im nächsten Augenblick nahm er den Wagenschlüssel vom Haken und ließ ihn in der Hosentasche verschwinden. »Kannst mir ja mal in die Tasche fassen«, kicherte er. »Morgen Abend kriegt ihr den Wagen zurück.«

»Aber Timo braucht ihn morgen früh«, rief Annika verzweifelt. »Er muss Ware ausliefern. Wenn die Kunden ihre Lieferung nicht bekommen, springen sie ab.«

»Nicht mein Problem«, verkündete Övenhorst und verschwand durch die Tür zum Hof. Für einen Augenblick schwankte Annika zwischen dem Impuls, ihm nachzulaufen, und dem Bedürfnis, Timo anzurufen. Ihr Handy lag in der Wohnung, also hastete sie zurück in den Laden, nahm dort das Telefon und wählte. Doch ihr Mann meldete sich nicht. Offenbar hatte er sein Smartphone stumm geschaltet.

Sie ließ das Telefon sinken und rannte hinaus. Ihr sieben Jahre alter weißer Fiat Doblo Cargo stand an seinem Platz. Övenhorst war nirgends zu sehen. Vielleicht konnte sie verhindern, dass er damit wegfuhr. Aber wie? Seltsame Ideen schossen ihr durch den Kopf. Die Türen mit einer Kette festlegen? Die Luft aus den Reifen lassen? Doch dann würde Timo genauso wenig ausliefern können. Das Lenkrad blockieren? Konnte sie dazu ein Fahrradschloss benutzen? Mit fliegenden Fingern öffnete sie den Schuppen, in dem ihr altes Rad stand. Mit dem war sie schon zur Schule gefahren. »Das Beste an dem alten Ding ist das Schloss«, hatte Timo gespottet, als sie sich ein kräftiges Spiralkabel mit Zahlencode geleistet hatte.

Hastig stellte sie die Ziffernfolge auf ihr Geburtsjahr ein, klinkte das Schloss aus und lief damit zum Doblo. Wenn ich das Lenkrad mit dem Türgriff verbinde, dachte sie, oder mit dem Einstellbügel am Sitz, kann man es nicht mehr drehen.

Am Wagen ließ sie enttäuscht das Kabel sinken. Der Doblo war abgeschlossen. Den zweiten Schlüssel hatte Timo in der Tasche. Sie hastete in die Wohnung, versuchte es erneut bei ihm. Vergeblich. Mit zittrigen Fingern tippte sie eine WhatsApp-Nachricht. *Ruf mich bitte sofort an!* Zur Sicherheit sandte sie denselben Text auch als SMS.

Eine Weile starrte sie gedankenverloren auf ihr Smartphone. Wen konnte sie um Hilfe bitten? Am besten einen kräftigen Mann. Övenhorst am Einsteigen und Wegfahren zu hindern, wäre zu zweit kein Problem. Ihr Vater war mit dem Schiff für das Helgoland-Fracht-Kontor unterwegs, brachte Waren aller Art auf die Hochseeinsel. Er konnte ihr also nicht helfen. Überhaupt war die Frage, ob der Alte vorhatte, selbst mit dem Lieferwagen herumzufahren. Wahrscheinlich würde er seine Handlanger schicken. Gegen die kam so leicht niemand an. Dem Risiko, von den Kowalski-Brüdern zusammengeschlagen zu werden, würde sie niemanden aussetzen wollen.

Seufzend schob sie das Smartphone in die Tasche. Tränen der Wut und Ohnmacht stiegen ihr in die Augen. Nicht zum ersten Mal dachte sie daran, wie es wäre, wenn es Övenhorst nicht mehr geben würde. Aber jetzt schlich sich ein neuer Gedanke ein. In ihrer Vorstellung kippte der alte Mann vom Stuhl, nachdem er in der Bäckerei sein Schinkenbrötchen gegessen hatte.

*

Sobald die Suppenteller abgeräumt worden waren, hatte sich Kriminalrat Lütjen ans Kopfende der Tafel begeben und war auf eine flache Holzkiste gestiegen, die ein hilfsbereiter Angestellter herbeigeschafft hatte. Gläser waren aneinandergestoßen worden, und Konrad hatte seine Gäste um Aufmerksamkeit gebeten.

»Heute ganz groß, der Lütte«, flüsterte Felix am Ohr von Marie und zog Stift und Schreibblock aus der Tasche.

Tatsächlich wirkte der Kriminalrat ungewohnt hochgewachsen. Er hielt sich stets sehr aufrecht, aber in der erhöhten Position wirkte es noch überzeugender. Marie hatte nicht darauf geachtet, aber sie war sicher, dass er auch nicht auf Schuhe mit Plateausohlen verzichtet hatte. Da er für den Polizeidienst eigentlich zu klein war, hatte man in der Inspektion rasch herausgefunden, wo er eingestellt worden war, um sich dann nach Niedersachsen versetzen zu lassen. Nur das Saarland kannte keine Mindestgröße für Polizeibeamte.

Lütjen wartete, bis sich das Stimmengemurmel vollständig gelegt hatte, zog sein Redemanuskript aus der Tasche, wippte ein wenig auf und ab und begann. »Liebe Frau Cordes, lieber Kollege Röverkamp, verehrte Damen und Herren, liebe Kolleginnen und Kollegen. Es ist mir eine Ehre, einem verdienten Kriminalbeamten die Urkunde zur Versetzung in den Ruhestand zu überreichen. Auch wenn Herr Röverkamp diesen Akt, wie er einmal sagte, als Zwangspensionierung empfindet und wir in der Inspektion sein Ausscheiden bedauern, ist es meine Pflicht, dem Gesetz zu genügen.« Lütjen machte eine bedeutungsvolle Pause und lächelte breit in die Runde. »Immerhin ist es mir gelungen, die Dienstzeit des Kollegen über die reguläre Altersgrenze hinaus zu verlängern. Der Abschied ist aber nicht aufzuhalten, doch er wird uns durch zwei erfreuliche Entscheidungen erleichtert. Dazu komme ich später.«

Er wandte sich Konrad zu und fuhr fort. »Sie, lieber Herr Röverkamp, waren zunächst in der Polizeiinspektion Stade im Bereich der Direktion Lüneburg tätig, wurden dann nach dem Tod Ihrer Frau im Rahmen von Ermittlungen zu einem besonders tragischen Verbrechen zu uns nach Cuxhaven abgeordnet, um die Mordkommission zu verstärken, und sind nach Abschluss der Arbeit bei uns geblieben. Ihr damaliger Vorgesetzter, mein Vorgänger, Kriminaloberrat im Ruhestand Christiansen, wird uns das genauer in Erinnerung rufen. Mir bleibt an dieser Stelle noch das Vergnügen, Ihnen und Ihrer Lebensgefährtin alles Gute zu wünschen, vor allem Gesundheit und Lebenskraft.«

Nach einer weiteren Pause richtete er das Wort wieder an die Festgesellschaft. »Nun darf ich zu den guten Nachrichten kommen, die ich Ihnen versprochen habe. Kollege Röverkamp hat, das ist allgemein bekannt, sehr eng und überaus erfolgreich mit einer jungen Kollegin zusammengearbeitet. Ich freue mich, Ihnen, Frau Janssen, mit ausdrücklicher Erlaubnis des Gastgebers mitteilen zu dürfen, dass Sie zur Kriminaloberkommissarin befördert worden sind. Es war also vorhin kein Versprecher, als ich Sie begrüßt habe. Herzlichen Glückwunsch!«

Beifall brandete auf, und Marie spürte, wie ihr das Blut in den Kopf schoss. »Gratuliere, mein Schatz.« Felix umarmte sie und küsste sie auf die Wange. Konrad Röverkamp hatte sich erhoben und kam auf sie zu. »Glückwunsch, Marie! Ich freue mich für dich.«

Kriminalrat Lütjen wedelte mit den Armen, um die aufgekommene Unruhe zu dämpfen. Es dauerte eine Weile, bis er wieder zu Wort kam, weil auch Sabine Cordes und Kollegen aus der Inspektion gratulieren wollten. »Ich habe noch eine zweite gute Nachricht für uns«, verkündete er schließlich. »Mit dem Ausscheiden unseres geschätzten Kollegen Röverkamp aus dem aktiven Dienst drohte eine personelle Lücke zu entstehen, die uns schwer zu schaffen gemacht hätte.« Wieder wippte er ein wenig auf und ab und strahlte stolz in die Runde. »Doch es ist mir gelungen, einen Nachfolger für die Stelle zu gewinnen.« Mit einer großen Geste deutete er auf den neuen Kollegen. »Erster Kriminalhauptkommissar Jan Feddersen.« Es gab zögernden Beifall, der rasch erstarb. »Herr Feddersen«, fuhr Lütjen fort, »war lange Zeit als Fahnder der Polizeidirektion Osnabrück zwischen Ostfriesischer Küste und Teutoburger Wald unterwegs. Zuletzt hat er sich an der Polizeiakademie Niedersachsen in Nienburg an der Weser um den Nachwuchs gekümmert. Wir freuen uns, Kollege Feddersen, Sie in Cuxhaven begrüßen zu dürfen.«

Wieder setzte Gemurmel ein. Offenbar mussten einige Kollegen das Gehörte kommentieren. Auch Marie fragte sich, ob jemand, der zuletzt im akademischen Lehrbetrieb tätig gewesen war, noch mit den Herausforderungen der täglichen Ermittlungsarbeit zurechtkam. Sie nahm sich vor, sich nicht zur Befehlsempfängerin für niedere Arbeiten machen zu lassen. Schon gar nicht von einem modelmäßig gestylten Schönling.

In die allgemeine Unruhe hinein rief Lütjen, dass er mit seinem Beitrag nun zum Ende komme. In diesem Augenblick erschienen die Serviererinnen mit dem Hauptgang. Das Interesse der Gäste wandte sich den Speisen zu, sodass ihm niemand mehr Beachtung schenkte. Er öffnete einige Male den Mund und schloss ihn wieder, um dann schulterzuckend von seinem Podest hinabzusteigen.

Felix machte sich ein paar Notizen. »Euer Chef scheint der Einzige zu sein, der nicht begriffen hat, dass dieses hier nicht seine Veranstaltung ist.«

Marie zuckte mit den Schultern. »Am Anfang war es viel schlimmer. Damals hat man ihn in der Inspektion *Rumpelstilzchen* getauft, weil er bei jeder Kleinigkeit ausgeflippt ist und einen Riesenwirbel gemacht hat. Mit der Zeit ist er ruhiger geworden. Dann hat er von uns den Spitznamen *der Lütte* bekommen.«

»Lütjen – der Lütte. Passt ja auch perfekt.« Felix grinste. »Was hältst du von deinem künftigen Kollegen Jan Feddersen? Auf mich wirkt er nicht unsympathisch.«

»Ich weiß nicht.« Marie warf einen Blick zum Ende der Tafel, wo sich der Neue angeregt mit Konrads Lebensgefährtin Sabine unterhielt. »Nach der kurzen Begegnung … Man muss abwarten, wie sich die Zusammenarbeit anlässt.«

*

»Ich weiß nicht, ob das eine gute Idee ist.« Dennis Brütt zog die Stirn kraus. »Ich kenne diesen Charly nicht. Kannst du dich auf ihn verlassen?«

Sascha nickte. »Ich glaube schon. Wir sind zusammen zur Schule gegangen, haben damals mit kleinen Sachen angefangen und später ein paar Dinger gedreht. Ist natürlich eine Weile her.«

»War er im Knast?«

»Keine Ahnung.« Sascha zuckte mit den Schultern. »Er ist aus Cuxhaven weg, weil er am Strand von Duhnen oder Döse 'ne Tusse kennengelernt hat. Die kam aus dem Ruhrpott. Da ist er dann hin. Große Liebe und so.«

»Wenn du dich mit ihm triffst, erzähl ihm aber nicht gleich, was wir vorhaben! Hör dir erst mal an, was er so von sich gibt. Okay? Ich kümmere mich inzwischen um den Wagen. Sind dein Charly und sein Kumpel in Ordnung, machen wir heute Nacht unsere Tour.«

Nachdem Sascha sich auf den Weg zur Pizzeria gemacht hatte, um seinen alten Freund zu treffen, entriegelte Dennis die Schiebetür des Transporters von innen und öffnete sie. Trotz des Dämmerlichts, das in der Scheune herrschte, hatte er Besen, Schrubber, Wischlappen und Reinigungsmittel rasch ausgeräumt.

Das große schwarze Paket ließ sich auf der verbeulten und verklebten Ladefläche nur mühsam bewegen. Trotzdem musste es hinausgeschafft werden, denn es würde zu viel kostbaren Platz wegnehmen.

Dennis beschloss, auf Saschas Rückkehr zu warten. Dann konnten er und sein Kumpel das Bündel aus dem Wagen hieven.

*

Die Pizzeria war leicht zu finden gewesen. Mike parkte das Bäckerauto etwas abseits, aber so, dass sie den Eingang des Lokals im Blick hatten.

»Geh mal rein«, sagte er zu Marco, »und schau dich um, ob du einen siehst, der unser Mann sein könnte. Nach Steenhusens und Auroras Beschreibung ist er blond und hat einen dünnen Bart. Schmaler Streifen auf der Oberlippe, bisschen Sauerkraut am Kinn.«

»Willst du 'ne Pizza?«, fragte Marco und öffnete die Tür.

»Gute Idee.« Mike nickte. »Besser, du kaufst was, wenn du da reingehst. Fällt weniger auf. Außerdem habe ich Hunger. Bring dir auch eine mit! Wer weiß, wie lange das hier noch dauert. Für mich Salami. Und 'ne Cola.«

Zehn Minuten später kehrte Marco mit zwei Pizzen und zwei Flaschen Cola zurück. »Da drinnen ist einer, der nach diesem Sascha Dingsbums aussieht. Wie du gesagt hast. Sitzt da, guckt dauernd auf die Uhr und hält sich an einem Bier fest.«

Mike nickte zufrieden und öffnete die Cola, die Marco ihm mitgebracht hatte. Er nahm einen kräftigen Schluck und klappte den Deckel seines Pizzakartons auf. Kurz darauf verbreitete sich im Bäckerwagen der Geruch von Salami und Thunfisch und überdeckte den der Backwaren.

Zwanzig Minuten später deutete Marco nach vorn. »Das ist er.«

Mike warf den Karton mit den Resten seiner Pizza hinter sich in den Laderaum, leerte die Colaflasche, schmiss sie ebenfalls nach hinten und rülpste. »Dann schauen wir mal, wohin uns Sascha führt. Den Wagen lassen wir hier solange stehen.«

Nicht zum ersten Mal beschatteten die Kowalski-Brüder eine Person. Wenn Övenhorst sie beauftragte, sich um jemanden zu kümmern, wie er sich ausdrückte, ging es gewöhnlich darum, einer Zahlungsaufforderung Nachdruck zu verleihen. Einen Mann zu verfolgen, um ihm einen geklauten Wagen mit einer Leiche darin abzunehmen, war neu für sie. Gleichwohl gingen sie mit Gelassenheit und Routine vor, hielten sich im Schatten von Gebäuden und Toreinfahrten, wahrten sicheren Abstand und blieben für den Verfolgten unsichtbar.

Zu Anfang hatte sich Sascha noch ein paar Mal umgedreht, den Eingang zur Pizzeria und die Straße gemustert. Doch dann war er zügig ausgeschritten, schließlich in eine gepflasterte Hofzufahrt eingebogen. Inzwischen war die Dämmerung fortgeschritten, das Gebäude, auf das er zuging, nur als riesiger schwarzer Schattenriss zu erkennen. Es entpuppte sich als baufällige Scheune, in deren Holztor eine Tür eingelassen war, durch die Sascha verschwand.

Vorsichtig schlichen Mike und Marco näher. Aus dem Inneren des Schobers waren Stimmen zu hören. Sie hörten zwei Männer reden, konnten aber den Inhalt ihrer Worte nicht erfassen. Doch dann wurden die Stimmen lauter, der Dialog ließ sich ohne Anstrengung verfolgen.

»Und was war mit deinem alten Kumpel?«

»Ist nicht gekommen.«

»Schade. Dann komm, fass mit an! Wir müssen noch was ausladen.«

Sekunden später erklangen das Geräusch reißender Plastikfolie, ein dumpfer Knall und ein Aufschrei.

»Scheiße! Was ist das denn?«

»Eine Frau.«

»Ist die tot?«

»Klar ist die tot. Du Idiot hast einen Leichentransporter geklaut.«

»Aber ... der stand auf dem Parkplatz am Bahnhof. Ich konnte doch nicht ahnen ...«

»Mann!«, stieß der andere hervor. »Auf den Schreck brauche ich einen Schnaps. Da drüben steht 'ne Flasche *Küstennebel.*«

Draußen knuffte Mike seinen Bruder in die Seite. »Vielleicht erledigen die den Job für uns«, flüsterte er und unterdrückte einen Rülpser. »Dann müssen wir nur noch den Wagen zurückholen.«

»Prost!« Hinter dem Scheunentor klirrten Gläser aneinander. Kurz darauf hörten sie erneut die Stimme von Saschas Kumpel. »Wir können sie auch hier liegen lassen, bis nach unserer Tour. Sobald wir die Räder ausgeladen haben, packen wir die Frau wieder rein, und du bringst den Bulli zurück nach Cuxhaven. Da stellst du ihn irgendwo ab. Muss ja nicht der Parkplatz am Bahnhof sein.«

»Ich weiß nicht. Wenn die Bullen danach suchen und mich anhalten ... Wir sollten die Karre abfackeln. Schon wegen der Fingerabdrücke und so. Spuren halt. Und die Leiche wäre weg.«

»Auch 'ne Möglichkeit. Aber das entscheiden wir morgen. Jetzt fass an! Wir müssen die ... das Teil ... ausladen.«

Die Kowalski-Brüder sahen sich an. »Wir holen uns den Wagen«, flüsterte Mike. »Ich gehe als Erster rein und schnappe mir einen von denen. Du kommst nach und übernimmst den anderen.«

5

2017

Marie ging ein wenig zögerlich auf das Büro zu, das sie so viele Jahre mit Konrad Röverkamp geteilt hatte. Vom Parkplatz aus hatte sie gesehen, dass ihr Kollege Jan Feddersen offenbar schon da war. Er war wohl Frühaufsteher. Eines der Fenster zur Abendrothstraße stand offen. Die Räume, die für das Fachkommissariat im Gebäude der Volksbank angemietet worden waren, mussten aus Sicherheitsgründen nachts verschlossen bleiben. Gewöhnlich war sie als Erste im Büro gewesen, hatte gelüftet und sich um die Grünpflanzen gekümmert. Konrad war dafür abends länger geblieben. Wenn Sabine, die als Anästhesistin im Cuxhavener Krankenhaus arbeitete, Spätschicht hatte, war er manchmal bis Mitternacht im Büro gewesen, um Ermittlungsakten zu studieren. Nicht selten hatte er sie dann am nächsten Morgen mit einer neuen Idee oder einem neuen Ermittlungsansatz zu einem aktuellen Fall überrascht.

Nun würde sicher vieles anders werden. Wahrscheinlich nicht unbedingt besser. Kriminalrat Lütjen hielt zwar große Stücke auf seinen neuen Ersten Kriminalhauptkommissar, hatte aber andere Maßstäbe als sie. Formale Kriterien wie Zeugnisnoten und Beurteilungen standen bei ihm höher im Kurs als menschliche Qualitäten. Maries erster Eindruck von Feddersen, den sie bei Konrads Verabschiedung gewonnen hatte, war von Äußerlichkeiten bestimmt gewesen. Das musste sie zugeben. Dazu gehörte der Anschein, es mit einem relativ unerfahrenen Kollegen zu tun zu bekommen, der kaum älter war als sie selbst. Von Anne Lüken hatte sie später jedoch erfahren, dass er schon zweiundvierzig war und man ihn zur Polizeiakademie geholt hatte, weil er eine überdurchschnittliche Aufklärungsquote vorweisen konnte.

An der Bürotür verharrte sie einen Augenblick, drückte dann auf die Klinke und ließ die Tür aufschwingen. »Moin.« Verblüfft blieb sie stehen. Feddersen hielt ihre Gießkanne in der Hand und versorgte den Bogenhanf mit Wasser.

»Moin«, antwortete er. »Die sind alle gut in Schuss. Die Sansevieria mag ich besonders. Gehört zur Familie der Spargelgewächse. Unterfamilie Nolinoideae.« Er stellte die Kanne ab und kam lächelnd auf Marie zu. »Ich nehme an, dass Kollege Röverkamp nicht derjenige war, der sich um die Grünpflanzen gekümmert hat.«

Marie schüttelte den Kopf. »Nein, das war ich.«

»Daran muss sich auch nichts ändern. Ich war nur recht früh hier, und da habe ich schon mal …« Er deutete auf das offene Fenster. »War ziemlich schlechte Luft. Und die Pflanzen …«

»Kein Problem«, sagte Marie, trat in den Raum und schloss die Bürotür hinter sich. In Wahrheit empfand sie es als übergriffig, wie der neue Kollege sich mit ihrer Gießkanne um ihre Pflanzen kümmerte. Andererseits musste sie sich eingestehen, dass es sich dabei eher um einen sympathischen Zug handelte.

»Was machen wir mit den Schreibtischen?«, fragte sie, um etwas Unverfängliches zu sagen.

»Von mir aus kann alles so bleiben.« Feddersen deutete auf Konrads Platz und dann auf einen Umzugskarton. »Mein

Vorgänger hat gut aufgeräumt. Wenn Du ... äh, Sie einverstanden sind, sitzen wir einander gegenüber. Ich räume nur schnell mein Zeug ein.«

Marie nickte, zog ihre Jacke aus, hängte sie an den Garderobenhaken hinter der Tür, setzte sich auf ihren Platz und schaltete gewohnheitsmäßig den Computer ein. Während ihr Kollege seine persönlichen Sachen im Schreibtisch verstaute, überflog sie die Neuigkeiten aus dem internen Netz.

In den ersten Meldungen war von Einbrüchen die Rede. Ein Versicherungsbüro in Dorum, eine Fischhandlung in Cuxhaven, eine Gaststätte und ein Hotel in Duhnen waren am Wochenende von Einbrechern heimgesucht worden. Es hatte wieder Anrufe eines falschen Kriminalbeamten bei älteren Menschen gegeben, einen Kraftfahrzeugdiebstahl sowie mehrere Trunkenheitsdelikte im Straßenverkehr. Auf der A 27 waren bei Lkw-Kontrollen zahlreiche Fahrzeuge mit schwerwiegenden Mängeln entdeckt worden. Einige Lastwagen hatten die Kollegen aus dem Verkehr ziehen müssen, darunter einen Neunzigtonner mit defekten Bremsen. Eine Geschwindigkeitsüberwachung in Geestland hatte zu etlichen Verwarnungen und manchen Fahrverboten geführt. Ein Motorradfahrer war mit 193 Stundenkilometern statt der erlaubten 70 erwischt worden.

Alles in allem die normale Bilanz eines Wochenendes. Aber schon kam eine neue Information rein. In der Wache der Dienststelle an der Werner-Kammann-Straße war eine Vermisstenmeldung eingegangen.

»Ist was für uns dabei?«, fragte Konrads Nachfolger.

Marie zeigte auf seinen Monitor. »Sie können selbst nachsehen. Das Passwort klebt unter der obersten Schublade.«

Feddersen wirkte leicht irritiert. »Wir sollten erst einmal klären, wie wir es mit der Anrede halten. Ich möchte Ihnen nicht zu nahe treten, Frau Janssen, aber bei der Polizei sind eigentlich alle per Du. Jedenfalls habe ich es bisher so erlebt. Oder ist das in Cuxhaven anders?«

Unsicher schüttelte Marie den Kopf. Er hatte Recht. Selbst mit dem viel älteren Konrad Röverkamp hatte sie sich nicht lange gesiezt. Aber sie war entschlossen gewesen, den neuen Kollegen erst einmal auf Distanz zu halten. Obwohl er ihr heute deutlich sympathischer erschien als bei der ersten Begegnung, zögerte sie.

»Ein Problem damit?« Jan Feddersen lächelte. Nachsichtig? Mitleidig? Nein, eher freundschaftlich, fast warmherzig. Sein Blick löste in Marie etwas aus, sie spürte, wie ihre Abwehrhaltung Sprünge bekam.

»Nein«, antwortete sie. »Alles klar. Ich heiße Marie.«

»Schöner Name. Ich bin Jan. Aber das weißt du ja schon.« Er schenkte ihr erneut ein herzliches Lächeln und wiederholte seine Frage. »Für uns was dabei?«

»Es gibt eine Vermisstenmeldung. Eine Frau, Mitte Zwanzig. Wir haben den Namen, Solveig Vollmer, und eine Mobilfunknummer, aber keine Adresse.«

»Hinweise auf Unfall oder Tötungsdelikt?«

»Bis jetzt keine.«

»Von wem kommt die Meldung?«

»Nicht von Angehörigen.« Marie überflog den Text. »Eine Frau Doktor Anderson vermisst ihre Untermieterin. – Warte mal, hier kommt noch was. Die Dame sitzt drüben in der Wache. Sie will sich nicht damit zufriedengeben, dass wir nicht sofort etwas unternehmen.«

»Gibt sie einen Grund dafür an?«

Marie zuckte mit den Schultern. »Hier steht darüber nichts. Aber die Kollegen können ja nicht alle Details ...«

»Was hältst du davon«, unterbrach Feddersen sie, »wenn wir uns mit der Dame unterhalten?«

Zum ersten Mal lächelte Marie. »Das hätte ich auch vorgeschlagen. Eine junge Frau verschwindet nicht so ohne Weiteres. Sicherheitshalber sollten wir bei den Watt- und Seenotrettern nachfragen, ob sie gerade einen Einsatz haben oder hatten. Im Wattenmeer vor Cuxhaven und den Kurgebieten gibt es jedes Jahr etliche Notfalleinsätze. Neulich hatten wir einen in Lebensgefahr geratenen Touristen, der sich nicht retten lassen wollte, weil er ehemaliger Wasserball-Nationalspieler sei und meinte, er könne notfalls schwimmen.«

Feddersen nickte. »Kenne ich. Hatten die Kollegen aus Butjadingen im April vor Tossens mit zwei Westfalen. Ging durch die Medien. Hast du sicher mitgekriegt.«

»Allerdings. Unsere Wattretter haben den Eindruck, dass die Leute immer leichtsinniger werden. Verlassen sich auf ihre Smartphone-Apps mit Tiden-Anzeige und glauben, sie könnten im Notfall telefonisch Hilfe rufen.«

Feddersen deutete auf Maries Telefon. »Rufst du bei den Rettungskräften an? Du hast die Nummern wahrscheinlich im Kopf.«

»Klar.« Marie griff zum Hörer. Während sie mit der Leitstelle sprach, beobachtete sie, wie Jan Feddersen weiter seinen Schreibtisch einrichtete. Zum Schluss stellte er ein Foto auf. Aha, dachte Marie. Frau? Freundin? Haustier? Allzu gern hätte sie gewusst, was auf dem Bild zu sehen war und hoffte, beim Hinausgehen einen Blick erhaschen zu können. Sie verabschiedete sich von ihrem Gesprächspartner, der keinen aktuellen Notfall melden konnte, und wählte die Nummer der DLRG. Auch hier war nichts über einen Einsatz bekannt.

Sie legte auf. »Alles ruhig im Watt oder auf See. Gehen wir?«

»Okay.« Jan Feddersen erhob sich und griff nach seiner Jacke. Marie fuhr den Computer herunter und verharrte ein paar Sekunden, sodass ihr Kollege schon an der Tür war, als sie aufstand, um ihm zu folgen. Im Hinausgehen wanderte ihr Blick unauffällig über seinen Schreibtisch. Das Foto zeigte einen fünfzehn- oder sechzehnjährigen Jungen, der Feddersen auffallend ähnlich sah und versunken auf einer Gitarre spielte. Hatte der neue Leiter des Fachkommissariats sein eigenes Jugendbildnis auf den Schreibtisch gestellt?

*

Plötzlich klappte die Tür auf, die Silhouette eines kräftigen Mannes erschien vor dem dämmerig-blauen Hintergrund. Vor Schreck ließ Sascha das Ende des Pakets fallen. Die Folie riss noch weiter auf. Dennis, der mit dem Rücken zur Tür stand, stieß einen Fluch aus. »Scheiße! Was soll das? Kannst du nicht …?« In dem Moment war der Unbekannte hinter ihm, würgte den Satz ab, indem er seine Hand auf Dennis' Mund presste. Fast gleichzeitig trat er ihm in die Kniekehlen. Dennis sackte zu Boden. Seine Hände ruderten sekundenlang durch die Luft, dann versuchte er, den Arm des Mannes zu packen, um sich aus der Umklammerung zu befreien. Doch der Eindringling schien über gewaltige Kräfte zu verfügen.

Entsetzt erkannte Sascha, wie die Bewegungen seines Freundes erlahmten. Er riss sich aus seiner Erstarrung, um ihm zu Hilfe zu kommen, aber schon nach einem Schritt brachte ihn ein Tritt gegen sein Schienbein zu Fall. Ein höllischer Schmerz durchzuckte seinen Körper. Sascha wollte sich aufrichten, doch plötzlich hockte jemand auf seinem Brustkorb und stopfte ihm einen übel riechenden Lappen zwischen die Zähne. Im nächsten Augenblick bekam er einen Schlag ins Gesicht, der ihm fast die Besinnung raubte, er wurde auf die Seite gedreht. Die Kraft, sich zu wehren, konnte er nicht mobilisieren, als seine Hände auf dem Rücken gefesselt wurden.

Der zweite Mann, der aus dem Nichts aufgetaucht war, packte Dennis mit einer Hand am Gürtel, mit der anderen in den Haaren, schleifte ihn über den Boden der Scheune zur hinteren Wand und ließ ihn fallen. Sekunden später landete Sascha neben ihm.

Dennis hielt die Augen geschlossen und stöhnte. Aus der Nase und aus einer Wunde an der Schläfe sickerte Blut. Wer sind die, wollte Sascha fragen, doch der stinkende Stoff in seinem Mund ließ ihn würgen, ein Laut drang nicht hindurch. Sascha röchelte, hustete, schlug die Augen auf. Dennis öffnete die Lippen, schloss sie erneut, ohne einen Ton hervorzubringen. Sein Blick wanderte zum VW Bulli, an dem sich die Unbekannten zu schaffen machen. »Die wollen den klauen«, krächzte er mühsam. »Verdammte Scheiße.«

Sascha dachte an das Paket, das neben dem Wagen lag. Hoffentlich packten sie das Ding wieder ein. Sonst hätten sie die Leiche am Hals. Und kein Auto, um sie wegzuschaffen. Aus der Tour durch die Autohäuser würde auch nichts. Jedenfalls nicht so bald. Er müsste einen anderen Transporter finden. Aber das konnte dauern. Dabei brauchten sie dringend Kohle.

Das Startgeräusch des T3 riss ihn aus seinen Gedanken. Für Sekunden klammerte er sich an die verzweifelte Hoffnung, dass der Motor nicht anspringen würde. Doch nach ein paar stotternden Anläufen drehte der Diesel dröhnend durch. Einer der Männer schob das Scheunentor auf, der andere rangierte den Bulli hinaus. Kurz darauf entfernte sich das Motorengeräusch.

Sascha hob den Kopf. Die Reinigungsutensilien hatten die Typen eingeladen, das schwarze Paket lag unberührt auf dem Scheunenboden.

*

Auf der Höhe von Altenbruch rief Mike in der Spielothek an. »Ist Öve bei dir?«

»Moment«, antwortete René. »Ich gebe das Telefon weiter.«

Wie immer meldete sich der Alte mit einem mürrischen »Ja.«

»Gute Nachrichten, Chef! Wir haben den Wagen gefunden. Sind in zwanzig Minuten in Cuxhaven.«

»Was ist mit der Ladung?«, fragte Övenhorst.

»Die sind wir losgeworden. Darum kümmern sich jetzt andere.«

»Gut so«, brummte der Alte. »Wir treffen uns in einer halben Stunde bei René.«

Als Mike mit dem Bulli eintraf, hatte Marco den Lieferwagen des Bäckers bereits auf dem Hof abgestellt und wartete auf ihn. »Besser konnte es nicht laufen!«, rief er ihm zu. »Der T3 ist wieder da, die Frau ist weg. Jetzt muss Öve uns das Geld zurückgeben.«

»Das wird er.« Sein Bruder grinste. »Darauf kannst du dich verlassen. Und er wird noch was drauflegen.«

»Glaubst du, der alte Geizkragen rückt mehr raus?«

»Von Glauben kann nicht die Rede sein«, antwortete Mike. »Ich weiß es. Schließlich haben wir seine Leiche verschwinden lassen und ihm dadurch den Arsch gerettet.«

»Aber das stimmt doch gar nicht«, wandte Marco ein. »Wenn die Schwachköpfe aus Otterndorf damit nicht klarkommen? Oder wenn sie die Bullen informieren ...«

»Das werden sie nicht tun. Ich bin sicher, dass sie es schaffen, sie zu beseitigen. Die Scheune gehört zu einem Landwirtschaftsbetrieb. Die haben genügend Felder, um sie irgendwo zu vergraben. Oder sie packen sie in den Misthaufen, bis sie vermodert ist. Sie können sie auch an die Schweine verfüttern. Nirgends hast du bessere Möglichkeiten als auf einem Bauernhof.«

»Und was willst du Öve erzählen?«

»Lass mich nur machen und halte dich raus, wenn ich mit ihm spreche!«

Marco zuckte mit den Schultern. »Ich bin gespannt.« Er wandte sich um, weil die Tür des Hauseingangs klappte und der Bäcker erschien.

»He!«, rief er. »Ihr könnt doch nicht einfach meinen Wagen nehmen. Schon gar nicht, ohne vorher zu fragen.«

Marco lachte und warf ihm die Schlüssel zu. »Wer hier wen zu fragen hat, entscheidest nicht du, Bäckerbursche. Die

Karre wurde für geschäftliche Zwecke benötigt. Sei froh, dass du sie unbeschädigt wiederkriegst! Kannst dich bei Öve beschweren, falls du dich traust. Aber heul nicht rum, wenn du anschließend was aufs Maul kriegst.«

Timo Hilgersen umrundete den Fiat, warf einen Blick ins Innere und verschloss die Türen. »Ihr seid doch bloß Handlanger, die für Öve die Drecksarbeit machen. Ohne euch wäre der Alte aufgeschmissen. Der kann nur Druck machen, weil ihr seine Kettenhunde seid. Darüber solltet ihr mal nach...« Er brach ab, denn Mike stand plötzlich hautnah vor ihm. Blitzartig krachte Kowalskis Stirn auf Hilgersens Nase. Es knirschte.

»Für die *Kettenhunde.*«

Mit einem Aufschrei schlug Timo die Hände vors Gesicht. Durch seine Finger tropfte Blut. »Du hast mir die Nase gebrochen«, stieß er hervor. »Das ist Körperverletzung!«

»Nur ganz wenig.« Mike grinste. »Macht dein Milchgesicht interessanter. Frauen stehen auf so was. Und jetzt verpiss dich!«

*

»Schmeiß die Leute raus!«, knurrte Gerhard Övenhorst. »Ich habe hier gleich eine Besprechung.«

René stellte ein Bier auf die Theke. »Das sind gute Kunden. Die kann ich nicht mal eben so an die Luft setzen.«

»Aber ich kann dich an die Luft setzen.« Övenhorst griff nach der Flasche. »Und zwar ganz einfach.« Mit einer Kopfbewegung deutete er in Richtung der klingelnden Automaten. »Also!«

Unhörbar seufzend umrundete René den Tresen, durchquerte den Raum und sprach nacheinander leise auf jeden der Glücksspieler ein.

Kaum hatte der letzte Kunde die Spielothek verlassen, traten die Kowalski-Brüder durch die Tür. Sie nickten René zu und ließen sich neben ihrem Chef an der Theke nieder. »Gib mal zwei Bier«, sagte Mike. »Der Job macht durstig.«

Övenhorst bedeutete René, sich zu entfernen und wandte sich an Marco. »Ist die … bestimmt für immer verschwunden?«

Marco deutete auf seinen Bruder. »Er kann's besser erklären.«

Mike schob eine der Flaschen über den Tresen. »Sie ist nicht nur verschwunden, sie ist beseitigt, und zwar so, dass sie nicht wieder auftauchen kann. Kannst dich drauf verlassen.«

»Freut mich zu hören.« Övenhorst gab René einen Wink. »Das Bier geht auf mich«, rief er ihm zu.

»Das wird nicht reichen«, erklärte Mike Kowalski und sah den Alten herausfordernd an.

»Ach so.« Der Chef grinste und griff in sein Jackett. »Gute Arbeit wird natürlich gut bezahlt.« Er zog zwei Hunderteuroscheine aus der Brieftasche und legte sie auf den Tresen. »Ich wusste, dass ihr das hinkriegt.«

Mike schnappte das Geld und ließ es in der Hosentasche verschwinden. »Reicht auch noch nicht.«

Mit zusammengezogenen Augenbrauen starrte Öve ihn an. »Was soll das heißen?«

»Hundert Tacken sind zu wenig für den Job. Wir haben 'ne Menge riskiert.«

»Zweihundert«, korrigierte Övenhorst. »Hundert für jeden. Das muss reichen. Und jetzt will ich nichts mehr davon hören.« Er rutschte vom Hocker und griff nach seiner Krücke. »Man sieht sich.«

»Hundert für jeden«, sagte Mike Kowalski, ohne die Stimme zu erheben, »wäre in Ordnung. Monatlich.«

Övenhorst fuhr herum. »Werd nicht frech! Wer wann was kriegt, bestimme ich. Ihr könnt froh sein, dass ich euch überhaupt beschäftige. Noch so eine Unverschämtheit und ich schmeiße euch raus.«

»Das geht nicht.« Kowalski breitete entschuldigend die Arme aus. »Könnte sein, die Frau kommt zurück.«

Mit wütend verzerrter Miene starrte Övenhorst ihn an. Dann wandte er sich an Marco. »Ihr habt gesagt, dass sie nicht wieder auftauchen kann.«

Der zuckte mit den Schultern. »Kann sie auch nicht. Jedenfalls nicht von allein.«

»Aber wir wissen, wo sie ist«, ergänzte Mike »Wir können sie zwar nicht wiederbeleben, aber wir könnten dafür sorgen, dass sie zurückkehrt. Zum Beispiel an den Ort, an dem sie ...«

Der Alte stieß seine Krücke auf den Boden. »Das ist Erpressung«, schrie er. »Gerhard Övenhorst lässt sich nicht erpressen. Merkt euch das!« Er wandte sich um und stapfte mit hörbarer Wut zum Ausgang.

»Was machen wir jetzt?«, fragte Marco, nachdem die Tür der Spielothek krachend ins Schloss gefallen war. »Wir können die ... Dings nicht zurückholen, wahrscheinlich haben die beiden Typen aus Otterndorf ...«

Mike winkte ab. »Der beruhigt sich schon wieder. Diesmal sitzen wir am längeren Hebel.« Er wandte sich an René. »Noch mal zwei Bier!«

»Wer zahlt?«, fragte der Pächter.

»Wenn ich mich recht erinnere, hat der Chef uns eingeladen.«

»Der bezahlt nie«, wandte René ein.

In diesem Augenblick ging die Tür auf, Övenhorst kehrte in den Raum zurück. Er humpelte zur Theke und tippte Mike Kowalski auf die Schulter. »In zehn Minuten bei mir drüben.«

»Okay Chef.«

Die Brüder grinsten sich an.

*

Gisela Anderson sah auf den ersten Blick aus, wie man sich eine pensionierte Oberstudienrätin vorstellt. Graues Haar, graues Kostüm, graue Schuhe, Handtasche aus den Neunzigern. Doch nachdem sie sich gesetzt hatte, registrierte Marie dezente rote Streifen an Kleidung und Accessoires. Alles passte zusammen – und zur Farbe des Lippenstifts.

Anne Lüken, die stets hilfsbereite Pressesprecherin, hatte ihr Büro zur Verfügung gestellt, sodass sie das Gespräch nicht in der Wache führen mussten. Marie saß hinter dem Schreibtisch, Jan Feddersen hatte einen der Besucherstühle zur Seite gezogen und sich darauf niedergelassen. Auf dem zweiten hatte Anderson Platz genommen, die Beine übergeschlagen und ihre Kostümjacke geöffnet. Darunter war eine rote Bluse zum Vorschein gekommen, deren Farbton ebenfalls mit dem des Lippenstifts übereinstimmte.

Nach einem kurzen Blick zu ihrem Kollegen, der ihr kaum merklich zunickte, eröffnete Marie das Gespräch. »Es ist sehr verantwortungsbewusst von Ihnen, uns darüber zu informieren, dass Sie jemanden vermissen. Doch nach Aussage unserer Kollegen handelt es sich bei der vermissten Person um eine erwachsene Frau. Da in unserem Land jeder seinen Aufenthaltsort frei wählen und selbst bestimmen kann, ist es nicht unsere Aufgabe, nach Menschen zu suchen, die gerade nicht dort sind, wo man sie erwartet. Anders verhält es sich bei Kindern. Nach einem vermissten Kind suchen wir natürlich sofort.«

»Das ist mir bekannt.« Gisela Anderson nickte. »In diesem Fall habe ich jedoch Grund zu der Annahme, dass ihr etwas zugestoßen ist. Ich habe Solveig schon vor einigen Jahren in den USA kennengelernt. Seit den Neunzigern habe ich dort gearbeitet, und sie hat als Austauschschülerin bei mir gewohnt und mich danach gelegentlich besucht. Nach dem Abitur hat sie mit ihren Eltern Cuxhaven verlassen. Kürzlich ist sie allein zurückgekehrt, weil sie hier ihren ersten Job gefunden hat. Für die Probezeit war sie auf der Suche nach einer Bleibe. Ich hatte gerade einen Mietvertrag für eine geräumige Wohnung unterschrieben und ihr angeboten, bei mir einzuziehen. Wir waren die letzten Tage dauernd im Gespräch, um die Einzelheiten ihres Einzugs abzustimmen. Sie war vorübergehend bei alten Freunden untergekommen und wollte noch verschiedene Möbel anschaffen. Solveig ist sehr zuverlässig, sie hat jeden Schritt und jeden Termin mit mir abgesprochen. Wir haben täglich miteinander telefoniert. Seit gestern hat sie sich nicht mehr gemeldet, und ich kann sie auf ihrem Handy nicht erreichen. Vielleicht verstehen Sie, dass ich in hohem Maße beunruhigt bin. Ich habe schon die Krankenhäuser angerufen. Hier in Cuxhaven, in Otterndorf und in Bremerhaven. Ohne Erfolg.«

»Könnte es nicht sein«, warf Jan Feddersen ein, »dass Frau Vollmer noch einmal nach Hause gefahren ist, ich meine, zu ihren Eltern?«

Gisela Anderson schüttelte den Kopf. »Ihre Eltern sind im März 2015 bei einem Flugzeugabsturz in Frankreich ums Leben gekommen. Diese Germanwings-Maschine, deren Co-Pilot ... Sie wissen schon. Solveig hat es trotzdem geschafft, ihr Studium erfolgreich zu beenden, und sich dann entschieden, nach Cuxhaven zurückzukehren, um hier zu leben und zu arbeiten.«

»Gibt es andere Familienangehörige?«, fragte Marie. »Und was ist mit den Freunden, die Sie erwähnt haben?«

»Ihre Großmutter lebt in einem Pflegeheim in der Nähe von Frankfurt. Sie ist dement und erkennt ihre Enkelin nicht mehr. Die Freunde, bei denen Solveig zuletzt gewohnt hat, habe ich noch nicht kennengelernt. Sie wollte sie nach ihrem Einzug zu uns einladen.«

Jan Feddersen zog einen Notizblock aus der Tasche. »Können Sie uns Namen und Adresse der Freunde nennen?«

»Einen Namen leider nicht«, antwortete Gisela Anderson. »Solveig hat einmal erwähnt, dass sie in Sahlenburg wohnt. Die Straße habe ich mir gemerkt, weil dort eine Freundin von mir lebt. Am Swatten Diek. Die Hausnummer weiß ich allerdings nicht.«

»Besitzt Frau Vollmer ein Kraftfahrzeug? Können Sie uns Typ und Farbe nennen? Vielleicht sogar das Kennzeichen?«

»Ja.« Gisela Anderson nickte. »Einen älteren VW Polo. Silbergrau. Vom Nummernschild erinnere ich nur die ersten Buchstaben. MTK.«

»Vielen Dank, Frau Doktor Anderson.« Marie klappte den Aktendeckel auf, den ihr die Kollegen aus der Wache mitgegeben hatten, und machte eine Notiz. »Sicher werden uns Ihre Angaben helfen, Frau Vollmer zu finden. Ihre Personalien haben die Kollegen bereits notiert. Von uns aus wär's das fürs Erste.« Sie reichte der Besucherin eine Visitenkarte. »Wenn Ihnen noch etwas einfällt, rufen Sie uns bitte an! Wir werden Sie unterrichten, sobald sich konkrete Erkenntnisse ergeben.«

6

1988

»Wenn ein erwachsener Mensch nicht da ist, wo man ihn vermutet, heißt das nicht, dass er verschwunden ist. Er hat lediglich seinen Aufenthaltsort geändert. Den darf jeder frei wählen, es sei denn, er ist nicht straffällig geworden und muss deshalb von Polizei oder Justiz festgesetzt werden.« Kriminalhauptkommissar Claus-Peter Christiansen breitete die Arme aus. »Und in diesem Fall sind zwei gleichaltrige junge Menschen nicht nach Hause gekommen. Nach unseren Erfahrungen haben wahrscheinlich beide gemeinsam entschieden, nicht im eigenen Bett zu übernachten. Stattdessen ... Aber das muss ich Ihnen nicht erklären. Bei jungen Leuten kommt das vor. Für uns gelten sie jedenfalls nicht als vermisst, wenn keine begründeten Anhaltspunkte vorliegen, dass sie in Gefahr sind.«

Die beiden Mütter, die nacheinander in der Cuxhavener Polizeiinspektion aufgetaucht waren, um Anzeige zu erstatten, sahen Christiansen fassungslos an. »Aber meine Tochter kommt *immer* nach Hause«, sagte eine der Mütter.

»Mein Sohn auch«, pflichtete ihr die andere bei. »Jedenfalls fast immer. Oder er ruft wenigstens an.«

Christiansen seufzte innerlich. »Irgendwann ist es eben das erste Mal, dass erwachsene Kinder nicht in ihrem Bett bei Mama und Papa übernachten«, sagte er laut und fügte hinzu: »Sondern woanders.«

Unauffällig warf der Hauptkommissar einen Blick auf die Uhr. Weil die junge Kollegin aus der Wache ihn so hilfesuchend angesehen hatte, war er bereit gewesen, sich um die beiden Damen zu kümmern, die sich hochgradig beunruhigt und angesichts der Auskunft der Beamten empört gezeigt hatten. Doch nun wurde es Zeit, seinen Chef aufzusuchen, der womöglich schon auf ihn wartete. Christiansen hatte sich nachträglich für den höheren Dienst qualifiziert und stand vor der Ernennung zum Kriminalrat. Damit verbunden war die Nachfolge in der Leitung der Cuxhavener Kripo. Für die alltägliche Ermittlungsarbeit im FK1 würde er dann nicht mehr zur Verfügung stehen. Schon jetzt zeigte sich, dass es zeitaufwendig war, sich auf die neue Funktion vorzubereiten. Dazu gehörten Gespräche mit dem jetzigen Chef. Er musste die offensichtlich überängstlichen Mütter loswerden.

»Ich mache Ihnen einen Vorschlag«, sagte er. »Sie lassen mir die Personalien der von Ihnen vermissten Personen hier, und ich sorge dafür, dass alle Streifen und Dienststellen entsprechend informiert werden. Wäre das in Ihrem Sinn?«

Die Mütter sahen sich an, dann nickten sie. »Das ist doch wenigstens etwas«, erklärte eine von ihnen. Erleichtert erhob sich Christiansen. »Ich begleite Sie hinaus.«

Nachdem er die Besucherinnen verabschiedet hatte, eilte der Hauptkommissar die Treppe hinauf, um halbwegs pünktlich zu seinem Chef zu kommen.

*

Obwohl er bis zum Morgengrauen ziellos in der Gegend herumgefahren war, spürte Hardy keine Müdigkeit. Er setzte sich ans Telefon, um die Schiffstaufe abzusagen. Etwa ein Dutzend

Leute wären anzurufen. Zuerst die Zeitungsredakteure, die ihr Kommen zugesagt hatten, dann der Chef der Musikkapelle und der Hafenkapitän. Nicht zuletzt die konkurrierenden Reeder, von denen er nicht wusste, ob sie seine Einladung überhaupt angenommen hätten. Sie waren untereinander verfeindet, würden sich aber vielleicht trotzdem gegen ihn verbünden, weil sein neues Fahrgastschiff ihnen einen Teil des Kuchens wegnehmen würde. Für sie wäre die Absage der Taufe eine Genugtuung. Und er hörte sie schon spotten. Über einen Möchtegern-Reeder, der als Seelöwe gestartet und als Wattwurm gelandet war. Der Gedanke ließ ihn zögern. Gab es keine andere Möglichkeit? Wenn Claudia das Schiff nicht taufen konnte, musste es jemand anderes tun. Ja, das war die Lösung.

Er schloss die Augen und stellte sich die Szene vor. Die Beschriftung zu ändern, wäre kein Problem. Aber wer konnte es übernehmen, die Sektflasche am Bug zerschellen zu lassen? Zum Glück wusste niemand, wen er dafür vorgesehen hatte. Also konnte sich auch keiner wundern, wenn eine andere Taufpatin erschiene, die nicht Claudia hieß. Über einen neuen Schiffsnamen schon. Den Schriftzug dürfte der ein oder andere Bootsführer bereits gesehen haben. Nein, ihn konnte er nicht mehr ändern. Später, in einem Monat oder so, würde er die Barkasse umbenennen.

Blieb die Suche nach einer Taufpatin. Sollte er Tanja bitten? Zu seiner Tochter hatte er kaum Kontakt. Sie lebte in Bremen bei ihrer Mutter Marianne, die ihr wahrscheinlich seit Jahren nur Schlechtigkeiten über ihn erzählt hatte. Inzwischen war sie allerdings alt genug, um sich ein eigenes Urteil bilden zu können. Er rechnete nach und kam zu dem Ergebnis, dass sie so alt wie Claudia war. Diese Erkenntnis brachte die Bilder zurück, die er gerade verdrängt hatte. Claudia, wie sie Janssens Tanzpalast an der Hand eines jungen Mannes verließ. Claudia in einem roten Coupé, das vom Parkplatz rollte. Rücklichter, denen er gefolgt war. Der Sportwagen auf dem Kai. Eindeutige Bewegungen im Inneren. Ein Stoß gegen die Karosserie. Dann die Geräusche. Das Knirschen bei der Kollision, dem das Aufschlagen des Autos auf der Wasseroberfläche folgte. Schließlich ein Gurgeln und Gluckern. Die jungen Leute dürften den Schreck ihres Lebens bekommen und sich in aller Eile aus dem sinkenden Fahrzeug befreit haben. Wahrscheinlich waren sie nackt, mussten zur Kaimauer schwimmen, über eine der eisernen Leitern nach oben klettern und ohne Kleider durch die nächtlichen Straßen hasten. Die Vorstellung hatte ihn erheitert. Kichernd hatte er seinen Wagen zurückgesetzt und war davongefahren.

Doch jetzt spürte er wieder die explosive Mischung aus Wut und Enttäuschung, Neid und Eifersucht. Er riss die Augen auf, sprang aus seinem Schreibtischsessel und rannte ins Wohnzimmer. Irgendwo in einer der Schubladen befand sich eine alte Kladde, in der er Mariannes Telefonnummer notiert hatte. Er musste sich auf das Nächstliegende konzentrieren. Claudias Zuneigung und eine Zukunft mit der jungen Schönheit an seiner Seite war ein Traumbild gewesen. Wenn sie am Sonntag im Hafen erschien, um das Schiff zu taufen, würden seine Leute sie diskret entfernen. Zu diesem Zeitpunkt musste Tanja bereits an seiner Seite sein. Ein öffentlicher Auftritt mit seiner Tochter konnte sich positiv auf sein Renommee auswirken.

*

Der Kutter war klar zum Auslaufen. Schiffer Hein Folkertson wartete nur noch auf den Mindestwasserstand, der ihm erlaubte, den Fischereihafen zu verlassen. Die See war ruhig, das Wasser im Hafen glatt wie ein Tümpel. Auf seiner Oberfläche spiegelten sich die Silhouetten der anderen Kutter und der Gebäude auf der gegenüberliegenden Seite. Sogar das rötliche Mauerwerk des Wasserturms glaubte Hannes im Hafenbecken zu erkennen. Unter Deck werkelte Jungkeerl Frieso Hendriks in der Kombüse, um Vorräte zu verstauen. Es würde ein guter Tag werden.

Das Geschäft mit Granat war wechselhaft. Die Krabbe war ein Zugtier. Im Herbst wanderte sie aus dem flachen Wattenmeer in tiefere Gewässer und kam im Frühjahr zum Laichen zurück. Seit März fuhr Hein wieder hinaus. Doch in diesem Jahr war die Ausbeute gering. Der Wittling, eine Dorschart, hatte einen Großteil der Krabben weggefressen, sodass sich die Fänge halbiert hatten. Dafür waren die Preise auf das Doppelte gestiegen. Mit Wehmut erinnerte sich Hein an die Mengen, die er in den Siebzigerjahren als Jungkeerl mit seinem Schiffer in den Hafen gebracht hatte.

»Föhrt wi loos?« Friesos Frage riss Hein aus seinen Gedanken. Er warf einen Blick auf die Uhr und kontrollierte den Wasserstand anhand der Anzeige am Kai.

»Jo«, antwortete er. »Schmiet dei Lien'n loos!«

In dem Augenblick entdeckte er den rötlichen Schimmer unter der Wasseroberfläche. Das war keine Spiegelung. Weder vom Wasserturm noch von sonst irgendwas in der Nähe des

Hafens. »Stopp, Macker!«, rief er Frieso zu. »Wi föhrt nich loos.« Er winkte ihn zu sich heran und deutete auf die Wasseroberfläche. »Wat is dat?« Der Jungkeerl beugte sich über die Bordwand. »Sütt ut wie'n Auto.«

»So'n Schiet«, knurrte Folkertson. »Wi mööt de Schandarms anroopen.«

*

Erst kam nur ein Streifenwagen. Ohne Eile stiegen die uniformierten Polizisten aus, setzten ihre Mützen auf und näherten sich mit skeptischen Mienen dem Krabbenkutter. »Wo soll das Kraftfahrzeug sein?«, fragte einer von ihnen.

»Da müsst ihr schon an Bord kommen«, antwortete Hein Folkertson. »Und auf Steuerbord ins Wasser gucken.«

Die Beamten sahen sich an. Schließlich näherte sich der Jüngere von beiden vorsichtig der Kaimauer und betrachtete abschätzend den Abstand zwischen dem festen Untergrund und den Schiffsplanken.

Der Schiffer streckte die Hand aus. »Ist nur ein Schritt.«

Zögernd betrat der Polizist den Kutter, musterte zweifelnd Hein Folkertson, dann Frieso. Mit einer Kopfbewegung deutete der Schiffer zur gegenüberliegenden Bordwand. Sein Jungkeerl grinste. Stumm beobachteten die Fischer den Beamten, der das Steuerhaus umrundete und schließlich steuerbords den Kopf über die Reling streckte. Plötzlich kam Bewegung in den Mann. Er richtete sich auf und wandte sich um. »Tatsächlich!«, rief er seinem Kollegen zu. »Da liegt ein PKW im Hafenbecken. Wir brauchen Taucher und einen Kran.«

Nun geriet auch sein Kollege in Hektik. Er stürzte zum Streifenwagen und sprach aufgeregt in sein Funkgerät.

»Wir wollten gerade auslaufen«, sagte Hein Folkertson. »Können wir jetzt los?«

»Wenn ich Ihre Personalien aufgenommen habe«, antwortete der Polizist. »Wann kommen Sie wieder rein?«

»In diesem Jahr gibt's wenig Granat. Wir fahren eine Doppeltide. Bis unter Helgoland und Amrum. Morgen um diese Zeit sind wir zurück. Plus eine Stunde.«

Der Beamte schien überrascht. »So lange sind Sie auf See unterwegs?« Er zog einen Notizblock hervor. »Wie ist denn der werte Name?«

Nachdem er Personalien von Hein Folkertson und Frieso Hendriks notiert hatte, verließ er den Kutter. Frieso machte die Leinen los, und Folkertson startete den Motor. Das Schiff erzitterte unter den ersten Umdrehungen des schweren Diesels, doch gingen die Erschütterungen rasch in das vertraute Vibrieren über. Hein Folkertson schaltete das Funkgerät ein und setzte sich mit der Hafenaufsicht in Verbindung. Während der Krabbenkutter gemächlich durch das Hafenbecken tuckerte, beobachteten Hein und Frieso die Szenerie auf dem Kai. Inzwischen waren zwei weitere Streifenwagen sowie ein größeres Polizeifahrzeug eingetroffen. Die Beamten sperrten den Bereich mit rot-weißem Flatterband ab, hinter dem sich bereits neugierige Zuschauer versammelten.

»Was kann da passiert sein?«, fragte Frieso. »Fährt doch keiner mit dem Auto ins Hafenbecken.«

Hein Folkertson zuckte mit den Schultern. »Trau kien Oss van vörn, kien Perd van achtern un kien Minsk üm die to!« Mehr hatte er dazu nicht zu sagen. Friso wusste, dass zwischen ihm und Hein in den nächsten Stunden kaum ein weiteres Wort gewechselt werden würde. Er hatte nun Zeit, sich um das Fanggeschirr und um den Kessel zu kümmern. Danach war es seine Aufgabe, die erste Mahlzeit für sich und den Schiffer vorzubereiten. Während er routiniert seiner Arbeit nachging, dachte er an das rote Auto im Hafenbecken und dessen Fahrer. Ob er sich hatte befreien können?

*

Am Nordseekai war ein Kran eingetroffen, der das Fahrzeug aus dem Wasser heben sollte. Während das knallgelbe Monstrum in die richtige Position an der Kaimauer rangiert wurde, ließen sich zwei Polizeitaucher von einem Schlauchboot aus ins trübe Wasser des Hafenbeckens gleiten, um den Wagen zu untersuchen und die Hebung vorzubereiten.

Plötzlich kam einer von ihnen wieder an die Oberfläche und signalisierte dem dritten Mann, der vom Boot aus die Sicherungsleinen führte, eine Entdeckung. Mit wenigen Stößen erreichte er die Bordwand und nahm seine Tauchermaske ab. »In dem Fahrzeug befinden sich zwei Tote. Wir brauchen die Kripo.«

*

Die Nachricht löste bei Kriminalhauptkommissar Christiansen einen Anflug von schlechtem Gewissen aus. Er hatte die Vermisstenmeldung der beiden Mütter nicht recht ernst genommen, und nun meldeten die Kollegen der Schutzpolizei einen doppelten Leichenfund. Zwei junge Menschen, offenbar ertrunken. In einem kleinen Sportwagen, der im Hafenbecken entdeckt worden war. Eilig machte er sich auf den Weg zum Fischereihafen. Noch war keineswegs sicher, dass es sich bei den Insassen des verunglückten Fahrzeugs um die vermissten Personen handelte, aber Christiansen glaubte nicht an zufällige Übereinstimmungen. Natürlich gab es immer mehrere Möglichkeiten, er rechnete stets mit der wahrscheinlichsten Variante. Wenn in Cuxhaven zwei Menschen verschwanden und am nächsten Tag zwei Leichen gefunden wurden, lag ein Zusammenhang nur allzu nahe. Vor sich sah er die beiden Mütter, denen er die schlimme Nachricht würde überbringen müssen. In Augenblicken wie diesen haderte der Hauptkommissar mit seinem Beruf.

Als Christiansen den Kai des Fischereihafens erreichte, tauchte gerade das Dach des PKW aus dem Wasser auf. Er hing an vier Gurten, die an einem mächtigen Haken befestigt waren. Mit gleichmäßig brummendem Motor hob der Kran den Wagen langsam höher. Nach und nach erschien die rot glänzende Karosserie. Türen und Fenster waren geschlossen. An den Scheiben ließ sich das Sinken des Wasserstands im Inneren verfolgen. Leicht schaukelnd schwebte der Wagen über dem Hafenbecken, während Wasser aus zahlreichen unsichtbaren Öffnungen strömte.

»Honda CRX, Typ ED9«, murmelte einer der uniformierten Kollegen neben ihm und notierte das Kennzeichen für die Halterabfrage. »Muss ziemlich neu sein, das Modell ist im letzten Jahr auf den Markt gekommen. Aber nun ist er Schrott.«

Der Hauptkommissar warf ihm einen missbilligenden Blick zu. »Ich denke, der Zustand des Wagens sollte uns erst in zweiter Linie interessieren.« Er wandte seine Aufmerksamkeit den Tauchern zu, die sich ihrer Ausrüstung entledigt hatten und in normale Kleidung geschlüpft waren. In wenigen Schritten erreichte er die Männer. »Moin, Kollegen«, begrüßte er sie. »Ich bin Hauptkommissar Christiansen vom hiesigen FK 1. Danke für eure Unterstützung. Toll, dass ihr so schnell vor Ort wart.«

»Wenn gerade kein anderer Einsatz ist, starten wir sofort. Bei günstiger Verkehrslage sind wir in einer Stunde und zehn Minuten hier.«

Christiansen nickte anerkennend. »Was könnt ihr mir über die Insassen sagen?«

»Zwei Personen, eine männlich, die andere weiblich, Anfang Zwanzig«, antwortete einer der Taucher.

»Die hatten was anderes vor als baden zu gehen«, ergänzte sein Kollege.

»Inwiefern?«

Der Taucher deutete zu dem Wagen, der noch immer über dem Wasser schwebte. »Lässt sich aus ihrer ... Lage erkennen. Und an ... der Kleidung.«

»An der Kleidung?«

»Na ja, eigentlich eher am Gegenteil. Die hatten ... haben ... nichts an. Und sie liegen übereinander. Auf dem Beifahrersitz. Rückenlehne nach hinten geklappt. Wahrscheinlich waren sie zu beschäftigt, um zu merken, wie sich ihre Kiste in Bewegung gesetzt hat. Komisch nur, dass sie nicht versucht haben, sich aus dem sinkenden Fahrzeug zu befreien.«

Das wäre später zu klären. Christiansen bedankte sich und musterte den Honda, aus dem noch immer Wasser tropfte und der vom Kranführer langsam zum Kai geschwenkt wurde. Durch die vom Hafenwasser getrübten Scheiben waren keine Einzelheiten zu erkennen, doch die Schilderung der Taucher veranlasste ihn zu einer Anweisung an den uniformierten Kollegen, der Marke und Typ des Wagens sofort erkannt hatte. »Seht zu«, rief er, »dass das Fahrzeug gegen Neugierige und Presseleute abgeschirmt wird.«

»Was haben Sie gegen Presseleute?«, fragte eine Stimme neben ihm. Christiansen fuhr herum. »Ach, Sie sind das.« Erleichtert ergriff er die ausgestreckte Hand. Hajo Sommer von den Cuxhavener Nachrichten gehörte zu den Journalisten, mit denen er gute Erfahrungen gemacht hatte. »Ich möchte morgen keine Sensationsfotos in der Zeitung sehen. Kann ich mich auf Sie verlassen?«

»Selbstverständlich.« Sommer deutete mit einem Kopfnicken zu dem roten Honda, der inzwischen abgesetzt und von den Hebegurten befreit worden war. »Da Sie hier sind, war es wohl kein Unfall?«

»Das wissen wir noch nicht«, antwortete Christiansen. »Fest steht nur, dass zwei Menschen zu Tode gekommen sind. Genaueres werden die Ergebnisse der kriminaltechnischen und der rechtsmedizinischen Untersuchungen ergeben. Sie können in den nächsten Tagen bei unserer Pressestelle nachfragen.« Er wandte sich zum Gehen. »Ich muss die Leichen abholen lassen und mich um die KTU kümmern.«

Sommer hielt ihn am Ärmel fest. »Pressestelle? Das ist nicht Ihr Ernst, Herr Hauptkommissar.«

»Also gut.« Christiansen seufzte. »Rufen Sie mich an! Meine Durchwahl haben Sie ja.« Er löste seinen Arm und eilte zum Fahrzeugwrack, über das seine Kollegen eine Plane gelegt hatten. Einer von ihnen wies auf das Heck. »Könnte sein, dass jemand nachgeholfen hat.«

Erst auf den zweiten Blick erkannte Christiansen, was er meinte. Zwischen den Auspuffrohren war der Stoßfänger über die gesamte Breite verschrammt. Der Hauptkommissar nickte. »Ob das eine Mauer oder ein anderes Hindernis oder ein anderer Wagen war, wird die Kriminaltechnik hoffentlich herausfinden. Sorgt bitte dafür, dass der Wagen, so wie er ist, in die KTU gebracht wird. Ich versuche, einen Gerichtsmediziner zu bekommen, der sich die Leichen schon mal ansieht, bevor wir sie aus dem Wagen nehmen und zur Obduktion bringen.«

*

Der nächste Morgen begann für Hauptkommissar Christiansen mit der Lektüre der Cuxhavener Nachrichten. Hajo Sommer hatte Wort gehalten und in einer kleinen einspaltigen Notiz, die man leicht übersehen konnte, sachlich über die Hebung eines roten Sportwagens berichtet, der auf ungeklärte Weise im Hafenbecken gelandet war und in dem zwei Leichen gefunden worden waren. »Das Fachkommissariat für Tötungsdelikte unter der Leitung von Kriminalhauptkommissar Christiansen hat die Ermittlungen aufgenommen«, lautete der letzte Satz.

Den Artikel würden vielleicht auch die Mütter lesen. Es lag auf der Hand, dass es sich bei den Toten um deren vermisste Kinder handelte. Auf ihn käme die unangenehme Pflicht zu, sie zur Identifizierung der Toten zu bitten. Er erwog, einen Kollegen damit zu beauftragen, verwarf den Gedanken jedoch gleich wieder. Wegen der Urlaubszeit war das Fachkommissariat unterbesetzt, sein Partner lag nach einer Blinddarmoperation im Krankenhaus, und auf den jungen Polizeihauptwachtmeister Andreas Dehne, der gerade erst von der Polizeischule gekommen war und sich für den Kriminaldienst qualifizieren wollte, mochte er die Aufgabe nicht abwälzen.

Er blätterte um und überflog den Artikel über eine Schiffstaufe an der Alten Liebe. Die neue Barkasse eines ihm unbekannten Reeders war getauft worden. Auf einem der Fotos war eine junge blonde Frau zu sehen, die eine Sektflasche an einer Kordel gegen die Bordwand schwingen ließ. Künftig würde ein weiteres Fahrgastschiff Hafenrundfahrten und Ausflüge zu den Seehundsbänken anbieten. Christiansen fragte sich, ob es dafür ausreichend zahlungswillige Touristen gab.

Im Sportteil wurde über den Deutschen Fußball-Bund berichtet, der die Rechte zur Übertragung von Bundesligaspielen erstmals nicht ans öffentlich-rechtliche Fernsehen, sondern an den Medienkonzern Bertelsmann verkauft hatte. Und über den SV Werder Bremen. Der Klub war mit Otto Rehhagel Deutscher Meister geworden.

Christiansen klappte die Zeitung zu. Es half nicht, die Fahrt zur Dienststelle zu verschieben. Vielleicht gab es schon Ergebnisse aus der Kriminaltechnik und von den Rechtsmedizinern. Der Staatsanwalt hatte noch am Tag der Entdeckung des Wagens eine Obduktion der Leichen veranlasst. Die von den Tauchern erwähnte Eindeutigkeit der Situation hatte sich bestätigt. Während der junge Mann äußerlich unversehrt geblieben war, zeigte der Hinterkopf der Frau eine Verletzung, die sie sich beim Aufprall des Wagens auf die Wasseroberfläche zugezogen haben konnte. Möglicherweise war sie dadurch für Sekunden benommen gewesen. Das würde erklären, warum sie sich nicht aus dem sinkenden Fahrzeug hatte befreien können. Ihr Partner war unter ihr eingeklemmt gewesen. Auch wenn er nicht ernstlich verletzt worden war, hatte er offenbar den Zeitpunkt verpasst, an dem er die Tür hätte öffnen und den Wagen verlassen können.

Als er die Dienststelle erreichte, empfing ihn sein Kollege Andreas Dehne mit den Cuxhavener Nachrichten in der Hand. »Hast du das gelesen? Am Sonntag hat es eine Schiffstaufe gegeben. Die neue Barkasse heißt *Claudia.*«

Christiansen nickte. »Den Artikel habe ich überflogen. Aber der Name ist mir entgangen. Meinst du, das hat etwas zu bedeuten?«

Dehne hob die Schultern. »Weiß man's? Soll ich mich darum kümmern?«

»Wir müssen die Angehörigen benachrichtigen«, entgegnete Christiansen und registrierte, wie sein junger Kollege erschrocken das Gesicht verzog. Vielleicht, dachte er, ist Andreas dafür nicht der richtige Begleiter. Ich sollte einen erfahrenen Kollegen mitnehmen, besser eine Kollegin. »Die Übereinstimmung ist wahrscheinlich Zufall«, sagte er. »Aber sieh mal zu, was du über die Taufpatin in Erfahrung bringen kannst.« Er deutete auf die Zeitung. »Die junge Frau auf dem Foto ist jedenfalls nicht mit unserem Opfer identisch. Für den Besuch bei den Eltern nehme ich eine Kollegin mit.«

Sichtlich erleichtert faltete Andreas Dehne die Zeitung zusammen. »Ich spreche mit dem Hafenkapitän.«

7

2017

Sie brauchten eine gefühlte Ewigkeit, um sich von den Fesseln zu befreien. Wütend schleuderte Dennis den Lappen von sich, der in seinem Mund gesteckt hatte. »Verdammte Scheiße«, krächzte er. »Diese Arschlöcher!« Mühsam rappelte er sich hoch und rieb seine Handgelenke. »Ich brauche jetzt einen Schnaps. Willst du auch einen?«

»Unbedingt.« Sascha massierte seine Unterarme und deutete auf das schwarze Paket. »Die Schweine haben die Leiche liegen lassen. Wir müssen sie loswerden.«

»Hast du eine Idee?« Dennis nahm einen Schluck aus der Flasche und streckte sie seinem Freund hin. Sascha setzte sie an und ließ den *Küstennebel* in seinen Rachen laufen. Statt einer Antwort zuckte er mit den Schultern.

»Wir schmeißen sie in die Nordsee«, schlug Dennis vor. »Bei ablaufendem Wasser wird sie aufs Meer hinausgezogen, und dann ist sie weg.«

»Und mit der nächsten Flut wird sie wieder angeschwemmt«, vermutete Sascha und schüttelte den Kopf. »Wie stellst du dir das vor? Sollen wir sie an der Alten Liebe über das Geländer werfen?«

»Warum nicht? Nachts ist da niemand.«

»Da wäre ich nicht so sicher.« Sascha nahm einen weiteren Schluck. »Da drücken sich oft Liebespaare rum. Außerdem – wie sollen wir die Tote dorthin bringen, ohne aufzufallen?«

»Können wir sie nicht hier irgendwo auf dem Hof verschwinden lassen? Ich habe mal gehört, dass Leute eine Leiche an Schweine verfüttert haben.«

Sascha stieß einen Lacher aus. »Und wer zerteilt sie in mundgerechte Portionen? Du? Und was erzählst du deinem Alten?«

Dennis streckte die Hand nach der Flasche aus. »Aber irgendwie müssen wir sie beseitigen. Und zwar spurlos.«

»Wir bringen sie in den Wald«, schlug Sascha vor. »Mit dem Gummiwagen. Ihr habt doch noch einen Trecker. Damit juckeln wir durch die Gegend, bis wir eine passende Stelle finden.«

»Hier gibt es keinen Wald«, entgegnete Dennis. »Bis in die Wingst ist es zu weit für eine Fahrt mit dem Traktor. Dafür müsstest du erst wieder ein Auto besorgen.«

»Das wäre das geringste Problem.« Sascha grinste. »Wir brauchen sowieso einen neuen Transporter. Für die Aluräder.« Mit dem Zeigefinger tippte er auf die Brust seines Freundes. »Ja, so machen wir es. Wir fahren wie geplant unsere Tour, nur einen Tag später. Irgendwo auf dem Weg schmeißen wir die Leiche raus.«

»Aber wo kriegen wir jetzt so schnell einen Wagen her?«, fragte Dennis.

»Das lass meine Sorge sein! In Cuxhaven stehen genug alte Transporter herum. Du musst mich nur hinbringen. Bis morgen Abend habe ich einen gefunden, der für unser Ding geeignet ist.«

*

»Sie haben Glück gehabt. Die Nase ist nicht gebrochen«, stellte die Ärztin in der Notaufnahme nach einer kurzen Überprüfung fest. »Sie ist nur angeknackst. Wir fixieren sie jetzt, und Sie müssen in den nächsten Tagen ein bisschen aufpassen. Nicht anstoßen, nicht anfassen, nicht schnäuzen. Kriegen Sie das hin?«

Timo Hilgersen nickte. »Was heißt fixieren?«

»Sie bekommen ein stabilisierendes Pflaster. Damit aus dem Knacks keine Bruchstelle wird, wenn Sie dranstoßen sollten.«

Während eine Krankenpflegerin die Nase vorsichtig von Blutresten befreite und das Pflaster aufklebte, war Timo in Gedanken bei Övenhorst und seinen Helfern. Schon kurz nach der Eröffnung der Bäckerei hatten die Kowalski-Brüder für Ärger gesorgt, indem sie größere Mengen Backwaren für sich und ihre Kameraden vom Boxclub bestellt und abgeholt, aber nicht bezahlt hatten. Danach waren sie immer mal wieder im Laden aufgetaucht und hatten sich an Kuchen und belegten Brötchen bedient. Timo hatte sich bei Öve beschwert, doch der Alte hatte nur gelacht. »Die Jungs arbeiten für mich. Was sie sonst treiben, interessiert mich nicht. Ich gebe dir einen guten Rat. Verdirb es dir nicht mit ihnen! Vielleicht brauchst du sie eines Tages. Das bisschen Backwerk kannst du verschmerzen.«

Auch Annika hatte ihn beschworen, über die kleinen Klauereien hinwegzusehen und sich nicht mit den Kowalskis anzulegen. Es war ihm schwergefallen, aber er hatte ihr zuliebe nichts gegen die Brüder unternommen. Doch diesmal würde er sich den Übergriff nicht gefallen lassen. Wenn Öves Schergen sich jetzt häufiger auch den Lieferwagen unter den Nagel rissen, wäre seine Existenz bedroht. Das würde er nicht zulassen.

»So«, sagte die Krankenpflegerin, »das war's. Sie dürfen gehen.«

Timo bedankte sich und verließ die Notaufnahme. Draußen rief er Annika an. »Es ist alles in Ordnung, die Nase war nur angeknackst.« Sein Blick fiel auf ein Glasfenster, das sein Konterfei spiegelte. »Ich sehe bescheuert aus. So ein dickes Pflaster mitten im Gesicht ... Egal! Ich gehe noch bei Övenhorst vorbei. Mich über seine Handlanger beschweren. Außerdem werde ich ihm sagen, dass wir den Mietvertrag für den Laden kündigen. Bei der Innung haben sie mir geraten, neue Geschäftsräume zu suchen. Oder mit Öve einen neuen Vertrag auszuhandeln. Mit deutlich weniger Pacht.«

»Und die Ladeneinrichtung?«, wandte Annika ein.

»Wir nehmen alles mit. Gehört schließlich uns. Die Einzelheiten besprechen wir später. Vielleicht sieht der Alte ein, dass es ihm nichts nützt, wenn wir pleite sind und die Miete nicht mehr bezahlen können.«

»Sei auf der Hut«, bat Annika. »Öve ist unberechenbar.«

»Keine Sorge. Ich will nur mit ihm reden. So geht es jedenfalls nicht weiter. Bis gleich, mein Schatz.«

*

Die Tür zu Övenhorsts Wohnung war angelehnt, von drinnen waren Stimmen zu hören. Timo erkannte die des Hausbesitzers und die eines der Kowalski-Brüder. Vorsichtig vergrößerte er den Spalt. Die Männer sprachen laut, sodass er keine Mühe hatte, ihren Worten zu folgen.

»Dass ihr euch traut, mich zu erpressen!« Die Stimme des Alten klang wütend. »Nach allem, was ich für euch getan habe.«

»Die Bezahlung war nicht gerade üppig«, entgegnete Mike Kowalski. »Wir haben für Sie die Drecksarbeit erledigt. Immer zuverlässig, immer diskret, immer zu Ihrer Zufriedenheit. Und das für tausend Tacken im Monat. Eine Erhöhung ist überfällig. Hundert Euro sind ein Klacks. Wir könnten viel mehr verlangen. Wenn die Leiche wieder auftaucht, sind Sie am Arsch.«

Övenhorst lachte. »Welche Leiche? Ich habe damit nichts zu tun. Sollte es Spuren geben, führen die zu euch.«

»Wir können bezeugen, dass die Frau im Treppenhaus lag. In einer Blutlache«, entgegnete Marco Kowalski. »Der Auftrag, sie zu entsorgen, kam von Ihnen, also haben Sie von der Leiche gewusst.«

»Na und? Ihr habt sie eingepackt und weggebracht. So was kann die Polizei herausfinden. Mir kann man nichts beweisen. Ich war nicht dabei und weiß von nichts. Und wer sie wegbringt, wird doch einen Grund dafür haben, wird die Polizei denken. Von mir aus könnt ihr mit der Leiche machen, was ihr wollt. Bringt sie meinetwegen zu den Bullen. Ihr werdet sehen, was ihr davon habt. Bei eurer Vorgeschichte behalten sie euch gleich da.«

Für einige Sekunden blieb es still. In Timos Kopf rasten die Gedanken. Hatte Öve eine Frau umgebracht? Und seine Handlanger beauftragt, das Opfer verschwinden zu lassen? Wollten die Kowalskis den Alten mit ihrem Wissen erpressen? Aber hundert Euro wären ein Witz. Vielleicht hatte er etwas falsch verstanden. Bevor er darüber nachdenken konnte, ging der Dialog hinter der Tür weiter.

»Wir sind zu zweit«, sagte einer der Brüder, »und können schwören, dass Sie die Frau die Treppe hinuntergestoßen haben.«

»Dann lügt ihr«, zischte Övenhorst. »Ihr seid erst später gekommen. Die Frau ist gestürzt. Ganz allein. Ein Unfall. Ihr wart noch nicht da.«

»Prima, demnach haben wir ein Alibi«, trumpfte einer der Brüder auf. »Wir waren im Boxclub. Sie waren mit der Frau allein, als sie angeblich den Unfall hatte. Warum haben Sie nicht den Notarzt gerufen?«

Wieder entstand eine Pause. »Also gut«, ließ sich schließlich der Alte vernehmen. »Fünfzig Euro für jeden von euch. Und wir vergessen die Geschichte.«

»Achtzig«.

»Fünfundsiebzig«, entgegnete Öve. »Mein letztes Wort.«

»Einverstanden«, antwortete einer der Kowalskis. »Aber pünktlich zum Monatsanfang. Bar auf die Kralle. Und die Hunnis behalten wir.«

Timo hörte Övenhorst etwas Unverständliches murmeln und erkannte dann seinen schlurfenden Humpelschritt. Geräuschlos zog er die Tür zu und entfernte sich. Was er gehört hatte, eröffnete ungeahnte Möglichkeiten. Unter Hinweis auf das kriminelle Geheimnis seines Vermieters würde er in Zukunft die Bedingungen diktieren. Bei der Pacht für den Laden, bei der Miete für die Wohnung und bei der Abrechnung des täglichen Frühstücks. Damit würden sie anfangen.

*

»Und wenn er sich weigert?«, fragte Annika. »Ich kann ihn doch nicht …«

»Du legst ihm die Rechnung hin und sagst: *Schöne Grüße von der toten Frau aus dem Treppenhaus. Sie möchten bitte das Frühstück bezahlen. Heute und in Zukunft.* Geht er nicht darauf ein oder gibt nur irgendwelche Sprüche von sich, fragst du ihn, ob es ihm lieber wäre, seine letzten Jahre im Knast zu verbringen.«

Annika verzog das Gesicht. »Ich kann mir nicht vorstellen, dass Öve sich dadurch beeindrucken lässt.«

»Vielleicht.« Timo neigte den Kopf. »Vielleicht auch nicht. Ruf mich, falls er stur bleibt! Ich rede mit ihm.«

»Und was machst du dann?«

»Ich werde ihn davon überzeugen, dass es für alle Beteiligten das Beste ist, auf unsere Forderungen einzugehen. Andernfalls würde ich ihn und seine Bluthunde anzeigen. Ich weiß zwar nicht genau, was da abgelaufen ist, aber die Polizei kriegt das raus. Die findet auch die Leiche. Und dann ist das Trio dran. Övenhorst ist nicht blöd. Ihm ist klar, dass es ihm an den Kragen gehen kann. Sonst hätte er sich nicht darauf eingelassen, jedem Kowalskis fünfundsiebzig Euro im Monat mehr zu zahlen – geizig wie er ist.«

Ohne wirklich überzeugt zu sein, nickte Annika. »Ich werde es versuchen. Aber du musst mir versprechen, es nicht zu weit zu treiben. Ich fürchte, Öve ist wie eine Ratte, die in die Enge getrieben wird und dann um sich beißt.«

Timo drückte sie an sich und küsste sie. »Alles wird gut,

mein Schatz. Das ist unsere Chance, Annika. Wir müssen sie nutzen. Vertrau mir! Sonst kommen wir so schnell nicht aus den Fängen des Halsabschneiders heraus.«

*

Sie hatte unruhig geschlafen, war mehrfach von Albträumen wach geworden und schließlich viel zu früh aufgestanden. Die Nervosität war geblieben, während sie die ersten Kunden bedient hatte. Nachdem sich der morgendliche Ansturm gelegt hatte, sah Annika immer wieder zur Uhr. Övenhorst kam meistens pünktlich, aber heute verstrich die gewohnte Zeit, ohne dass er auftauchte. In ihr keimte die Hoffnung, er würde gar nicht mehr kommen. Doch dann stand er plötzlich im Laden, durchquerte den Raum und ließ sich auf seinem Stammplatz nieder. Mechanisch bereitete Annika das Frühstück vor. Croissant, Schinkenbrötchen, Kaffee. Schließlich legte sie den Kassenbon auf die Untertasse und brachte das Tablett an den Tisch des Gastes.

Övenhorst zeigte zunächst keine Regung. Erst als Annika wieder hinter dem Tresen stand, machte er sich durch ein unwilliges Schnaufen bemerkbar. »Was soll das denn?«, rief er laut zu ihr hin.

Annika zuckte zusammen. Sie war froh, dass gerade keine weitere Kundschaft anwesend war. Trotzdem antwortete sie nicht auf die gleiche Weise, sondern ging zum Tisch. »Schöne Grüße von der toten Frau aus dem Treppenhaus«, sagte sie leise, fast flüsternd. »Sie möchten bitte das Frühstück bezahlen. Heute und in Zukunft.«

Für den Bruchteil einer Sekunde huschte ein Ausdruck der Verwunderung über Övenhorsts Miene, doch schon im nächsten Augenblick verzerrte sie sich zu einer wütenden Fratze. Der alte Mann packte ihren Unterarm, umklammerte ihn, sodass es schmerzte, und zog sie zu sich heran. »Nichts da!«, zischte er, wobei sich ein Schauer aus Speicheltröpfchen über Annikas Bluse ausbreitete. »Wenn ihr glaubt, ihr könnt mich mit Gerüchten oder Spökenkiekerei unter Druck setzen, habt ihr euch getäuscht. Hier bleibt alles so, wie es ist. Basta!«

Annika spürte, wie ihr Herz klopfte. Sie zerrte den Arm aus der Umklammerung und stürzte hinaus, rannte zur Backstube, riss die Tür auf und brach in Tränen aus. »Ich kann das nicht«, schluchzte sie. »Der lässt sich nicht ... Wir können nichts machen, Timo.«

Die Miene ihres Mannes versteinerte. »Das wollen wir doch mal sehen.« Mit einer heftigen Bewegung warf er den Lappen zurück, den er aus dem Eimer gezogen hatte, um den Backofen abzuwischen, und eilte hinaus. Annika folgte ihm unentschlossen.

»Verschwinde!«, knurrte Övenhorst gerade, als sie zögernd den Verkaufsraum betrat. Timo stand vor dessen Tisch und deutete auf das Frühstück. »Ab sofort bezahlen Sie, was Sie hier verzehren. Sonst gibt's kein Frühstück mehr.«

»Du sollst verschwinden«, wiederholte der Alte. »Du störst deinen Vermieter beim Essen. Das gehört sich nicht.« Er griff mit einer Hand nach der Kaffeetasse und mit der anderen nach dem Croissant. Timo war schneller, zog blitzartig den Teller weg. Vor Schreck stellte Övenhorst die Tasse wieder ab. Annikas Mann räumte Tasse und Untertasse ebenfalls vom Tisch und trat einen Schritt zurück. »Nimmst du mir das mal bitte ab«, rief er über die Schulter. »Herr Övenhorst möchte heute kein Frühstück.«

Vorsichtig näherte sich Annika der Szene, nahm das Geschirr in Empfang und stellte es hinter dem Tresen ab. Timo setzte sich zu Övenhorst an den Tisch. »Und jetzt unterhalten wir uns. Über die Pacht für den Laden, die Miete für die Wohnung und, falls nötig, über die Leiche einer Frau.«

»Was redest du da, Junge?« Der Alte schüttelte unwillig den kantigen Kopf und starrte sein Gegenüber wütend an. »Hast du den Verstand verloren?«

»Ich rede von der Person, deren sterbliche Überreste die Kowalskis in Ihrem Auftrag beseitigt haben.«

Övenhorst zuckte zusammen, doch dann schüttelte er den Kopf. »Du hast eine blühende Fantasie, Bäckerbursche. Sollten die Brüder irgendetwas beseitigt haben, so ist das allein ihre Sache. Von einer toten Frau weiß ich jedenfalls nichts.« Er hob die Stimme. »Und jetzt will ich mein Frühstück wiederhaben.«

»Das gibt es nur, wenn Sie es bezahlen«, entgegnete Timo. »Oder Sie müssen woanders frühstücken. Außerdem werden wir die Pacht für den Laden und die Miete für die Wohnung ab sofort halbieren und die Zinsen für den Kredit ans bankübliche Niveau anpassen.«

»Dann schmeiße ich euch raus«, tönte Övenhorst so laut, dass Annika zusammenzuckte. Angstvoll starrte sie auf die Szene. »Und ihr«, fuhr der Alte fort, »könnt eure Brötchen am Strand backen und auf dem Fischmarkt verkaufen.«

Auch Timo hob die Stimme. »Dazu wird es nicht kommen. Vorher stellt die Polizei hier alles auf den Kopf. Mike und Marco Kowalski werden plaudern, um den eigenen Arsch zu retten. Und dann sind Sie dran.« Mit ausgestrecktem Zeigefinger deutete er auf Övenhorsts Brust. »Überlegen Sie! Ein bisschen weniger Kohle – oder ein bisschen mehr Knast.«

Der Alte öffnete den Mund und schloss ihn wieder. Öve schnappt nach Luft, dachte Annika. Wie ein Fisch auf dem Trockenen. Zu ihrer Angst gesellte sich Stolz. Auf Timo und seine Entschlossenheit.

*

»Bist du bekloppt?«, rief Dennis, nachdem der weiße Lieferwagen in die Scheune gerollt war und Sascha den Motor abgestellt hatte. »Ein Firmenwagen! Mit Beschriftung. Auffälliger geht's ja wohl nicht!«

Frischer Fisch – Meeresfrüchte aller Art prangte auf den Seitenflächen des Mercedes Sprinter. Darunter Name und Telefonnummer eines Fischhändlers aus der Neufelder Straße. Sascha hielt einen Autoschlüssel hoch und grinste. »War ein Glücksfall. Stand mit laufendem Motor am Straßenrand.« Mit dem Daumen deutete er nach hinten. »Hat sogar Kühlung. Und viel mehr Platz als der T3.« Er kletterte aus dem Wagen.

Dennis zeigte auf die Schriftzüge. »Da kann ja jeder, der uns sieht, gleich den Eigentümer anrufen.«

»Das malen wir über. Gab es hier nicht irgendwo noch weiße Farbe? Aber erst mal müssen wir ein bisschen ausladen.«

»Was meinst du mit *ein bisschen ausladen*?«, fragte Dennis.

»Da sind Kisten drin. Mit Fisch und so was.«

»Und so was?«

Sascha hob die Schultern. »Muscheln, Austern, Krabben – Meeresfrüchte eben. Ich glaube, Wein ist auch dabei. Hatte noch keine Zeit, mir alles anzusehen. Mach auf und schau selbst nach!«

Dennis öffnete die Tür, hob einen der Styropordeckel an und stieß einen Laut des Erstaunens aus. »Das ist ja ... Wenn wir das Zeug verticken könnten ... Ich weiß nicht, was der Fisch kostet, aber so eine Schale mit vierundzwanzig Austern bringt bestimmt fünfzig bis hundert Tacken, ein Kilo Krabbenfleisch mindestens siebzig.«

»Dafür müsstest du jemanden finden, der dir die Ware abnimmt.« Sascha zog einen Kasten mit Weinflaschen heraus. »Den können wir aufheben.«

»Wieso aufheben?« Dennis griff nach einer Flasche und hielt sie hoch. »Chardonnay aus Frankreich. Gut gekühlt. Der richtige Wein zu Meeresfrüchten.«

Sascha deutete auf die gestapelten Kisten. »Du meinst, wir sollten das mal testen?«

»Genau das meine ich.« Dennis grinste. »Bevor wir das gute Zeug wegschmeißen, probieren wir alles durch. Hast du schon mal Austern gegessen?«

*

Marie griff zum Telefon und wählte die Nummer der Einsatzzentrale. »Ja«, sagte sie. »Ihr könnt etwas für uns tun. Die Kollegen in den Streifenwagen möchten bitte nach einem VW Polo Ausschau halten. Farbe silbergrau. Das Kennzeichen beginnt mit MTK. Danke!«

Sie legte auf und wandte sich ihrem Kollegen zu. »Was halten Sie ... hältst du von Frau Anderson und dem, was sie uns berichtet hat?«

Jan Feddersen schloss kurz die Augen, bevor er antwortete. »Sie ist glaubwürdig. Am Wahrheitsgehalt ihrer Aussage müssen wir, glaube ich, nicht zweifeln. Allerdings wirkte sie sehr angespannt. Bei ihrem beruflichen Hintergrund und mit ihrer Lebenserfahrung sollte ihr ein Besuch bei der Polizei kein Herzklopfen verursachen. Zumal sie ja von sich aus gekommen ist. Ich habe das Gefühl, dass sie entweder mehr weiß, als sie gesagt hat, oder emotional stark beteiligt ist.«

Gut beobachtet, wäre Marie beinahe herausgerutscht, hatte sich jedoch gerade noch auf die Zunge beißen können. Es stand ihr nicht zu, dem neuen Leiter des Fachkommissariats Zensuren zu erteilen. Aber sie hatte die Begegnung mit Gisela Anderson auf dieselbe Weise wahrgenommen. Jans letzter Satz ließ sie lächeln. »Interessante Formulierung. *Ich habe das Gefühl* – musste ich mir abgewöhnen, weil einige Kollegen immer gleich an die Decke gehen, sobald man von Gefühlen spricht. Und jetzt kommt ein Kriminalhauptkommissar und nimmt das schreckliche Wort in den Mund. Wenn unsere Kollegen Dirk Allmers oder Björn Frerksen das hören ...«

»Sie werden damit zurechtkommen. Natürlich halten wir uns an Fakten. Aber Bauchgefühl ist manchmal auch nicht schlecht. Besonders für schnelle Entscheidungen. Wie wirkt Frau Anderson und ihre Aussage denn auf dich?«

»Ich habe es genauso empfunden. Und ich habe mich gefragt, ob sie eine Vermutung darüber hat, warum Solveig Vollmer verschwunden ist. Oder ob das Verhältnis zu der ehemaligen Gastschülerin enger ist als üblich. Ich muss allerdings zugeben, dass ich weder das eine noch das andere belegen kann. Nur diese unterdrückte Anspannung ...«

»Nehmen wir an«, schlug Feddersen vor, »dahinter steckt tatsächlich mehr als nur die Sorge um eine Untermieterin. Wir unterstellen, dass Solveig ihr besonders nahe steht. Dann leidet sie unter deren Verschwinden stärker, als sie zugeben würde. Das könnte die Anspannung erklären. Oder sie ahnt oder vermutet oder weiß etwas über mögliche Hintergründe und macht es deswegen dringlich. So wie ich sie einschätze, wird sie uns aber nicht offenbaren, was sie bewegt.«

»Dann hätte es wenig Sinn, sie gezielt danach zu fragen. Erst wenn wir mehr wissen, können wir darauf hoffen, auch von ihr mehr zu erfahren. Falls unsere Annahme überhaupt richtig ist.« Marie deutete auf das Telefon, das sich durch ein hektisch blinkendes Lämpchen bemerkbar machte. »Das sind die Kollegen von der Verkehrsüberwachung.« Sie griff zum Hörer und meldete sich.

»Das ist ja interessant. Was hat die Halterfeststellung ergeben? Was? Ihr habt keine veranlasst? Es gab keinen Grund? Ach so, ich verstehe. Aber jetzt gibt es einen. Bitte das Ergebnis auf mein Handy! Vielen Dank!«

Jan Feddersen sah sie fragend an.

»Den Kollegen liegt eine Beschwerde vor. Von einem Hauseigentümer, der sich von einem Fahrzeug behindert fühlt, das seit gestern direkt neben seiner Ausfahrt steht. Angeblich kann er den fließenden Verkehr nicht sehen, wenn er mit dem Wagen sein Grundstück verlassen will. Die Beschwerde ist schon in der letzten Schicht eingegangen, doch erst jetzt hat der liebe Kollege bemerkt, dass es um einen silbergrauen Polo mit MTK-Kennzeichen geht. Eine Streife hat das Fahrzeug überprüft. Weil es aber nicht vorschriftswidrig abgestellt ist, haben die Kollegen keine Halterfeststellung veranlasst.«

»Den Wagen sollten wir uns anschauen«, schlug Feddersen vor. »Wo müssen wir hin?«

»Zur *Lehmkuhle*. Ist nicht weit. Wir können zu Fuß gehen.«

»Was hat dich eigentlich bewogen«, fragte Marie, als sie den Kaemmererplatz überquerten, »die Polizeiakademie zu verlassen und in die Niederungen der Ermittlungsarbeit zurückzukehren?« Kaum hatte sie die Frage ausgesprochen, erschien sie ihr zu indiskret. »Entschuldigung«, schob sie schnell hinterher, »ich wollte nicht ... will nicht unhöflich sein.«

»Kein Problem.« Feddersen machte eine abwehrende Bewegung und lachte. »Interessiert dich das wirklich?«

Marie nickte.

»Da sind mehrere Dinge zusammengekommen. Wenn du dich zu lange in der Theorie bewegst, kann es sein, dass du die Bodenhaftung verlierst. Ich hatte jedenfalls nach einigen Jahren immer öfter den Eindruck, auf schwammigem Untergrund zu stehen. Außerdem gab es ... Entwicklungen, die für unseren Berufsstand nicht besonders schmeichelhaft sind.«

»Du musst aber nicht ...«, begann Marie.

»Keine Sorge«, entgegnete Feddersen. »Du trittst mir nicht zu nahe. Ich spreche von meinen Problemen mit allzu theorielastiger Arbeit und von Problemen mit unserem Nachwuchs.«

Maries Smartphone machte sich bemerkbar. Sie warf einen Blick auf das Display. »Die Halterfeststellung. Der Polo mit dem Kennzeichen MTK MV 1993 ist auf Solveig Vollmer aus

Eschborn zugelassen. Die Kollegen haben Adresse und Telefonnummer schon herausgesucht.«

Jan Feddersen deutete nach vorn. »Da hinten, das könnte er sein.«

»Sieht ganz danach aus.« Marie steckte ihr Telefon zurück in die Tasche. »Ich will erst sichergehen, ob das unser Auto ist. Dann versuche ich es mal bei der Nummer, die unsere Kollegen mitgeschickt haben.«

8

2017

Der in der *Lehmkuhle* geparkte Polo erwies sich als das Fahrzeug der vermissten Solveig Vollmer. Er war ordnungsgemäß abgestellt und verschlossen, bot aber keinerlei Hinweise auf den Verbleib der Halterin. Marie fotografierte ihn, dann machten sich die Beamten auf den Rückweg zur Dienststelle.

Unterwegs wählte Marie die Telefonnummer, die ihr die Kollegen aufs Handy geschickt hatten. Nach fünf Rufzeichen meldete sich ein Anrufbeantworter. Eine fröhliche Frauenstimme erklärte, dass gerade niemand zu erreichen sei und der Anrufer sich über WhatsApp, Facebook, die bekannte Mobilfunknummer oder per E-Mail melden könne. »Wenn ich dich zurückrufen soll«, schloss die Ansage, »kannst du hier deine Nummer hinterlassen.«

Marie nannte ihren Namen und ihre Handynummer und bat um Rückruf. »Ich glaube zwar nicht«, sagte sie dann, »dass sie sich meldet. Aber wir müssen es versuchen.«

Jan Feddersen machte ein skeptisches Gesicht. »Hoffentlich ist ihr nichts passiert. Wenn die Frau demnächst umziehen will, wird sie kaum plötzlich verreisen und ihr Auto in der Stadt stehen lassen. Wir sollten die WG ausfindig machen, in der sie vorübergehend untergekommen ist. Das wäre doch eine Aufgabe für die beiden Kollegen, von denen du gesprochen hast. Almers und …«

»Dirk Allmers und Björn Frerksen.« Marie nickte. »Gute Idee. Björn kennt sich in Sahlenburg aus. Der wohnt da und weiß vielleicht sogar, wo es eine WG gibt. Sonst müssen sie die Anwohner vom Swatten Diek befragen. Ich rufe ihn an.«

Nachdem Marie ihren Kollegen instruiert hatte, nahm sie den Faden wieder auf, der zu Feddersens Bemerkung über den Nachwuchs geführt hatte. »Du hast vorhin von deinen Erfahrungen in der Polizeiakademie gesprochen. Magst du mehr darüber erzählen?«

»Ja, ich war gerade beim Nachwuchs. Die jungen Damen und besonders die jungen Herren haben andere Schwerpunkte als wir. Wichtiger als rasches Zupacken ist die Pflege der eigenen Befindlichkeit. Selbstoptimierung durch Bodystyling, schickes Aussehen und ausgeprägte Duftnoten, ständig machen sie Selfies. Sich mit Inhalten auseinanderzusetzen, fällt ihnen dagegen sehr schwer, weshalb sie Lehrbücher gern ignorieren. Wenn du eine Literaturliste ausgibst und nur zwei oder drei Leute haben zu Beginn des nächsten Semesters da mal reingeschaut und vielleicht eins der Bücher oder eine der Dienstvorschriften gelesen oder wenn du erlebst, wie die Versorgung mit Fast Food und Energydrinks über die Kontrolle des Erste-Hilfe-Rucksacks oder der MP im Dienstfahrzeug gestellt wird, fragst du dich irgendwann, was aus dem Nachwuchs werden soll und warum du Ordnungsrecht und Einsatzlehre, Kriminaltaktik und Spurensuche unterrichtest, wenn die Themen nur Aufstöhnen hervorrufen.«

»Unsere Lehrer hatten es auch nicht immer leicht mit uns«, erinnerte sich Marie. »Aber die meisten von uns waren wissbegierig und wollten lernen.«

»Als ich anfing, war das noch so. Doch inzwischen …« Jan hob die Schultern. »Ich weiß nicht, was mit den Bewerbern los ist. Jedenfalls empfinde ich die praktische Kriminalistik nicht als Niederung. Ich freue mich, wieder ermitteln zu können.«

Als sie die Dienststelle fast erreicht hatten, klingelte Maries Handy. »Ah, ruft Solveig Vollmer doch zurück?« Ein Blick aufs Display ließ sie den Kopf schütteln. »Leider nicht. Unsere Einsatzzentrale. Was wollen die denn?« Sie meldete sich, lauschte eine Weile kommentarlos und beendete das Gespräch mit den Worten: »Wir kümmern uns darum.« Dann wandte sie sich an Feddersen. »Die Kollegen brauchen Unterstützung. Ein Streifenwagen ist ausgefallen.«

»Worum geht es?«

»Handgreiflichkeiten am Hafen.« Marie grinste. »Das ist nicht neu. Drei Reedereien streiten sich um Kunden für Hafenrundfahrten und Ausflüge zu den Seehundsbänken. Da sind Leute im Einsatz, die Touristen anquatschen. Ähnliche Typen wie auf Sankt Pauli. Es gab schon öfter Beschwerden, weil auch Megafone und Lautsprecher eingesetzt werden, um Touris an Bord zu ziehen. Zwischen den Anwerbern gibt es immer wieder Rangeleien. Gelegentlich fühlen sich sogar Passanten bedroht, die dort nur ein wenig umherschlendern und keine Bootsfahrt machen wollen.«

»Das ist doch mal was anderes! Gehen wir zu Fuß?«

Marie schüttelte den Kopf. »Würde zu lange dauern. Und bis wir im Dienstwagen vom Hof kommen ... Wir nehmen meinen Roller. Einen zweiten Helm habe ich dabei. Ist das für dich okay?«

Feddersen wirkte verblüfft, nickte aber. Wenig später saß er auf dem Sozius hinter seiner Kollegin. Sie startete den Motor, beschleunigte zügig und legte sich mit Lust in die Kurven.

Der Menschenauflauf am Hafen war nicht zu übersehen. Und nicht zu überhören. Kräftige Männerstimmen versuchten, einander zu übertönen. Die Urheber waren nicht zu sehen, weil sich um sie herum ein Kreis aus Zuschauern gebildet hatte.

»Verpiss dich, Landschildkröte!«, brüllte einer. »Du hast von Seefahrt so viel Ahnung wie die Kuh vom Segeln!«

»Schmierlappen!«, schrie sein Gegenüber. »Bist blöd wie ein Plattfisch. Versenkt eure Schrottkiste in der Nordsee, statt ahnungslose Touris in die Hölle zu schippern!«

»Uns lieben die Leute«, rief der Erste. »Euch hassen sie, wenn sie die Fahrt auf eurem Mistkahn überlebt haben.«

Marie und ihr Kollege bahnten sich einen Weg durch die Menge. Freiwillig schien niemand seinen Platz aufgeben zu wollen. Einige der Zuschauer hielten Smartphones in die Höhe und filmten die Szene. Erst als Jan Feddersen seinen Ausweis zückte und mit lauter Stimme »Polizei!« rief, wichen sie zurück.

Im Inneren des Kreises, den die Zuschauer um sie gebildet hatten, standen sich die beiden Kampfhähne mit roten Köpfen gegenüber. Einer hatte eine Flüstertüte drohend erhoben. Der andere wedelte mit einem Schild, auf dem in großen Lettern *Seehundsbänke* prangte. Ein weiterer hielt sich einen Schritt abseits.

»Polizei«, dröhnte Feddersen mit seiner tiefen Stimme. »Aufhören!« Die streitenden Anwerber warfen dem Beamten unwillige Blicke zu, unterbrachen aber ihre Auseinandersetzung. Der dritte Mann verschwand in der Menge. »Personenkontrolle«, knurrte Feddersen nun. »Die Ausweise bitte!« Unterdessen forderte Marie die Umstehenden auf, weiterzugehen. Die meisten folgten der Anordnung, einige bequemten sich erst, als Marie deutlich vernehmbar das Wort »Ausweiskontrolle« benutzt hatte.

»Wer war der dritte Kollege?«, fragte Jan Feddersen, nachdem er die Personalien der Streithähne aufgenommen hatte. Die beiden Männer zuckten mit den Schultern.

»Ich hatte den Eindruck, dass er irgendwie zu Ihnen gehört. Oder ist er ein weiterer Konkurrent?«

Erneutes Schulterzucken.

»Der Typ hat sich blitzschnell aus dem Staub gemacht, als er meinen Ausweis gesehen hat«, raunte Feddersen seiner Kollegin zu. »Hat vielleicht was auf dem Kerbholz.«

»Dann schlage ich vor«, sagte Marie laut in Richtung der beiden Anwerber, »dass wir die Befragung in der Dienststelle fortsetzen. Ich bin sicher, den Herren fällt der Name ihres Kollegen früher oder später ein.«

»Das könnt ihr nicht machen«, empörte sich einer der Männer. »Bis heute Abend muss ich über hundert Gäste an Bord holen.«

»Wir können noch ganz andere Dinge tun«, erwiderte Marie. »Zum Beispiel einen Platzverweis erteilen. Dann ist für euch hier sofort Feierabend.«

Unsicher sahen sich die beiden Typen an. »Seinen Namen weiß ich nicht«, rückte schließlich einer von ihnen heraus. »Der ist noch nicht lange dabei. Ich glaube, er arbeitet auf der *Kühlen Brise.* Das ist die blau-weiße Barkasse ganz hinten.«

»Na also. Geht doch!« Marie schenkte den Männern ein Lächeln und wandte sich an Jan Feddersen. »Ich denke, wir brauchen die Herren vorerst nicht mehr.«

Ihr Kollege gab die Ausweise zurück. »Machen Sie in Zukunft hier nicht so viel Rabatz! Mit Beschimpfungen und

Rangeleien vergraulen Sie die Kurgäste eher, als sie für Ihre Ausflüge zu gewinnen.«

»Wollen wir uns den Typen von der *Kühlen Brise* noch vornehmen?«, fragte Marie, nachdem sich die Werber verzogen und ihre Anpreisungen in verminderter Lautstärke wieder aufgenommen hatten.

»Klar.« Feddersen grinste. »Irgendwie gefällt mir das hier. Ist zwar nicht unser Aufgabenfeld, aber eine Abwechslung. Und ich bin ohnehin lieber an der frischen Luft als im Büro. Schauen wir uns die *Kühle Brise* an. Ist ja ein ungewöhnlicher Name für einen Ausflugsdampfer.«

»Der Schiffseigner gilt als seltsam«, erklärte Marie. »Glaubt man den Gerüchten ist er ein Geizhals, der seine Geschäftspartner gern unter Druck setzt und über den Tisch zieht. Er soll oft verklagt worden sein, sich jedoch stets herausgewunden haben. Illegale Handlungen hat man ihm nie nachweisen können. Für die Drecksarbeit beschäftigt er Leute von zweifelhaftem Ruf, darunter auch den ein oder anderen mit krimineller Vergangenheit. Früher muss er ein angesehener Geschäftsmann gewesen sein. Aber wegen einer Mordanklage hat er offenbar jede gesellschaftliche Anerkennung und in der Folge große Teile seines Vermögens verloren und soll zu einem verbitterten und bösartigen Tyrannen geworden sein. Kaum jemand kennt ihn persönlich. Ich habe ihn auch noch nie gesehen.«

»Demnach wird der Typ, der vorhin so schnell verschwunden ist, nicht gerade auf uns warten. Aber vielleicht kriegen wir seine Personalien. Gegebenenfalls können sich dann die zuständigen Kollegen mit ihm befassen.«

Der Besuch auf der Barkasse brachte nicht mehr als einen Vornamen. Als Marie Janssen und Jan Feddersen zur Dienststelle zurückkehrten, lief ihnen Kriminalrat Lütjen über den Weg. »Hallo, Herr Feddersen. Haben Sie sich schon überall umgesehen?«, fragte er leutselig, ohne Marie eines Blickes zu würdigen. »Durch die räumliche Trennung der Abteilungen ist es etwas unübersichtlich. Die meisten Kommissariate und die KTU befinden sich im Gebäude an der Werner-Kammann-Straße. Na, Ihre Oberkommissarin kann Ihnen ja alles zeigen.«

»Wow«, staunte Jan Feddersen ironisch, nachdem Lütjen verschwunden war, »*meine* Oberkommissarin. Das hätte ich mir nicht träumen lassen, als ich mich beworben habe.«

Marie winkte ab. »Der Lütte redet viel, wenn der Tag lang ist. Aber in einem Punkt hat er Recht. Du solltest schon wissen, wo welche Leute zu finden sind. Interesse an einer Führung? Falls Björn in Sahlenburg Hinweise zum Verschwinden von Solveig Vollmer bekommt, brechen wir ab.«

»Wenn es dir nichts ausmacht?«

Die nächsten Stunden verbrachten Marie und Jan Feddersen mit der Begrüßung von Kollegen, der Besichtigung der Kriminaltechnischen Untersuchungsstelle und einem Besuch bei der Pressesprecherin der Polizeiinspektion Cuxhaven. Mit Anne Lüken hatte Marie sich angefreundet, und nun lag ihr daran, dass auch Jan Feddersen gut mit ihr auskam.

»Wir haben uns schon gesehen«, sagte Anne, als sie ihn in ihrem kleinen Büro mit Handschlag begrüßte. »Auf der Abschiedsfeier für Hauptkommissar Röverkamp. Willkommen in der PI Cuxhaven!« Sie lächelte herzlich. Jan strahlte und hielt ihre Hand ein wenig länger fest, als es zu einer normalen Begrüßung gehörte. Marie war erleichtert und zugleich irritiert. Die beiden waren sich sympathisch und würden sich verstehen. Aber ihr war, als hätte sie in Jans Augen ein Aufblitzen gesehen. Fand er Anne vielleicht *sehr* sympathisch?

Im Verlauf des Gesprächs beschlich Marie immer mehr das Gefühl, dass ihr neuer Kollege Polizeihauptkommissarin Anne Lüken mit mehr als wohlwollenden Blicken bedachte. War das nun Anlass zur Freude oder musste sie sich Sorgen machen? Ihre Kollegin und Freundin war mit Erik Damme aus der Kriminaltechnik liiert. Über Jans Lebensverhältnisse wusste sie nichts. Die beiden hatten sich sofort geduzt und anscheinend viel zu sagen, sodass der Besuch länger als vorgesehen dauerte. Erst ein Anruf, der auf Maries Handy einging, beendete den Dialog. Es war Björn Frerksen, der zusammen mit Dirk Allmers die Wohngemeinschaft von Solveig Vollmer in Sahlenburg ausfindig gemacht und zwei der dort anwesenden Bewohner befragt hatte. Auch sie wussten nichts über den Verbleib ihrer Mitbewohnerin, konnten aber bestätigen, dass sie in der kommenden Woche ausziehen wollte. »Sie hat eine ältere Frau getroffen, die sie von früher kennt und bei der sie als Untermieterin einziehen kann«, schloss er seinen Bericht.

»Versuch bitte, ein Foto von Solveig Vollmer zu bekommen«, bat Marie. »Und bring auch gleich Material für einen DNA-Vergleich mit. Wir werden es hoffentlich nicht brauchen, aber später kommen wir womöglich nicht mehr dran.« Sie bedankte sich und wandte sich an Jan Feddersen. »Ich denke, es ist Zeit für die Fahndung.«

Ihr Kollege nickte. »Das meine ich auch. Willst du die Ausschreibung veranlassen?« Er sah Anne an. »Und ich erzähle dir, worum es geht. Dann könntest du eine Pressemitteilung vorbereiten. Vielleicht ist Solveig Vollmer irgendwo gesehen worden.«

*

Sascha Lindenthal wachte auf, weil die Blase drückte und ein an- und abschwellendes Geräusch an seine Ohren drang. Er brauchte einige Sekunden, um sich zu orientieren. Neben ihm schnarchte Dennis. Er lag auf dem Rücken und hatte ein Bündel Stroh im Arm. Seine Hose stand ebenso offen wie sein Rachen. Es roch nach Fisch. Die Meeresfrüchte, schoss es Sascha durch den Kopf. Und der Chardonnay. Bei einer Flasche war es nicht geblieben, daran konnte er sich noch erinnern. Auch an glibberige Austern und Jakobsmuscheln, Matjesfilets und Garnelen. Letztere hatten sie auf dem Gaskocher in einer Pfanne erhitzt. Die Utensilien hatte Dennis mitgebracht, als er zum Wohnhaus gegangen war, um einen Korkenzieher zu holen. Was für eine idiotische Idee, in der Scheune mit einer Flamme zu hantieren! Sascha sah sich um. Kocher und Pfanne lagen neben dem Transporter, dessen Türen offen standen. Er schloss die Augen und suchte nach einer bequemeren Lage, doch der Druck trieb ihn in die Höhe. Benommen taumelte er zur Tür und stieß sie auf. Gleißendes Sonnenlicht traf ihn wie Pfeilspitzen in die Augen. Hinter der Tür leerte er die Blase und kehrte zu seinem Freund zurück. Im Inneren der Scheune schlug ihm der Fischgeruch heftiger als zuvor entgegen.

»Wach auf!« Er rüttelte seinen Freund an der Schulter. »Wir müssen aufräumen, die ganze Scheiße entsorgen. Bevor wir losfahren können, musst du noch die Schrift von der Karre überstreichen.«

Dennis schlug die Augen auf, betrachtete angewidert das Stroh in seinem Arm, schüttelte es von sich und starrte Sascha mit offenem Mund an. »Welche Schrift?«, murmelte er und richtete seinen Oberkörper auf. »Wieso stinkt das hier so?«

»Steh erst mal auf!«, riet sein Freund. »Dann siehst du die Bescherung. Die Weinprobe gestern Abend ist etwas aus dem Ruder gelaufen.«

Mit einiger Mühe kam Dennis auf die Beine. »Ach du Scheiße! Wir wollten doch ...« Er verstummte und schlug die Hand vor den Mund. »Ich glaube, ich muss kotzen«, quetschte er darunter hervor.

»Dann geh gefälligst nach draußen!« Sascha deutete zum Scheunentor. »Aber mach die Hose zu! Sonst fällst du noch auf die Schnauze.«

Mit der freien Hand packte Dennis seinen Hosenbund und hastete hinaus. Als die Tür hinter ihm zufiel, wandte sich Sascha den herumliegenden Behältern zu. Er bückte sich, nahm einen der Austernkörbe und warf ihn ins Innere des Transporters. In dem Augenblick fiel ihm ein, dass sie nicht nur den Fisch und die Reste der Meeresfrüchte-Mahlzeit würden entsorgen müssen. Er ließ den zweiten Korb wieder fallen und umrundete den Wagen in der wahnwitzigen Hoffnung, die Leiche sei verschwunden. Doch das schwarze Paket lag unverändert an seinem Platz.

Im Laderaum roch es nach Fisch. Wenigstens nicht nach Leiche, dachte er.

Sascha zuckte zusammen, als hinter ihm die Tür aufging.

Dennis blieb in der Öffnung stehen. »Ich gehe erst mal nach Hause. Duschen, umziehen und so. Am besten treffen wir uns heute Abend wieder hier. Bis dahin habe ich die Schrift übermalt. Dann packen wir alles ein und fahren unsere Tour – wie geplant.«

»Aber wir müssen noch ...«, wollte Sascha einwenden, doch sein Freund unterbrach ihn. »Ich weiß, wo wir das Zeug lassen. Den Fisch kippen wir zwischen Kehdingen und Wingst in den Graben. Es gibt da eine Stelle, wo die Baumwipfel über der Straße zusammenstoßen und es ziemlich dunkel ist. Dann fahren wir in Richtung Steingrab durch den Wald und laden die ... das ... den Rest irgendwo ab. Also bis heute Abend.«

*

Dieter Köncke erklomm zügig den Hochsitz, stellte seine Blaser-Bockbüchsflinte zur Seite und legte den Rucksack ab. Darin befand sich alles, was er für seinen mehrstündigen Ansitz brauchte. Eine Thermosflasche mit Tee, die ihn nicht nur im Winter, sondern auch in den wärmeren Jahreszeiten begleitete. Zwei Mettbrötchen, die er eigentlich nicht essen durfte, und ein paar Minifläschchen *Jägermeister*, den er besser nicht trinken sollte. »Ich brauche keinen Proviant auf dem Hochsitz«, hatte er seiner Frau erklärt, die ihm eine Stulle aus Vollkornbrot mit Magerkäse und einem Salatblatt hatte mitgeben wollen. Auf dem Weg zum Jagdrevier hatte er in Hemmoor beim Schlachter eingekauft. Magenbitter lagerte stets im Kofferraum seines Wagens. Seit einigen Jahren gehörte auch ein Sitzkissen zu seiner Ausrüstung, denn die Holzbohlen, aus denen die Bank gezimmert war, wurden von Stunde zu Stunde härter. Nun, da er auf die Achtzig zuging, plagten ihn außerdem Rückenschmerzen. Andere Jäger in seinem Alter verbrachten deshalb nicht mehr halbe Nächte in der Kanzel. Einige hatten schon Mühe, hinaufzusteigen, oder konnten, wenn sie schließlich oben waren, in der Dämmerung Bock und Ricke nicht unterscheiden. Köncke war stolz auf sein scharfes Auge, ihm entging nicht die geringste Bewegung im Unterholz.

Nachdem er es sich halbwegs bequem gemacht hatte, lud er die Waffe und zog das Fernglas hervor. Auf der Lichtung rührte sich nichts. Aber das würde sich hoffentlich bald ändern. Wenn die Dämmerung weiter fortschritt, würde sich das ein oder andere Tier zeigen. Wahrscheinlich auch der alte Rehbock, den er für den Abschuss auserkoren hatte. Bis dahin war Zeit für ein Brötchen und einen Schluck aus der Thermosflasche. Einen *Jägermeister* würde er sich später gönnen.

Irgendwann schreckte Köncke hoch. War er eingenickt? Er schaute auf seine Uhr, deren Zeiger kaum noch zu erkennen waren. Vor einer knappen Stunde war er angekommen. Und nun war es schon fast dunkel. Er warf einen Blick nach oben. Graue Wolken zogen gemächlich über den schwarzen Himmel und verdeckten den Mond. Vor ihm, auf der Lichtung, rührte sich nichts. Eigentlich hätte das Rudel längst erscheinen müssen, das sonst um diese Zeit verlässlich aus dem Gehölz trat. Er nahm das Fernglas zur Hand und suchte den Waldrand ab.

Enttäuscht und etwas verärgert tastete Köncke in seinem Rucksack nach einer Jägermeisterflasche, fand sie und öffnete den Verschluss. Er legte den Kopf in den Nacken und ließ den Inhalt in den Rachen rinnen. Die braune Flüssigkeit kratzte ein wenig im Hals, löste aber ein Wohlbefinden aus, das sich vom Magen bis in die Fußspitzen ausbreitete. Augenblicklich verschwand der Ärger, und er überlegte, ob er sich einen zweiten Magenbitter genehmigen sollte.

Während er das leere Fläschchen in den Rucksack packte, wanderte sein Blick wieder über die Lichtung. Und diesmal blieb sein Auge hängen. Im Gehölz auf der gegenüberliegenden Seite bewegte sich, kaum wahrnehmbar, ein Schatten. Erneut nahm er das Fernglas zur Hand. Es dauerte eine Weile, bis er sich darüber klar wurde, was dort geschah. Regelmäßig gab es Ärger mit wildernden Hunden, die Rehe zu Tode hetzten. Der Jäger hatte sich vorgenommen, den nächsten Hund, den er in seinem Revier antreffen würde, zu erschießen. Er griff zum Gewehr und legte an. Das Tier war nur teilweise zu sehen. Der Bewegung nach war es mit einem für ihn unsichtbaren Gegenstand beschäftigt. Offenbar fraß der Köter an einem Stück Wild, riss Teile heraus, schnappte und schlang. Zwischendurch hielt er inne und witterte in alle Richtungen.

Köncke visierte einen Bereich an, an dem er die Schulter des Tieres vermutete, doch als es sich aufrichtete, zögerte er, abzudrücken. Mit dem Hund stimmte etwas nicht. Trotz seiner hektischen Aktivität war der Schwanz nicht zu sehen. Form und Fell des Tieres hatten ihn an einen Schäferhund denken lassen. Der würde seine Erregung an der Bewegung des Schweifes erkennen lassen, es sei denn, er litt an einer Schwanzmuskellähmung. Oder war es gar kein Hund?

Die Erkenntnis traf ihn wie ein Schlag. Fast wäre ihm das Gewehr aus der Hand geglitten.

Seit die Tiere im Land Hadeln aufgetaucht waren, hatte es heftige Diskussionen gegeben, vor allem zwischen dem Umweltminister und Tierschützern auf der einen und Landwirten und Schafzüchtern auf der anderen Seite. Köncke hätte den Wolf gern erschossen. Aber er war nicht sicher, ob das Raubtier eher Nutzen brachte als Schaden anrichtete. Außerdem fielen Wölfe nicht unter das Jagd-, sondern unter das Naturschutzgesetz. Trotz etlicher Nutztierrisse waren sie geschützt.

Köncke war davon überzeugt, dass sie eines Tages bejagt werden durften. Wie beim Fuchs konnte sich der Nutzen ins Gegenteil verkehren, wenn die Population überhandnahm.

Er ließ die Waffe sinken, sicherte sie und stellte sie ab. Dabei stieß er gegen die Thermoskanne, die scheppernd umfiel und über den Boden der Kanzel rollte. Köncke unterdrückte einen Fluch und setzte das Fernglas an die Augen. Der Wolf war verschwunden. Da er ein Tier gerissen und außerdem sein Revier wahrscheinlich gründlich markiert hatte, würde Rehwild in den nächsten Stunden ohnehin nicht mehr auftauchen. Damit war der Ansitz beendet. Er zog eine weitere Flasche *Jägermeister* hervor und leerte sie mit mäßigem Genuss. Ihm blieb die unangenehme Pflicht, die angefressene Beute in Augenschein zu nehmen. Als Jagdausübungsberechtigter würde er den Kadaver entsorgen müssen. Je nach Zustand also mitnehmen oder vergraben.

Köncke packte seine Sachen zusammen und verstaute sie im Rucksack. Er schulterte das Gewehr und kletterte vom Hochsitz. Mit einer kleinen Taschenlampe beleuchtete er seinen Weg über die Lichtung. Schließlich fiel der Lichtkegel auf Blutspuren und Fraßreste. Der Jäger stutzte, bückte sich und betrachtete einen blutigen Fetzen, den es hier eigentlich nicht geben konnte: ein Stück Stoff. Hastig richtete er den Strahl der Lampe in die Richtung, in der er den Kadaver vermutete und erfasste nach kurzer Suche einen hellen Fleck. Ahnungsvoll trat Köncke näher heran.

Der Anblick ließ seinen Magen rebellieren. Tote Augen aus einem bleichen Antlitz, umrahmt von langen blonden Haaren, starrten ihn an. Ein junges Mädchen, fast ein Kind, so schien es ihm. Das Gesicht war unversehrt, aber dort, wo der

Hals hätte sein müssen, klaffte ein blutiges Loch. Gegen seinen Willen wanderte sein Blick abwärts. Kleidung und Bauchdecke waren aufgerissen, Reste angefressener Organe davor verstreut. Köncke spürte, wie ein Grummeln in seinem Inneren eine bevorstehende Entladung ankündigte. Rasch wandte er sich ab und beugte sich vor, um seine Schuhe nicht zu beschmutzen.

9

1988

Wohlgefällig betrachtete Hardy die erste Lokalseite der Cuxhavener Nachrichten. Er hatte die Zeitung aus dem Briefkasten geholt und noch im Stehen aufgeschlagen. Obwohl die Schiffstaufe planmäßig und unter Beteiligung zahlreicher Gäste und Schaulustiger abgelaufen war, hatte er die Zeremonie mit gemischten Gefühlen erlebt. Claudia war nicht gekommen. Das hatte ihn beunruhigt, ihm aber noch einmal bestätigt, dass ihre Verbindung eine Illusion gewesen war. Wahrscheinlich hatte sie sich während ihrer Geburtstagsfeier in den gleichaltrigen jungen Mann verliebt, in dessen Wagen sie eingestiegen war. Damit war sein Traum von der jungen Schönheit an seiner Seite geplatzt.

Auch die Schiffstaufe hatte ein wenig von dem Glanz verloren, den ihr Claudia zweifellos gegeben hätte. Seine Tochter Tanja hatte das Ansinnen, kurzfristig nach Cuxhaven zu kommen und die Sektflasche gegen die Bordwand schwingen zu lassen, empört zurückgewiesen. Eingesprungen war schließlich eine junge Frau, die als Bedienung für die Gäste engagiert worden war. Sie hatte eine hinreichend passable Figur abgegeben, aber nicht ansatzweise Claudias Ausstrahlung erreicht.

Der Bericht in der Zeitung war großzügig bebildert und mit Zitaten aus seiner Rede, einem Grußwort des Oberbürgermeisters und Kommentaren Cuxhavener Bürger angereichert worden. Die alteingesessenen Konkurrenten waren nicht zu

Wort gekommen. Er hatte also allen Grund, zufrieden zu sein. Wäre da nicht die persönliche Niederlage gewesen. Hätte er Claudia von sich aus den Laufpass gegeben, wäre alles in Ordnung. Aber dass sie ihn über Nacht wegen eines jungen Burschen sitzen gelassen hatte, nagte an seinem Ego. Eine gewisse Befriedigung zog er daraus, dass er dem Paar ein nächtliches Bad im Hafenbecken verschafft hatte. Der Gedanke erinnerte ihn daran, dass er die Stoßstange seines Wagens auf Beschädigungen kontrollieren musste.

Er faltete die Seiten zusammen, um sie beiseitezulegen. Dabei fiel sein Blick auf eine kleine Notiz mit der Überschrift »Tod im Hafen«. Hastig schlug er die Zeitung wieder auf. »In der Nacht zum Samstag wurde ein PKW am Nordseekai aus dem Hafenbecken geborgen«, lautete der erste Satz. Mit »Zwei Menschen kamen ums Leben, als ...«, begann der zweite.

Unwillkürlich hielt er den Atem an. Sein Puls raste, gleichzeitig schien eine eiserne Faust sein Herz zu umklammern. Schwindel erfasste ihn, die Zeitung entglitt seinen Händen und segelte zu Boden. Er stürzte ins Wohnzimmer, ließ sich in einen Sessel fallen und schloss die Augen. Rasselnd entwich Luft aus seiner Lunge, sein Atem setzte stoßweise wieder ein.

Mit erschreckender Deutlichkeit erschienen die Bilder aus der Nacht von Claudias Geburtstag vor seinem inneren Auge. Das Paar im Auto. Der Weg zum Fischereihafen. Das rote Coupé am Nordseekai. Der Stoß gegen das Heck. Um den Film zu unterbrechen, riss er die Augen auf, doch dadurch ließen sich die Geräusche nicht unterdrücken, die in seinem Kopf explodierten. Weder das Klatschen beim Aufschlag des Wagens aufs Wasser noch das anschließende Gluckern und Gurgeln mit dem er versank.

Er zwang sich, in die Gegenwart zurückzukehren und an das Nächstliegende zu denken. Die Spuren an seinem Auto. Sollte ihn jemand in der Nähe des Hafens gesehen haben, würde früher oder später die Polizei auftauchen und den BMW untersuchen. Viel wusste er nicht über diese Art von Ermittlungen, aber wenn Fernsehkrimis nur annähernd realistisch waren, standen Kriminaltechnikern erstaunliche Verfahren zur Verfügung, Spuren zu analysieren und daraus Rückschlüsse über Kollisionen zu ziehen.

Der Wagen musste verschwinden. Nein, das konnte verdächtig aussehen. Besser, er ließ die vordere Stoßstange auswechseln. Hastig griff er nach den Schlüsseln, verließ die Wohnung, überquerte den Hof und öffnete das Garagentor. Auf den ersten Blick schien der BMW unbeschädigt. Doch dann entdeckte er Kratzer und Schrammen, die sich fast über die gesamte Breite des Stoßfängers zogen. Und ein paar rote Lackspuren. Damit war die Sache klar. Er kehrte ins Haus zurück, setzte sich ans Telefon und schlug das Branchenbuch auf. Es dauerte eine Weile, bis er in Bremen eine Freie Werkstatt fand, die in der Lage war, den Schaden kurzfristig zu beheben. Allerdings nur, wenn er bereit wäre, einen nicht mehr ganz neuen Stoßfänger aus einem Unfallwagen zu akzeptieren. Hardy sah darin kein Manko. Im Gegenteil, niemand würde sich über eine fabrikneue Stoßstange wundern können. Er sagte zu und machte sich auf den Weg.

*

Die bevorstehende Begegnung mit den Müttern belastete Christiansens Gemüt. Zu seiner Entlastung hatte er eine Kollegin gebeten, ihn zu begleiten. Kriminalhauptkommissarin Theda Mensen war eine gestandene Frau von fast sechzig Jahren mit maskulinem Äußeren, wortkarg, aber mit freundlicher Grundhaltung. Dass diese sich oft erst nach einiger Zeit offenbarte, war bei Vernehmungen nicht unbedingt ein Nachteil. Sie verfügte, so hoffte Christiansen jedenfalls, über Erfahrung bei der Überbringung von Todesnachrichten und über entsprechendes Einfühlungsvermögen.

Mit den Fotos, die ihre Kollegen angefertigt hatten, machten sie sich auf den Weg. Die Techniker hatten sich große Mühe gegeben, den Gesichtern der Toten Leben einzuhauchen, dennoch zeigten die Aufnahmen erschreckende Züge. Da die Körper nur wenige Stunden im Hafenbecken gelegen hatten, waren sie nicht so entstellt wie Wasserleichen, die erst nach mehreren Tagen wieder auftauchten. Aber dass mit den Gesichtern etwas nicht stimmte, war spätestens auf den zweiten Blick erkennbar.

Zuerst suchten sie die Mutter auf, die ihre Tochter als vermisst gemeldet hatte. Sie wohnte nicht weit vom Gebäude der Polizeiinspektion entfernt, in der Schillerstraße. Kaum hatte er seine Kollegin vorgestellt und zu einigen einleitenden Worten angesetzt, unterbrach ihn die Frau. »Sagen Sie, was los ist!«, forderte sie barsch. »Sie wären nicht hier, wenn nichts passiert wäre. Was ist mit Claudia?«

Theda Mensen kam ihm zu Hilfe. »Dürfen wir vielleicht hereingekommen und uns setzen?«

Wortlos und mit starrem Blick trat die Mutter zur Seite und bedeutete ihnen mit einer Kopfbewegung, einzutreten. Die Wohnung befand sich im Obergeschoss eines alten Kapitänshauses, war unerwartet geräumig und konsequent im Stil der Siebzigerjahre eingerichtet. Eine Wand war vollständig mit Bücherregalen ausgefüllt. Sie deutete auf eine weiße Couch. »Bitte.«

Christiansen wartete, bis sie und seine Kollegin sich gesetzt hatten, dann begann er von Neuem. »Wir haben leider keine guten Nachrichten für Sie. Es sieht so aus, als hätte Ihre Tochter Claudia einen Unfall erlitten.« Er zog das Foto aus der Tasche, hielt es aber verdeckt.

»Es sieht so aus? Was soll das heißen?« Sie deutete auf seine Hände. »Was haben Sie da?«

»Wir sind nicht sicher, ob es sich bei einem der Unfallopfer um Ihre Tochter handelt. Könnten Sie vielleicht einen Blick auf diese Aufnahme werfen?«

Wortlos streckte sie die Hand aus. Als Christiansen ihr das Foto reichte, erstarrte sie, stierte sekundenlang bewegungslos auf das Bild. »Was ist passiert?«, flüsterte sie schließlich.

So schonend wie möglich berichteten Christiansen und Theda Mensen über das Auffinden der Leichen. Einige Details klammerten sie allerdings aus: den Namen des männlichen Begleiters, die abgelegte Kleidung und die eindeutige Position der jungen Leute. Auch den Verdacht, dass es sich nicht um einen Unfall handeln, sondern jemand nachgeholfen haben könnte, äußerten sie nicht.

Claudias Mutter schüttelte den Kopf. »Ich verstehe das nicht. Sie wollte heiraten. Aber keinen Gleichaltrigen. Sie sprach von einem zweiundvierzigjährigen Geschäftsmann.

Bisher kenne ich nur seinen Vornamen. *Hardy.* Wieso saß sie mit einem Jungen im Auto? In der Nacht vor ihrem Geburtstag? Das ist doch ...« Sie brach ab und schlug die Hände vors Gesicht.

»Wir werden den Vorgang aufklären«, versicherte Christiansen. »Dabei wird nicht nur der Ablauf rekonstruiert. Auch Zusammenhänge und Hintergründe, die zu dem ... Unfall ... geführt haben, kommen erfahrungsgemäß ans Tageslicht. Es wird ein paar Tage dauern, aber wir gehen davon aus, dass wir Ihre Fragen dann beantworten können.«

»Sollen wir jemanden anrufen, der sich um Sie kümmert?«, fragte Theda Mensen. »Es wäre besser, wenn Sie jetzt nicht allein blieben.«

*

»Die Frau war sehr gefasst«, bemerkte Hauptkommissar Christiansen, als sie wieder im Wagen saßen und er das nächste Ziel ansteuerte. Es lag in Duhnen, wo die Eltern des jungen Mannes eine Frühstückspension betrieben.

Seine Kollegin schüttelte den Kopf. »Der Zusammenbruch kommt erst. Sie hat nicht wirklich erfasst, dass ihre Tochter tot ist. Noch klammert sie sich an die Vorstellung, es könnte sich um einen Irrtum oder eine Verwechslung handeln. Für eine Mutter gibt es nichts Traumatischeres, als ein Kind zu verlieren. Darum blendet sie die Realität so lange wie möglich aus.«

Christiansen war nicht sicher, ob er Theda folgen konnte, wollte die Frage jedoch nicht vertiefen. Deshalb brachte er das

Gespräch auf den Hinweis von Andreas Dehne. »Es mag ein kurioser Zufall sein. Aber am Sonntag hat es im Hafen eine Schiffstaufe gegeben. Eine neue Barkasse für Rundfahrten. Sie heißt wie das tote Mädchen. Claudia.«

»Ich glaube nicht an Zufälle«, entgegnete Theda Mensen. »Wir sollten dem nachgehen.«

»Natürlich.« Der Hauptkommissar nickte. »Andreas kümmert sich darum.«

Die Eltern von Carsten Bartels reagierten sehr unterschiedlich. Während der Vater zur Salzsäure erstarrte und mit stumpfem Blick dem Gespräch folgte, ohne selbst ein Wort beizutragen, brach seine Frau in Tränen aus. Sie schluchzte nahezu unaufhörlich, lehnte aber ärztliche oder psychologische Hilfe, die Theda Mensen vorschlug, kategorisch ab. Zwischen den Gefühlsausbrüchen gelang es ihr, einige Fragen der Beamten zu beantworten. So erfuhren sie von einer Beziehung ihres Sohnes zu Claudia, die allerdings vor einem guten halben Jahr zu Ende gewesen sei. Auch ihr war es unerklärlich, warum sich die beiden getroffen und zu nächtlicher Stunde am Hafen aufgehalten hatten. Von der Geburtstagsfeier wusste sie nichts, nur dass Carsten am Freitag vorhatte, nach Lüdingworth zu Janssens Tanzpalast zu fahren.

Als Christiansen und Theda Mensen sich verabschiedeten, meldete sich der Vater zu Wort. »Was ist mit dem Wagen?«, fragte er. »Der gehört eigentlich mir.«

»Gut, dass Sie nachfragen«, entgegnete der Hauptkommissar. »Ist Ihnen in letzter Zeit jemand hinten draufgefahren? Oder sind Sie, vielleicht auch Ihr Sohn oder Ihre Gattin, rückwärts gegen ein Hindernis gestoßen?«

»Nein.« Bartels schüttelte empört den Kopf. »Der Wagen ist erst ein Jahr alt und vollkommen intakt. Warum? Ist er beschädigt?«

»Das könnte man so sagen«, antwortete Christiansen, ohne auf die Fragen näher einzugehen. »Sobald die technischen Untersuchungen abgeschlossen sind, können Sie ihn abholen lassen. Wir geben Ihnen Bescheid, wenn es so weit ist.« Seine Kollegin fügte hinzu: »Wegen des Schadens müssen Sie sich mit Ihrer Versicherung in Verbindung setzen.«

Auf den Straßen herrschte der Betrieb eines Sommertages mit wechselhaftem Wetter während der Saison. Die Sonne zeigte sich nur zeitweilig, frischer Wind jagte weiße Wolken über den Himmel. Für Strand und Nordseewellen war es den meisten Urlaubern anscheinend zu kühl. Sie drängten sich auf den Gehsteigen und auf dem Robert-Dohrmann-Platz und rings um den Dorfbrunnen. Stoßstange an Stoßstange rollten Personenwagen durch den Ort. Zum Leidwesen der Fahrer mussten sie sich an das Tempo der gelben Wattwagen anpassen, die offenbar von ihrer Tour nach Neuwerk zurückkehrten.

Nachdem Christiansen sich gerade erst in den Verkehr eingefädelt hatte, bog er plötzlich nach links in eine schmale Einfahrt ab. »Wie wäre es mit einer Kaffeepause?«, fragte er und deutete nach vorn. »Hier können wir parken. Das Haus mit den Ferienwohnungen und der Hof gehören meiner Verwandtschaft.«

Theda Mensen sah ihn erstaunt an, doch dann ging ein Lächeln über ihr Gesicht. »Dagegen ist nichts einzuwenden. Eine kleine Stärkung könnte ich gut gebrauchen. Ich weiß nur nicht, ob ein Kaffee dafür ausreicht. Todesnachrichten zu überbringen, schlägt aufs Gemüt.«

»So geht es mir auch«, antwortete Christiansen und rangierte den Wagen in eine Lücke auf dem weitgehend zugeparkten Hof. »Ich sage nur kurz Bescheid, damit meine Cousine nicht die Polizei ruft, um unseren Dienstwagen abschleppen zu lassen.«

Wenig später fanden die Kriminalbeamten einen windgeschützten Platz im Außenbereich eines Cafés. Christiansen bestellte Kaffee, seine Kollegin Tee und Rum. »Ich muss ja nicht fahren«, murmelte sie entschuldigend.

»Nur zu! Einen Cognac zum Kaffee würde ich jetzt auch nicht verachten«, beruhigte ihr Kollege sie und deutete mit dem Daumen in die Richtung, in der sie den Wagen abgestellt hatten. »Wenn ich nicht dafür sorgen müsste, dass die alte Kiste heil wieder in der Dienststelle landet.«

Mit einem dankbaren Lächeln quittierte Theda Mensen seine Bemerkung. Sie lehnte sich entspannt zurück und ließ den Blick über den Platz schweifen. Gerade drängte sich ein Bus durch die Menschenmenge. Das Zentrum von Duhnen war nicht nur Treffpunkt für Urlauber, sondern auch Haltestelle und Wendeplatz für Busse. »Eigentlich ein unmöglicher Zustand«, stellte Christiansen fest, der ihrem Blick gefolgt war. »Bin gespannt, wie lange das noch so bleibt.«

»Ziemlich lange«, mutmaßte Theda Mensen. »Der Vorschlag, die Verkehrssituation zu entschärfen und den Kraftfahrzeugverkehr aus dem Kurgebiet zu verbannen, gerät jedes Jahr in Vergessenheit, sobald die Saison zu Ende ist.«

»Das da vermutlich auch.« Christiansen deutete auf ein Drogeriegeschäft auf der gegenüberliegenden Straßenseite.

»Ich weiß nicht, wie lange das schon hängt. Aber es scheint niemanden zu stören.« Über dem Schaufenster der Drogerie war eine Leuchtreklame angebracht. *Pafümerie* prangte in großen Lettern darauf.

Seine Kollegin grinste. »Ich war mal drin und habe gefragt, ob sie auch Parfüm haben oder nur Pafüm. Die Verkäuferin hat mich ziemlich verständnislos angeguckt.«

Eine Bedienung brachte die bestellten Getränke. »Wenn ich bitte gleich kassieren dürfte.« Christiansen beglich die Rechnung, ohne den Protest seiner Kollegin zu beachten. Dann hob er die Tasse. »Wohl bekomm's!«

Theda Mensen kippte den Rum in ihren Tee, fügte Zucker hinzu und rührte um. »Danke für die Einladung«, sagte sie und nippte an der Tasse. »Das tut gut.« Wobei es für Christiansen offenblieb, ob sie den Rum meinte oder die Geste. Letztlich war es ohne Bedeutung. Er genoss die Galgenfrist, bis sie sich wieder mit dem Fall beschäftigen mussten.

Eine Weile beobachteten die Kriminalbeamten wortlos das Treiben auf dem Robert-Dohrmann-Platz. Nachdem Christiansen seinen Kaffee getrunken hatte, unternahm er einen Versuch, die Frist noch ein wenig auszudehnen. »Wusstest du«, fragte er, »dass dieser Platz nach dem Begründer des Duhner Wattrennens benannt worden ist?«

»Wirklich? Ich war der Meinung, Robert Dohrmann war Fischhändler. Hat man ihn nicht als Austernkönig bezeichnet?«

»Stimmt«, bestätigte Christiansen, froh, ein Thema gefunden zu haben, das nichts mit den Toten aus dem Hafenbecken zu tun hatte. »Er hatte seine eigene Austernflotte. Aber er hat sich auch für den Tourismus engagiert und gilt als Begründer des Seebads. Und er war Initiator und Vorsitzender des Vereins für Pferderennen auf dem Duhner Watt. 1902 hat es zum ersten Mal stattgefunden.«

»Du weißt ja gut Bescheid.« Theda Mensen lächelte anerkennend.

»Das ist kein Kunststück«, erklärte Christiansen. »Meine Frau ist hier aufgewachsen. Und sie arbeitet beim Verkehrsverein.« Er warf einen Blick auf seine Armbanduhr. »Ich würde dir gern mehr erzählen, wenn es dich interessiert. Aber wir müssen uns nun doch wieder um den Fall kümmern.«

Seine Kollegin nickte. »So ist es wohl.« Sie nahm den letzten Schluck aus ihrer Tasse. »Ich bin schon neugierig auf das Ergebnis von Andreas' Recherchen.«

*

Polizeihauptwachtmeister Dehne empfing sie auf dem Flur der Dienststelle. »Das neue Fahrgastschiff heißt tatsächlich Claudia«, rief er ihnen zu. »Der Eigner ist ein Cuxhavener Geschäftsmann. Bisher ist er nicht als Reeder in Erscheinung getreten. Sein Name ist …«

»Wie alt ist der Mann?«, unterbrach Christiansen ihn.

Irritiert schaute Dehne in seine Unterlagen. »Wie alt? Also, das Alter haben wir nicht erfragt. Ich wusste nicht … Ist das wichtig? Aber wegen des Geburtsdatums kann ich beim Einwohnermeldeamt nachfragen. Soll ich gleich …?«

»Ich bitte darum.«

In seinem Büro überflog Christiansen die Aufzeichnungen, die sein Kollege ihm in die Hand gedrückt hatte, dann reichte er sie an Theda Mensen weiter. »Ich kann mir das nur schwer vorstellen, aber wenn dieser *Geschäftsmann* zweiundvierzig Jahre alt ist, dürfte er derjenige sein, von dem Claudias Mutter gesprochen hat. Mir will nur nicht in den Kopf, dass sich eine Zwanzigjährige mit so einem einlässt und ihn sogar heiraten will.«

»Es hat schon größere Altersunterschiede bei Paaren gegeben«, entgegnete Theda. »Goethe war vierundsiebzig, als er der neunzehnjährigen Ulrike von Levetzow einen Heiratsantrag machte. Und in der heutigen Zeit ...«

Christiansen winkte ab. »Geschenkt. Ich meine, mich erinnern zu können, dass sie den Antrag abgewiesen hat. Sicher gibt's aktuelle Beispiele aus Hollywood. Tatsache ist, dass wir Claudia zusammen mit diesem Carsten Bartels gefunden haben. In eindeutiger Position. Wenn das Mädchen darüber hinaus eine Beziehung zu einem Älteren hatte, könnten wir es mit einem Eifersuchtsdrama zu tun haben. Wir werden uns mit dem Mann unterhalten müssen.«

*

Auf dem Rückweg von der Werkstatt in Bremen besserte sich Hardys Stimmung mit jedem Kilometer. Als er schließlich den Kreisel erreichte, an dem die A 27 endete, gingen ihm neue Pläne durch den Kopf. Claudia war ein Fehlgriff gewesen. Vielleicht war ein Mädchen ihrer Altersgruppe doch nicht für die Rolle als Repräsentantin seiner Unternehmungen geeignet. Wahrscheinlich wäre sie überfordert gewesen. Auf Dauer hätte auch die sexuelle Anziehung nicht gereicht. So hübsch und erregend ihr Körper gewesen war, ihr fehlten die Kniffe und Kenntnisse einer erfahrenen Frau.

Als sie sich beim Duhner Wattrennen begegnet waren, hatte sie ihn mit einem neonfarbenen Top, schrillen Hotpants und sehr langen Beinen in Unruhe versetzt. Ihr strahlendes Lächeln hatte ihn so bezaubert, dass er sie hatte ansprechen müssen. Er hatte nicht damit gerechnet, dass sie sich mit ihm einlassen würde, schon gar nicht auf Dauer. Ein halbes Jahr später hatte er sich nicht mehr vorstellen können, dass sie ihn verlassen würde. Eine Fehleinschätzung, die einzugestehen ihm schwerfiel. Offensichtlich war es nun mal so gekommen. Aber nun begann das Bild des Mädchens bereits zu verblassen.

Zu Övenhorsts Überraschung schob sich ein sehr ähnliches Gesicht vor seine Erinnerung, das von Claudias Mutter. Er hatte sie einmal zufällig mit Claudia in der Fußgängerzone gesehen, sie war nicht weniger attraktiv. Und sie würde in nächster Zeit Trost und Zuwendung brauchen. So bald wie möglich würde er mit ihr Kontakt aufnehmen. Zuvor musste die Barkasse umbenannt werden. Einige Cuxhavener würden sich vielleicht darüber wundern, aber da niemand von seiner Verbindung zu Claudia wusste, würde auch niemand die Namensänderung mit der ertrunkenen Studentin in Verbindung bringen. Um ganz sicher zu gehen, würde er ein paar Wochen warten. Dann wäre der Tod des Mädchens aus dem öffentlichen Bewusstsein verschwunden. Nur wenige Menschen würden den neuen Namen des Fahrgastschiffes überhaupt registrieren. Vielleicht sollte er es ähnlich wie Claudia nennen? Bei diesem Gedanken passierte er die Abzweigung zur Deichstraße. Im Radio kündigte ein Moderator sommerliche Hitze an, bei der sich mancher eine kühle Brise wünschen würde. Hardy war skeptisch, aber plötzlich war ihm klar, wie er die Barkasse nennen würde.

Kurz darauf rollte er auf den Hof hinter dem Haus in der Nordersteinstraße. Bevor er den Wagen in die Garage fuhr, stoppte er, stieg aus und betrachtete eingehend die vordere Stoßstange, was er in der Eile beim Abholen nicht gemacht hatte. Sie war perfekt eingepasst, wirkte aber keineswegs neu. Es gab einige kleine Kratzer, die wahrscheinlich durch Split verursacht worden waren. Und jede Menge Insektenleichen von der schnellen Autobahnfahrt in der warmen Abendsonne. Niemand würde dem BMW ansehen können, dass er einen kleinen Auffahrunfall hinter sich hatte.

Er stieg wieder ein, startete den Motor und rangierte den Wagen an seinen Platz. Mit dem Gefühl, ein unerfreuliches Kapitel seines Lebens abgeschlossen zu haben, betrat er das Haus durch den Hintereingang. Er ging in die Küche, öffnete eine Flasche Bier, nahm ein Glas und stellte beides im Wohnzimmer auf den Couchtisch. In dem Augenblick klingelte es an der Haustür. Unwillig sah er auf die Uhr. Die üblichen Geschäfts-und Bürozeiten waren zu Ende. Wer konnte jetzt noch etwas von ihm wollen?

10

2017

Der Jäger wischte sich den Mund ab und leerte ein Fläschchen *Jägermeister*, um den schlechten Geschmack loszuwerden. Dann wandte er sich zum Gehen. Als er über die Lichtung stapfte, um zu seinem Wagen zurückzukehren, fragte er sich, was er unternehmen sollte. Gern hätte er jetzt ein Mobiltelefon gehabt. Aber er hatte es stets abgelehnt, sich auf ständige Erreichbarkeit und Telefongespräche während der Jagd einzulassen. Mit einem Handy hätte er seinen Freund und Anwalt anrufen können. Der würde wissen, was zu tun war. Wahrscheinlich würde er ihm raten, den Fund der Polizei zu melden. Aber war er dazu verpflichtet? Was konnte ihm passieren, wenn er es nicht tat? Schließlich hatte der Wolf ihn auf die Tote aufmerksam gemacht. Wäre das Wildtier nicht gewesen, hätte er sie nicht bemerkt. Sollte er den Kreisjägermeister um Rat fragen? Der wäre sicher für die Information über den Wolf dankbar.

Die Landesjägerschaft beteiligte sich am Wolfsmonitoring des niedersächsischen Umweltministeriums. Offiziell unterstützte sie den Schutz der Wölfe. Allerdings waren einige Jäger der Ansicht, dass man sie bejagen sollte. Besonders die Landwirte unter ihnen traten energisch für einen Abschuss ein. Diese Kollegen würden es ihm verübeln, wenn er die Polizei informierte und seine Begegnung mit dem Wolf dadurch bekannt würde. Vielleicht war es besser, erst einmal gründlich nachzudenken, bevor er zum Telefon griff. Er ahnte, dass es, egal wie er sich entschied, Schwierigkeiten geben würde. Die

Erkenntnis ließ ihn innehalten und im Rucksack nach einer weiteren Miniflasche *Jägermeister* tasten.

Wegen der Schnäpse, die ihn erwärmt und beruhigt, aber auch ein wenig benebelt hatten, fuhr Dieter Köncke auf dem Rückweg besonders vorsichtig und benutzte Schleichwege, um Bundesstraße und Ortschaften zu meiden. Auf der B 73 gab es häufig schwere Unfälle, deshalb wurden dort zu nächtlicher Stunde gelegentlich Alkoholkontrollen durchgeführt. Nach dem abgebrochenen Ansitz erreichte er sein Haus trotz der Umwege früher als geplant. Dennoch war es zu spät, um noch jemanden anzurufen. Sollte er die Entscheidung besser auf den nächsten Morgen verschieben? Er vergewisserte sich, dass seine Frau schlief, ging in die Küche, nahm ein Bier aus dem Kühlschrank und ließ sich am Tisch nieder. Es würde ihm helfen, das grässliche Bild aus seinem Kopf zu vertreiben. An Schlaf war ohnehin nicht zu denken. Nach einer weiteren Flasche kam ihm endlich die Idee, wo und wie er die Information und damit die Last abladen konnte. Er ging in sein Arbeitszimmer, nahm ein Blatt Papier und begann zu schreiben.

*

Maries Arbeitstag startete mit einem überraschenden Anruf von Felix. Sie hatte gerade ihren Roller vor der Dienststelle abgestellt und den Helm abgenommen, als ihr Smartphone klingelte und sein Bild auf dem Display erschien. »Ist was passiert?«, fragte sie beunruhigt.

»Keine Sorge, Schatz! Alles in Ordnung. Jedenfalls bei uns. Aber ich habe eine seltsame Nachricht bekommen. Angeblich hat in der Wingst ein Wolf ein Kind angefallen und getötet. Ich würde gern wissen, ob die Meldung stimmt. Habt ihr Informationen darüber?«

Marie dachte an Nele und an ihren Vater, den Wolfsschützer. Ihr Puls beschleunigte sich. »Das wäre ja entsetzlich. Ich bin noch nicht im Büro«, sagte sie. »In fünf Minuten rufe ich dich an.« Sie steckte das Mobiltelefon zurück, zog den Schlüssel ab, nahm ihre Handtasche aus dem Topcase und eilte zum Eingang. Aus den Augenwinkeln nahm sie einen Radfahrer wahr, der mit hoher Geschwindigkeit aus der Poststraße kam und unmittelbar neben ihr abbremste.

»Moin, Marie!«, rief Jan Feddersen mit dröhnender Bassstimme und stieg vom Rad. »Heute warst du schneller.«

Sie ging nicht darauf ein. »Ich gehe schon mal vor. Muss etwas überprüfen.«

Im Büro telefonierte sie zuerst mit Anne Lüken, dann mit der Einsatzzentrale und schließlich mit der Wache an der Werner-Kammann-Straße. Um ganz sicher zu gehen, noch mit dem Fachkommissariat sechs, das für Jugendsachen zuständig war. Doch nirgends gab es eine Information über ein verschwundenes, verletztes oder gar getötetes Kind. Auch nicht im Polizeikommissariat Hemmoor. Erleichtert legte sie den Hörer auf und nahm ihr Smartphone zur Hand, um Felix zurückzurufen.

»Bei uns liegt nichts vor«, sagte sie, als er sich meldete. »Hat dein Informant konkrete Angaben gemacht? Wer? Wann? Wo?«

»Ein Jäger will gestern Abend einen Wolf beobachtet haben, der ein Kind zerfleischt hat. Ein blondes Mädchen. Noch in der Nacht hat er seine Beobachtung aufgeschrieben und per

Fax an uns weitergegeben. Einen Namen hat er nicht genannt, und das benutzte Faxgerät hat keine Kennung übermittelt. Der Schrift nach handelt es sich um einen älteren Herrn. Die Ortsangabe scheint relativ genau. Demnach befindet sich die Fundstelle am Waldrand in der Nähe des Steingrabs. Wo immer das sein mag. Ich kenne die Ecke nicht so gut.«

»Das kriegen wir raus«, sagte Marie. »Wir schicken jemanden hin. Danke für die Information, Felix. Ich melde mich, wenn die Kollegen etwas finden. Aber ihr schreibt bitte noch nichts darüber! Ich möchte erst wissen, was wirklich passiert ist.«

»Was kriegen wir raus?«, fragte Jan Feddersen, der in diesem Augenblick das Büro betrat.

Marie hob eine Hand, verabschiedete sich von Felix und wandte sich ihrem Kollegen zu. »Moin, Jan. Angeblich ist in der Wingst ein Wolf gesehen worden, der ein Kind ... getötet hat. Solche Gruselgeschichten tauchen hin und wieder auf. Das kenne ich von meinem Vater.«

»Moin, Marie.« Jan zeigte eine skeptische Miene. »Dein Vater erzählt Gruselgeschichten?«

»Nein. Natürlich nicht. Er erzählt mir lediglich, dass Begegnungen mit Wölfen gelegentlich aufgebauscht werden. Manchmal wird wohl auch was dazu erfunden. Von Leuten, die diese Tiere bei uns nicht haben wollen. Sagt mein Vater. Er gehört zu den Naturschützern, die sich für den Wolf einsetzen. Auf der anderen Seite gibt es Menschen, die illegal Jagd auf Wölfe machen. Hier in unserem Landkreis Cuxhaven wurde sogar schon mal eine Totschlagfalle gefunden, die mit Innereien präpariert war.«

Jan nickte nachdenklich. »Wenn tatsächlich ein Kind Opfer eines Wolfs würde, wäre das ...«

»Eine Katastrophe«, ergänzte Marie. »Für das Kind, für seine Eltern, für alle Angehörigen, für das ganze Dorf oder die ganze Stadt.«

»Und für die Naturschützer. Ihre Gegner bekämen Auftrieb. Die Auseinandersetzung würde wahrscheinlich eskalieren.«

»Deshalb hoffe ich, dass es sich bei der Meldung tatsächlich um eine erfundene Gruselgeschichte handelt. Wir müssen der Sache auf den Grund gehen und den angegebenen Bereich absuchen lassen.«

»Möglichst nicht mit einer Hundertschaft«, wandte Jan Feddersen ein. »Das gäbe einen gewaltigen Medienzirkus.«

»Auf gar keinen Fall.« Marie schüttelte den Kopf. »Wir schicken erst mal Kollegen hin, die das Gelände kennen und sich unauffällig umsehen können.« Sie deutete aufs Telefon. »Ich frage in der Dienststelle in Cadenberge an. Die sind dort am nächsten dran und müssten eigentlich auch wissen, welche älteren Herrn in der Gegend auf Jagd gehen.«

»Gute Idee«, bestätigte Jan. »In der Zwischenzeit kümmere ich mich weiter um den Fall Solveig Vollmer. Wer könnte das Foto digitalisieren, das die Kollegen gestern Abend aus der WG in Sahlenburg mitgebracht haben?«

»Am besten kann das …« Marie zögerte. Erik Damme in der KTU, hätte sie sagen wollen. Doch das Bild von Jan und Anne schob sich vor ihr inneres Auge. Konnte es falsch sein, Jan zu Annes Freund zu schicken?

»Vielleicht sollte ich es zu Anne Lüken bringen«, unterbrach Feddersen ihren Gedankenfluss. »Die kann das sicher selbst übernehmen.«

Keine gute Alternative, dachte Marie und beeilte sich, klarzustellen, dass der Kollege Erik Damme von der KTU das Foto von Solveig Vollmer rasch ins Computersystem der Inspektion einstellen würde, sodass alle Dienststellen darauf Zugriff hätten. »Auch Anne«, schloss sie.

Jan ließ sich nicht anmerken, ob ihm die Empfehlung missfiel. Er nickte nur und ging zur Tür. »Bis gleich!«

Nachdem er das Büro verlassen hatte, griff Marie zum Telefonhörer und wählte die Nummer der Dienststelle in Cadenberge. Dort meldete sich ein Polizeioberkommissar Thorsten Meiners. Der Name kam ihr vage bekannt vor. Sie berichtete von dem Fax an die Cuxhavener Nachrichten und erläuterte die Problematik, die mit dem Stichwort »Wolf« verbunden war. Und war erleichtert und dankbar, als Meiners versicherte, dass er und sein Kollege den zuständigen Jagdpächter informieren und sich die Stelle ansehen würden. Er versprach, sie zurückzurufen.

Marie bedankte sich und legte auf. Sie starrte auf das Telefon und versuchte sich einzureden, dass nun alles Notwendige veranlasst war, sie ihrer Pflicht Genüge getan hatte und sich die grausige Geschichte in ein paar Stunden als widerwärtige Falschmeldung herausstellen würde. Doch an ihrem Innersten kratzte die Angst vor dem Gegenteil. Und die Angst um Nele. Bisher war das unbestimmte Gefühl einer wenig konkreten Bedrohung durch Wölfe, die im Landkreis Cuxhaven und anderswo gesichtet worden waren, Grundlage für die Diskussion mit ihrem Vater gewesen. Er hatte immer wieder betont, dass von den Tieren keine Gefahr ausginge. Es gäbe in ganz Deutschland keinen einzigen Fall, in dem ein Wolf einen Menschen angefallen hätte.

»Was du hast«, hatte er behauptet, »ist das Rotkäppchen-Syndrom. Eine tief sitzende, aber irrationale Furcht gegenüber einem unbekannten Tier, das fälschlicherweise als böse bezeichnet wird.«

Geduldig hatte er ihr die Geschichte der Wölfe in Europa dargestellt und zahlreiche Fakten aufgeführt, die sie nicht hatte widerlegen können. Trotzdem musste sie seit Felix' Anruf immer wieder an Nele denken. In ihrer Vorstellung stand das kleine blonde Mädchen mit dem Schlafhasen unter dem Arm im Garten seiner Großeltern, und am Ufer der Medem schlich ein Wolf entlang, der seine gelben Augen begehrlich auf das Kind richtete.

*

»Wir machen einen kleinen Waldspaziergang.« Polizeioberkommissar Thorsten Meiners grinste, als er seinen Kollegen ansah. Zwanzig Jahre jünger war Niels Hinrichsen und ebenso viele Kilos schwerer. Nach Möglichkeit vermied er Bewegung an der frischen Luft. Dementsprechend blass und teigig wirkte das kindlich-runde Gesicht, aus dem ihm nun erschreckte Augen entgegenblickten. »Waldspaziergang?«, fragte er misstrauisch. Wohl weil er ahnte, dass sein Chef nicht wirklich an eine harmlose kleine Wanderung dachte.

»Die Kollegen von der Cuxhavener Kripo haben einen Tipp bekommen. Am Rande einer kleinen Lichtung in der Nähe vom Steingrab soll eine Kinderleiche liegen. Wir sollen uns in der Gegend unauffällig umschauen.«

»Kinderleiche?« Aus dem erschreckten Ausdruck wurde Entsetzen. »Wieso schicken die nicht ihre eigenen Leute? Falls es sich um ein Tötungsdelikt handelt ...«

»Das wissen wir noch nicht«, unterbrach Meiners seinen Kollegen. »Nicht einmal, ob dort wirklich ein Opfer zu finden ist. Die wollen kein Aufsehen, weil angeblich ein Wolf im Spiel ist. Wenn das bekannt würde, wäre hier der Teufel los. Deshalb sind wir gefragt.« Er nahm den Schlüssel des Dienstwagens aus der Schublade und warf ihn Hinrichsen zu. »Du fährst.«

Wenig später stellten die Beamten ihren Dienstwagen am Waldrand ab und folgten zu Fuß einem schmalen Weg in Richtung Steingrab. Thorsten Meiners schritt zügig voran, sodass Hinrichsen schnell zu schnaufen begann. »Wenn wir das Gelände absuchen wollen«, keuchte er schließlich, »sind wir ja den ganzen Tag unterwegs.«

Sein Chef schüttelte den Kopf. »Höchstens einen halben. Wir halten nach einer Jagdkanzel Ausschau. Es gibt hier nur zwei Lichtungen mit Hochsitz.« Mit einer Bewegung der Arme deutete er imaginäre Grenzen an. »In diesem Bereich müssen wir suchen. Zur Mittagspause sind wir wieder in der Dienststelle.«

»Hauptsache du behältst Recht«, murmelte Hinrichsen. »Ich habe nichts zu essen und zu trinken dabei.« Er befühlte seine Taschen und zog einen Schokoriegel hervor. »Nur das.«

Meiners verkniff sich ein Grinsen. »Dann wollen wir mal hoffen, dass wir nichts finden. Denn sonst dürfte es so schnell keine Pause geben. Wir müssten vor Ort warten, bis die Kollegen von der Cuxhavener Kripo eintreffen.«

Hinrichsen betrachtete unschlüssig sein *Snickers*, steckte es zurück in die Tasche und versuchte, zu seinem Chef aufzuschließen, der den Weg verlassen hatte und nun einem kaum erkennbaren Trampelpfad folgte. »Woher haben die eigentlich den Tipp bekommen?«, fragte er atemlos. »Hier rennt doch freiwillig kein Mensch herum.«

»Von einem Jäger«, antwortete Meiners. »Allerdings anonym. Aber den finden wir. Wenn wir Glück haben, stimmen die Listen der Jagdpächter, und wir erreichen den Verantwortlichen.« Plötzlich blieb er stehen und deutete nach oben.

Fast wäre sein Kollege in ihn hineingerannt. »Ist da was?«, schnaufte er.

»Zwei Bussarde. Gerade sind sie noch gekreist. Nun stürzen sie herab.«

»Ja. Und? Machen wir jetzt Vogelkunde?«

»Raubvögel fressen Fleisch. Auch von Toten.«

Hinrichsen zuckte mit den Schultern. »Sollen sie doch. Hab mal gelernt, die sind so was wie eine Gesundheitspolizei in der Natur, weil sie krankes und verendetes Wild ...« Er brach ab und verzog angeekelt das Gesicht. »Das ist nicht dein Ernst!«

»Die Vögel unterscheiden nicht zwischen toten Tieren und ...«

»Hör auf!« Hinrichsen hob abwehrend die Hände. »Das ist ... wäre ... ja grauenhaft.«

»Wir gehen dahin«, entschied Meiners, »und schauen nach.« Ohne auf die Einwände seines Kollegen einzugehen, marschierte der Oberkommissar in die Richtung, in der er die Raubvögel vermutete.

Gut zehn Minuten später erreichten sie eine Lichtung. An einer Seite entdeckten sie einen Hochsitz, auf der gegenüberliegenden flogen zwei Bussarde auf. Thorsten Meiners schritt zielstrebig auf die Stelle zu. Niels Hinrichsen folgte ihm zögernd und in einigem Abstand. Als sein Kollege stehen blieb, verharrte er ebenfalls.

Meiners sah sich um und winkte. »Wir haben die Stelle gefunden«, rief er. »Aber es ist kein Kind.«

Erleichtert setzte sich Hinrichsen in Bewegung und tastete nach seinem *Snickers*. Den Anblick einer von Raubvögeln angefressen Kinderleiche hätte er nicht ertragen. Die Überreste eines Hasen, eines Fuchses oder auch eines Rehs würden ihm den Appetit nicht verderben. Er pulte den Schokoriegel aus der Verpackung und biss hinein.

Erst im letzten Augenblick trat Thorsten Meiners zur Seite und gab den Blick auf das Opfer der Greifvögel frei. Kein Hase, kein Fuchs, kein Reh. »Eine Frau!«, stieß Hinrichsen undeutlich hervor und spuckte den Schokobissen aus. Dann knickten ihm die Beine weg.

*

»Wir brauchen das volle Programm«, sagte Marie zu Jan Feddersen, nachdem ihr Kollege aus Cadenberge seinen Bericht beendet hatte. »Tatortgruppe, Rechtsmedizin, einen Bestattungsunternehmer, der die Leiche zu Untersuchung transportiert. Es ist übrigens kein Kind, sondern eine junge Frau mit langen blonden Haaren. Ich fürchte fast, es könnte ...«

»... Solveig Vollmer sein?« Feddersen zog die Stirn kraus. »Aber wie kommt die da in den Wald? Und was sollte das mit dem Wolf oder den Wölfen?«

»Die Leiche ist ziemlich übel zugerichtet, sagt der Kollege. Er weiß nicht, ob nur Raubvögel oder auch andere Tiere ...« Marie schüttelte sich. »Das Gesicht ist nicht betroffen. Er schickt gleich ein Foto.«

In dem Augenblick meldete sich Maries Smartphone. »Da ist es schon.« Sie tippte ein paar Mal auf das Display, warf einen kurzen Blick auf das leicht verschwommene Bild und hielt es ihrem Kollegen hin.

Der nickte. »Das ist – war sie. Also machen wir uns auf den Weg?«

»Ich informiere den Lütten, damit er Krebsfänger anrufen kann. Kümmerst du dich um die Tatortgruppe?«

»Selbstverständlich. – Wer ist noch mal Krebsfänger?«

»Der Staatsanwalt. Er soll entscheiden, wohin die Leiche gebracht werden soll. Zuständig für Obduktionen ist die Rechtsmedizin in Hannover, durchgeführt werden die Untersuchungen meistens in der Außenstelle Oldenburg. Wenn der Transport der Leiche problematisch ist, kommen die Rechtsmediziner auch schon mal nach Cuxhaven und obduzieren in der Helios-Klinik, da gibt es einen Sektionssaal.« Sie griff zum Telefon und wählte die Nummer des Kriminalrats. Gleichzeitig setzte sich ihr Kollege mit dem Erkennungsdienst in Verbindung.

*

Als Marie und Jan den Leichenfundort erreichten, hatten die örtlichen Kollegen den Bereich bereits abgesperrt. Die Frauen und Männer der Spurensicherung in ihren weißen Tyvek-Anzügen bewegten sich geräuschlos wie Geister im dunkelgrünen Gehölz.

Ein uniformierter Kollege trat auf sie zu und begrüßte sie. »Oberkommissar Meiners. Mein Kollege Niels Hinrichsen und ich haben … sie … gefunden. Als wir ankamen, waren gerade zwei Bussarde an der Leiche. Aber ob die so viel … anrichten konnten, weiß ich nicht. Das Opfer war ursprünglich in eine Folie gewickelt. Die ist ziemlich zerfetzt. Möglicherweise waren vorher … andere Tiere …«

»Danke, Herr Kollege!« Jan streckte die Hand aus. »Hauptkommissar Feddersen vom FK1. Das ist Oberkommissarin Janssen.«

Meiners nickte Marie zu. »Frau Janssen habe ich schon kennengelernt. Bei der Verabschiedung von Kriminaloberrat Christiansen.« Er ergriff die Hand des Kripokollegen und schüttelte sie. »Sie sind also der Nachfolger von Konrad Röverkamp.«

»So ist es.« Mit einem Kopfnicken deutete Jan zur Fundstelle. »Was ist das für eine Geschichte mit dem Kind und dem Wolf?«

»Diese Information kommt nicht von uns.« Meiners zuckte mit den Schultern. »Denkbar, dass derjenige, der die Leiche entdeckt hat, nicht mehr so genau hinsehen mochte. Die Frau ist sehr jung, höchstens Mitte zwanzig, man kann sie aber auch auf achtzehn oder sechzehn schätzen. Besonders ältere Menschen können sich dabei irren.«

»Wie kommen Sie auf ältere Menschen?«, fragte Marie.

»Die meisten Jäger, die hier aktiv sind, sind schon betagtere Semester. Und wenn ich mich nicht täusche, befinden wir uns im Revier von Dieter Köncke. Der dürfte eher achtzig als siebzig sein. Wahrscheinlich war er es, der die Leiche zuerst gesehen hat.«

»Wir brauchen die Adresse«, stellte Jan Feddersen fest und wandte sich an Marie. »Aber jetzt schauen wir uns erst einmal den Fundort an. Den Jäger können Almers und Frerksen übernehmen.«

Am rot-weißen Absperrband erwartete sie Erik Damme von der KTU. »Ich weiß nicht, ob ihr euch das zumuten solltet. Der Anblick ist schwer zu ertragen, und der Erkenntnisgewinn dürfte sich in Grenzen halten.«

»Das entscheiden wir schon ganz gern selbst«, antwortete Jan Feddersen. Marie zuckte zusammen und sah die beiden Männer an. Jans Tonfall war schärfer als nötig gewesen. Erik hatte es doch nur gut gemeint. Sie dachte an Anne. Hoffentlich gab es keine Komplikationen. Beziehungsstress war für die Arbeit nicht förderlich, schon gar nicht während der Ermittlungen in einem Mordfall. Zwar stand eigentlich noch nicht fest, dass sie es mit einem Tötungsdelikt zu tun hatten, aber Marie glaubte weder an einen tödlichen Angriff durch wilde Tiere noch an einen Unfall. Solveig Vollmer war sicher nicht freiwillig hergekommen.

»Haben wir es mit einem Tatort zu tun, oder ist das nur der Leichenfundort?«, fragte sie rasch, um vom möglichen Dissens ihrer Kollegen abzulenken.

»Wir stehen noch am Anfang«, antwortete Erik Damme. »Aber die Frage lässt sich schon beantworten. Als die Frau hier abgelegt wurde, war sie bereits tot. Bei den ... Verletzungen handelt es sich um Wildfraß. Und wir haben Spuren unverdauter menschlicher Essensreste gefunden. Vielleicht führen die uns zum Täter.«

»Neben der Leiche hat einer gekotzt?«, fragte Jan Feddersen.

Damme nickte, sah ihn und Marie fragend an. »Wollt ihr sie ... jetzt sehen?«

*

»Mehlwürmer? Kakerlaken?« Marco Kowalski verzog das Gesicht. »Woher sollen wir die ...?«

Övenhorst war auf der *Kühlen Brise* erschienen und hatte sich mit den Kowalski-Brüdern im hintersten Winkel des Fahrgastraums niedergelassen. »Nicht ihr, sondern du«, knurrte der Alte und deutete mit ausgestrecktem Finger auf Marco. »Dein Bruder muss für ein paar Tage von der Bildfläche verschwinden. Weiß nicht, warum die Bullen nach ihm gefragt haben. Aber sicher ist sicher. Das Zeug wirst du schon auftreiben. Ihr seid doch ständig mit diesen ... Dingern am Rumdaddeln. Früher gab's so was in der Zoohandlung. Als Tierfutter. Heute kriegt man alles im Internet. Oder?«

Marco zog sein Smartphone aus der Tasche und tippte ein paar Mal auf das Display. »Tatsächlich«, murmelte er. »Kann man bestellen. Bei *Amazon*. Scherzartikel.«

»Du sollst echte besorgen, du Schwachkopf, keine aus Plastik oder Gummi.«

Erneut tippte Kowalski auf dem Display herum. »Argentinische Waldschaben sind Leckerbissen für Geckos, Bartagamen und andere Insektenfresser«, las er halblaut vor und sah auf. »Soll's so was sein? Gibt's im Repti-Shop. Die haben auch lebende Mehlwürmer. Sofort lieferbar.«

»Bestellen!«, befahl Öve.

»Und wenn die da sind? Was soll ich ...«

»Wie der Name schon sagt.« Övenhorst kicherte. »Mehlwürmer gehören ins Mehl. Die Schaben lässt du auf dem Boden laufen. Die wissen sicher, wo sie es schön haben.«

»Welches Mehl?« Marco zog ratlos die Stirn in Falten. »Welcher Boden?«

»Backstube.« Die Vorstellung schien Öve zu erheitern. Das Kichern wurde stärker, schüttelte schließlich den Oberkörper des alten Mannes und ging in einen Hustenanfall über. In seinen Augenwinkeln glitzerten Tränen.

»Wenn die Sachen da sind, kommst du zu mir«, bestimmte er, als er wieder Luft bekam. »Ich gebe dir einen Schlüssel. Dann verteilst du das Zeug. Aber lass dich nicht erwischen!«

11

2017

»Die Obduktion findet in Cuxhaven statt.« Jan Feddersen betrat das Büro und verkündete die Nachricht, als sei die Entscheidung ein Erfolg für das FK1. »Nach einer Telefonkonferenz zwischen Kriminalrat Lütjen, Staatsanwalt Krebsfänger und einem der Oldenburger Rechtsmediziner haben die Herren das so entschieden. Wir können der Veranstaltung beiwohnen, wie sich der Lütte ausgedrückt hat.«

Marie verzog das Gesicht. Sie hatte nur wenige Sektionen miterlebt, doch die hatten sich in ihrem Gedächtnis festgesetzt. Die erste Begegnung mit der Arbeit der Rechtsmediziner war die Untersuchung einer Wasserleiche, die ein Krabbenfischer in seinem Netz gefunden hatte. Auch die Leichenöffnung eines zarten dreizehnjährigen Mädchens, dessen Äußeres sie an ihre eigene Kindheit erinnert hatte, war ihr sehr nahe gegangen. Zuletzt hatte sie den Ärzten zugesehen, als diese einen kräftigen Mann auf dem Sektionstisch hatten, der an einer Handvoll Krabben erstickt war, die ihm sein Mörder in den Rachen gestopft hatte. »Ich kann nicht behaupten, dass ich darauf scharf bin«, murmelte sie. »Der Anblick im Wald hat mir gereicht. So zugerichtet wie das Opfer war …«

»Ich mache das auch allein.« Jan hob die Schultern. »Beziehungsweise zusammen mit dem Staatsanwalt. Ich hätte bei der Gelegenheit die Möglichkeit, ihn näher kennenzulernen.« Er grinste. »Krebsfänger ist ja ein ziemlich ungewöhnlicher Name. Würde mich interessieren, wo der herkommt.«

»Das liegt doch auf der Hand«, entgegnete Marie. »Einer seiner Vorfahren hatte einen entsprechenden Beruf. Aber sprich ihn lieber nicht darauf an. Er ist wohl schon so oft danach gefragt worden, dass er davon genervt ist. Außerdem ist er ständig in Zeitnot und deswegen in Eile. Sein Dienstort ist Stade, also ist er häufig auf der B 73 unterwegs. Und zwar flott. Die Kollegen vom Verkehr haben ihn mehr als einmal mit zu hoher Geschwindigkeit erwischt. Wenn du bei ihm Punkte machen willst, musst du seinen BMW bewundern.«

»Danke für die Tipps!« Jan Feddersen ließ sich auf seinen Schreibtischstuhl sinken. »Hast du Frau Anderson schon erreicht?«

Marie nickte. »Ich habe es aber nicht übers Herz gebracht, sie am Telefon mit der Nachricht zu konfrontieren. Sie kommt nachher vorbei. Tut mir leid, dass wir dadurch ...«

»Kein Problem.« Feddersen winkte ab. »Im Gegenteil, ich glaube, es ist eine gute Idee, noch einmal persönlich mit ihr zu reden. Du erinnerst dich, dass wir nach dem ersten Gespräch beide das Gefühl hatten, sie könnte mehr wissen, als sie sagt. Vielleicht erfahren wir von ihr mehr über Solveig Vollmer. Bisher haben wir nicht den geringsten Hinweis auf einen Täter und ein mögliches Motiv – sollten wir es denn mit einem Tötungsdelikt zu tun haben, wovon wir ja ausgehen. Dann müssen wir unsere Ermittlungen zunächst ohnehin beim Opfer ansetzen.«

Gisela Anderson war sichtlich betroffen. Als Jan Feddersen ihr eröffnet hatte, dass Solveig Vollmer tot war, hatten sich Gesichtsfarbe, Mimik und Körperhaltung verändert. Marie hatte Gisela Anderson für eine starke und selbstbewusste

Persönlichkeit gehalten. Doch die Frau, die nun vor ihnen saß, hatte ihre Ausstrahlung verloren. Sie war bleich geworden und in sich zusammengesunken, ihr Blick war starr auf die Wand des Büros, vielleicht auch auf einen weit entfernten imaginären Punkt gerichtet. Sie wirkte abwesend.

Aus Maries Unterbewusstsein kam ein undeutliches Signal, dass sie jedoch nicht zu fassen bekam. »Der Tod der jungen Frau«, sagte sie, »scheint Sie sehr mitzunehmen. Standen Sie sich besonders nahe?«

Gisela Anderson schüttelte kaum merklich den Kopf, antwortete aber nicht. Als Jan Feddersen die Frage wiederholte, sah sie ihn verständnislos an und gab noch immer keine Antwort.

»Möchten Sie ein Glas Wasser?«, fragte Marie. Diesmal reagierte die Zeugin. »Ja, bitte.«

Marie holte ein Glas, schenkte Mineralwasser ein und schob es der Frau hin. Sie griff danach und leerte es in einem Zug. »Danke!«

Jan wagte einen neuen Versuch. »Können Sie uns jetzt etwas über Ihre Beziehung zu Solveig sagen? War sie für Sie mehr als nur eine Austauschschülerin, die sie beherbergt haben?«

Frau Anderson stellte das leere Glas zurück. Mit der Bewegung schien sie ihr ursprüngliches Wesen zurückzugewinnen. Sie straffte die Schultern, richtete sich auf und sah erst Jan und dann Marie mit einem entschuldigenden Lächeln an. »Bitte verzeihen Sie meine Unhöflichkeit. Ich war für einen Moment … aus der Zeit gefallen. Das passiert mir gelegentlich und hängt mit einem … Trauma zusammen. Um auf Ihre Frage zurückzukommen: Solveig war eine wunderbare junge Frau, die durch Tugenden aufgefallen ist, die man heute nicht mehr so oft findet. Höflichkeit und Hilfsbereitschaft, Zuverlässigkeit und Ehrlichkeit gehören dazu. Ich hätte mir keine bessere Untermieterin wünschen können. Insofern war ich durchaus beglückt, sie getroffen zu haben und als Mitbewohnerin gewinnen zu können. Das ist alles.«

Marie sah Jan die Zweifel an. Bevor er nachhaken konnte, sprach sie rasch etwas anderes an. »Sie haben ein Trauma erwähnt. Steht es im Zusammenhang mit …?«

»Nein«, fiel sie Marie ins Wort. »Und ich werde nicht darüber reden, das könnte problematische Folgen für mich haben. Es hat mich viele Jahre und große Anstrengungen gekostet, es zu verarbeiten. Es würde mich zu sehr aufwühlen und nichts zur Lösung Ihres Falles beitragen.«

»Aber die Nachricht von Solveig Vollmers Tod scheint dieses Trauma irgendwie berührt zu haben«, insistierte Jan Feddersen und fing sich dafür einen unwilligen Blick von Marie ein.

»Das gewaltsame Ende eines hoffnungsvollen jungen Menschen mit herausragenden Qualitäten sollte jeden berühren. Wenn einem dieser Mensch nahe steht, ist eine emotionale Reaktion nicht abwegig. Als Kriminalist sollten Sie das wissen.« Die Anderson hatte ihre Fassung offenbar vollends zurückgewonnen und ihre letzten Sätze in geradezu oberlehrerhaftem Ton gesprochen.

Marie sah ihren Kollegen an, hob unmerklich die Schultern und deutete ein Kopfschütteln an. Zu ihrer Erleichterung schien Jan sie zu verstehen. Er stand auf. »Vielen Dank für das Gespräch, Frau Doktor Anderson. Es war sehr nett, dass Sie noch einmal gekommen sind.«

Die Zeugin erhob sich ebenfalls, und Marie sprang auf, um sie hinauszugeleiten. Als sie die Tür öffnete, ging ihr auf, was ihr Unterbewusstsein seit der Begrüßung beschäftigt hatte. »Sie haben gar nicht nach den Todesumständen gefragt.«

»Dass es sich möglicherweise um einen Mordfall handelt, ist schlimm genug«, entgegnete Gisela Anderson. »Mehr möchte ich jetzt gar nicht wissen. Es reicht, wenn ich in den nächsten Tagen die Bestätigung und Einzelheiten in der Zeitung lesen muss.«

»Was war das denn?«, fragte Jan, als Marie ins Büro zurückkehrte. »Hat sie noch was gesagt?«

»Kein Wort. Ich habe den Eindruck, dass sie unter Druck steht. Sie wirkte auf mich wieder sehr angespannt, aber kontrolliert.«

»Bis auf die drei Minuten zu Beginn unseres Gesprächs.« Jan breitete ratlos die Arme aus. »Ich kann mir keinen Reim darauf machen. Einerseits war sie total geschockt, andererseits bestreitet sie eine engere Beziehung zu Solveig Vollmer. Dabei wirkt sie durchaus glaubwürdig. Ich wüsste zu gern, was es mit dem Trauma auf sich hat.«

Marie nickte. »Wahrscheinlich liegt da die Erklärung für ihr Verhalten. Offenbar hat Solveigs Tod eine extrem belastende Erinnerung ausgelöst. Wir müssten uns mit ihrer Vergangenheit befassen. Aber das dürfte schwierig werden. Und ob es uns weiterbringt, erscheint mir fraglich.«

*

Die ersten Kunden des Tages waren ein Herr mittleren Alters im dunklen Anzug mit einer Aktentasche und eine Frau in einem grauen Kostüm. Sie wurden von einem jüngeren Mann in Jeans und Pullover begleitet, der ein iPad in der Hand hielt.

»Guten Tag«, sagte der Anzugträger. »Sind Sie Frau Hilgersen?«

Annika nickte stumm. Sie beschlich ein unklares Gefühl aus Misstrauen, Furcht und Unsicherheit. Bis auf den jungen Mann sahen die Besucher nach amtlichem Unheil aus. Ihre Ahnung bestätigte sich, als der Mann mit der Aktentasche einen Ausweis zückte.

»Mein Name ist Ostermeyer. Gewerbeaufsichtsamt. Unsere Aufgaben sind Beratung und Schutz von Beschäftigten vor Gesundheitsgefahren am Arbeitsplatz, Schutz des betrieblichen Umfeldes vor schädlichen Umwelteinflüssen und Überwachung der Produktsicherheit.« Mit einer Kopfbewegung deutete er auf seine Begleiter. »Das sind Frau Doktor Lange-Plettenberg vom Staatlichen Gesundheitsamt und mein Mitarbeiter, Herr Harmsen. Wir würden gern einen Blick in Ihre Backstube werfen.«

»Im Moment ist das schlecht«, stammelte Annika. »Mein Mann ist beschäftigt. Um diese Zeit fängt die Auslieferung an. Er muss die bestellten Backwaren einladen und pünktlich losfahren, sonst schafft er die Tour nicht.«

»Das trifft sich gut.« Ostermeyer lächelte süffisant. »Dann kommen wir gerade rechtzeitig, um die Auslieferung zu verhindern.«

»Aber das geht nicht.« Annika schüttelte verzweifelt den Kopf. »Die Ware muss pünktlich geliefert werden, sonst verlieren wir Kunden.«

»Die verlieren Sie erst recht, wenn Ihr Mann verdorbene Ware ausliefert«, meldete sich die Frau vom Gesundheitsamt zu Wort und wandte sich an Ostermeyer.

»Unsere Ware ist nicht verdorben«, empörte sich Annika.

»Das werden wir feststellen«, antwortete Frau Doktor Lange-Plettenberg. Sie deutete auf die Tür hinter dem Verkaufstresen. »Dort entlang?«

Ostermeyer öffnete seine Aktentasche, zog einige Blätter heraus und drückte sie Annika in die Hand. »In der Zwischenzeit können Sie sich schon mal damit befassen.« Dann gab er seinem Mitarbeiter einen Wink.

Sprachlos sah Annika zu, wie die Besucher im Gänsemarsch durch die Tür in Richtung Backstube marschierten. Der junge Mann mit dem iPad schenkte ihr im Vorbeigehen einen halb mitleidigen, halb entschuldigenden Blick. »So lange die Untersuchung läuft«, murmelte er, »darf nichts verkauft werden.« Er deutete zur Ladentür. »Am besten schließen Sie ab.«

Mit tränenverschleierten Augen ging Annika zur Tür, drehte den Schlüssel im Schloss und das »Geöffnet«-Schild auf »Geschlossen«. Während sie zum Tresen zurückkehrte und nach den Papieren griff, die Ostermeyer dort abgelegt hatte, vernahm sie Timos Stimme. Was er sagte, verstand sie nicht, hörte aber seine Erregung. Sie unterdrückte den Impuls, in die Backstube zu stürzen, um ihn zu unterstützen. Ihr war klar, dass sie ihm keine Hilfe sein konnte. Der Versuch, die Unterlagen zu lesen, scheiterte. Teils an den Tränen, die auf das Papier tropften, teils an ihrer Unfähigkeit, in den Worten einen Sinn zu erkennen. Sie ließ sich auf ihren Hocker sinken und starrte durch die Scheiben des Verkaufstresens zur Ladentür, vor der ratlose Kunden verharrten und versuchten, ins Innere zu schauen, schließlich mit den Schultern zuckten und ihrer Wege gingen.

Annika hätte nicht sagen können, wie lange es gedauert hatte, bis die Besucher in den Laden zurückkehrten. Vielleicht waren es Minuten, vielleicht waren es Stunden. Timo folgte ihnen mit hochrotem Kopf.

»Die Schließungsverfügung geht Ihnen auch noch schriftlich zu«, sagte Ostermeyer. »Wenn Sie die Hygienemängel beseitigt haben und dies durch eine Nachprüfung bestätigt wird, wird sie wieder aufgehoben.« Er nickte erst Annika, dann seinen Begleitern zu und wandte sich zur Tür. »Auf Wiedersehen!«

Da sich die Ladentür nicht öffnen ließ, musste er schlagartig anhalten. Was dazu führte, dass Frau Doktor Lange-Plettenberg und der junge Mann mit dem iPad in ihn hineinliefen. Annika war wie erstarrt, machte keine Anstalten, aufzuschließen. Timo eilte zur Tür und schloss sie auf. Eine Kundin, die in diesem Augenblick das Geschäft betreten wollte, wimmelte er ab und kehrte zu Annika zurück. Sie erschrak, als sie sein Gesicht sah. Es war vor Wut verzerrt, seine Zähne knirschten.

»Was ist los?«, flüsterte sie.

»Ich bringe ihn um«, zischte Timo und schlug mit der Faust gegen den Tresen, sodass dessen Glasscheiben klirrten. »Övenhorst, das Schwein. Er oder seine Leute haben Kakerlaken in der Backstube ausgesetzt und das Mehl versaut. Mit Dreck und Würmern. Können wir wegschmeißen.«

Annika schlug die Hände vors Gesicht. »Wir müssen hier weg«, schluchzte sie. »Warum hörst du nicht auf mich? Der wird sich nie ändern.«

»Abwarten!« Timo schob den Unterkiefer vor. »Wir lassen uns nicht unterkriegen. Öve wird sein blaues Wunder erleben.«

*

Der Staatsanwalt ließ auf sich warten. Wenige Minuten vor dem vereinbarten Beginn der Obduktion harrten Marie mit ihren Kollegen Feddersen und Damme vor der Helios-Klinik aus. »Ich gehe schon mal rein«, sagte Erik schließlich. »Will kurz mit den Ärzten sprechen, bevor sie mit der Leichenöffnung anfangen. Auf Krebsfänger muss ich nicht warten.« Er hob eine Hand und entfernte sich in Richtung Eingangsbereich.

Marie sah die Szene in Anne Lükens Büro wieder vor sich. Dass Jan sie gleich angebaggert hatte, war ihr unangenehm gewesen. »Weißt du eigentlich«, folgte sie einem Impuls, »dass Erik und Anne ein Paar sind?«

Zu ihrer Überraschung nickte Jan. »Sie hat es mir gesagt. Das fand ich ausgesprochen fair. Anne ist eine coole und sympathische Kollegin. Ich glaube, wir werden uns gut verstehen. Ihr seid befreundet, stimmt's?«

»Ja«, bestätigte Marie. »Und deshalb wäre es mir lieb, wenn du sie nicht ... Ich meine, sie sollte nicht mehr sein als das.«

Jan hob beide Hände. »Hat sich erledigt. Die Begegnung mit Anne war nur ein Flirt, Ausdruck spontaner Sympathie. Jetzt ist die Sache geklärt. Okay?«

»Da bin ich aber froh.« Marie nickte und deutete zum Parkplatz, wo ein dunkler BMW mit Stader Kennzeichen schwungvoll einparkte. »Krebsfänger.«

»Kommt der immer so knapp?«, fragte Jan.

»Oft taucht er in letzter Minute auf, manchmal auch später. Meistens hat er so wenig Zeit, dass er vorzeitig wieder gehen muss. Konrad hat sich häufig über ihn geärgert.«

»Warum delegiert er dann die Aufgabe nicht an uns. Er muss doch nicht persönlich anwesend sein.«

Marie hob die Schultern. »Vielleicht will er sich nichts nachsagen lassen. Oder es ist ihm wichtig, die Fäden der Ermittlungen in der Hand zu behalten. Er betont immer wieder, dass die Staatsanwaltschaft Herrin des Verfahrens ist. Ich glaube, er ist ein Kontrollfreak.«

Jan lächelte. »Schön, dass du mitgekommen bist. Ich habe zwar schon ein paar Obduktionen erlebt, aber Örtlichkeiten und Abläufe sind neu für mich.«

»Kann gut sein«, entgegnete Marie, »dass ich zwischendurch frische Luft schnappen muss.«

»Das ist kein Problem.« Jan tippte auf seine Armbanduhr. »Jetzt wird es aber auch Zeit. Die Ärzte haben nach der Sektion noch einen langen Weg vor sich.«

Überrascht sah Marie ihn an. Er machte sich Gedanken über den Heimweg der aus Oldenburg angereisten Rechtsmediziner? Für einen Mann eher untypisch. Äußerlich und in seinem Auftreten hatte Jan etwas leicht Machohaftes. Andererseits hatte er offenbar keine Scheu, über Gefühle zu sprechen. Selbst Konrad war in dieser Hinsicht auch nach all den Jahren der gemeinsamen Ermittlungsarbeit sehr zurückhaltend gewesen. Andere Kollegen brachten bestenfalls ein verlegenes Grinsen zustande, wenn sie von Ahnungen, Empfindungen oder Intuition sprach. Jan schien damit anders umzugehen, aber noch wurde sie nicht recht schlau aus ihm.

Wenig später begrüßte Krebsfänger Marie mit einem Kopfnicken. »Wie immer ein erfreulicher Anblick.«

»Wohl kaum«, erwiderte Marie, den Staatsanwalt bewusst missverstehend. »Solveig Vollmers Zustand ist alles andere als erfreulich.«

Krebsfänger überging die Bemerkung und reichte Jan Feddersen die Hand. »Moin, Herr Hauptkommissar. Wir sind uns ja schon bei Röverkamps Verabschiedung begegnet, wo Kriminalrat Lütjen von seinem Erfolg in der Nachfolgefrage berichtet hat. Freut mich, Sie nun auch dienstlich kennenzulernen.«

»Die Freude ist ganz auf meiner Seite«, erwiderte Jan kühl, verzog keine Miene und deutete auf das Klinikgebäude. »Wir sollten die Ärzte nicht länger warten lassen.«

Nach einer knappen Begrüßung griff der Sektionsleiter zum Diktiergerät, nannte Datum, Ort und Zeit der Obduktion, seinen Namen und den Status als leitender Obduzent. Der Text erschien gleichzeitig auf dem Display eines Notebooks: »Leiche einer zweiundzwanzigjährigen Frau, Körpergröße ein Meter dreiundsechzig, Gewicht vierundfünfzig Kilo. Totenflecken am Rücken in mittlerer bis starker Ausprägung. Besonderheiten: Offene Bauchdecke, augenscheinlich verursacht durch Wildfraß, innere Organe fehlen teilweise, erhebliche Zerstörungen auch im Halsbereich, deutliche Verletzung am Hinterkopf.«

Nach Abschluss der äußeren Leichenschau wurde die Kopfschwarte entfernt und der Schädel geöffnet. Zwischen den Ärzten gab es einen halblauten Wortwechsel, dann kam einer von ihnen auf die Besucher zu. »Vorbehaltlich weiterer Untersuchungen müssen wir davon ausgehen, dass eine Kopfverletzung todesursächlich war. Multipler Bruch der Schädelbasis. Verursacht durch einen heftigen Schlag mit einem stumpfen Gegenstand oder durch einen Sturz. Der Wildfraß hat post mortem stattgefunden. Ob es sich dabei um einen Wolf gehandelt hat, können wir noch nicht sagen. Dafür brauchen wir eine gesonderte Untersuchung. Das wird einige Zeit dauern.«

»Also hat jemand die Leiche im Wald entsorgt«, schlussfolgerte Jan Feddersen. Marie nickte stumm. Sie war unwillkürlich einen Schritt zurückgetreten, als der Arzt mit seinen blutigen Gummihandschuhen auf sie zugekommen war.

»Kann der Mageninhalt analysiert werden?«, fragte Erik Damme. »Ich meine, ist er noch da?«

»Dazu kommen wir später«, antwortete der Arzt und kehrte an den Sektionstisch zurück.

»Warum interessiert Sie der Mageninhalt?«, fragte Staatsanwalt Krebsfänger.

»In der Kleidung der Toten haben wir Spuren einer Meeresfrüchte-Mahlzeit gefunden. Ein Stück aus der Schale einer gekochten Garnele, Reste von Krabbenfleisch und den Weichkörper einer Auster.«

Krebsfänger zuckte mit den Schultern. »Dann hatte sie wenigstens noch ein gutes Essen.«

»Vielleicht,« entgegnete Jan Feddersen. »Wenn nicht, können die Spuren auf ihren letzten Aufenthaltsort hindeuten.«

»Wie auch immer. Wir können nicht ausschließen, dass wir es mit einem Tötungsdelikt zu tun haben. Im Rahmen des

Todesermittlungsverfahrens wird Ihr Fachkommissariat, Hauptkommissar Feddersen, den Fall untersuchen. Kriminalrat Lütjen soll mir berichten.« Mit einem Kopfnicken deutete er zum Sektionstisch. »Sie verfolgen das hier weiter. Ich muss mich verabschieden. Habe noch einen Termin im Amtsgericht.«

Nachdem der Staatsanwalt den Sektionssaal verlassen hatte, sah Jan Feddersen Marie an. »Willst du nicht auch gehen? Es reicht doch, wenn Erik und ich …«

Marie schüttelte den Kopf. »Danke. Ich möchte lieber bleiben.« Sie versuchte ein Grinsen. »Bis zum bitteren Ende.«

*

»Jetzt müssen wir noch die Karre verschwinden lassen.« Dennis wischte sich den Schweiß von der Stirn und betrachtete die an der hinteren Wand der Scheune gestapelte Beute. Die nächtliche Plackerei hatte sich gelohnt. Räder mit Alufelgen im Verkaufswert von mindestens zwanzig Mille hatten sie von ausgestellten Neuwagen abgeschraubt. »Am besten stellst du ihn irgendwo an der B 73 ab. Oder in Cuxhaven. Jedenfalls nicht hier in der Nähe.«

Sascha nickte. »Kein Problem.« Er sah sich um. »Ist noch was von dem Wein da? Mir klebt die Zunge am Gaumen. Die staubige Luft in dieser Scheune …«

»Ich würde zwar lieber ein Bier zischen«, antwortete Dennis. »Aber das haben wir hier nicht. Warte einen Moment! Ich habe die Reste in der Regentonne versenkt. Damit sie nicht warm werden.«

Er verschwand nach draußen und kehrte kurz darauf mit einer Flasche zurück. »Fühlt sich ganz gut an.« Bevor er sie entkorkte, betrachtete er das Etikett. »Dieser kommt aus Portugal. Nennt sich *Vinho verde*. Ich glaube, das war der, der so'n bisschen prickelt und ziemlich süffig ist.«

Mit einem »Plopp« löste sich der Korken, und Dennis setzte die Flasche an. Nach ein paar Schlucken reichte er sie seinem Freund. »Könnte kälter sein, schmeckt aber trotzdem.«

Wenig später war die Flasche leer. Sascha warf sie ins Stroh und deutete auf den Transporter. »Ich mache mich auf den Weg. Du kannst auch gleich aufbrechen, sonst muss ich so lange in Cuxhaven rumhängen.«

Dennis nickte. »Ich fahre bald los. Ruf mich an und sag mir, wo ich dich einsammeln soll. Bis dann.« Er ging nach draußen, sah sich um und begann, das Tor aufzuschieben. Sein Freund startete den Motor des Transporters und rangierte hinaus.

Der Wagen war gut motorisiert, mit leerem Laderaum ließ er sich wunderbar beschleunigen. Auf der B 73 überholte Sascha etliche Fahrzeuge, obwohl die Strecke teilweise unübersichtlich und mit Geschwindigkeitsbeschränkungen und Überholverboten versehen war. Vor Altenbruch gab es ein längeres gerades Stück. Er beschleunigte auf einhundertvierzig Stundenkilometer und nutzte die Gelegenheit, eine ganze Kolonne allzu gemächlich schleichender Personenwagen zu überholen. Immer noch auf der linken Fahrbahn kam ihm in der Rechtskurve zwischen Kanal und Lottmansbrücke ein dunkler Wagen entgegen, der ebenfalls mit hoher Geschwindigkeit unterwegs war. Der Fahrer blinkte auf und bremste ab.

Sascha zog nach rechts, um vor dem ersten Fahrzeug der Pkw-Kolonne einzuscheren. Knapp vor dem entgegenkommenden BMW schaffte er es auf die rechte Fahrbahn. Offenbar hatte er zu scharf eingeschlagen, denn der Transporter geriet ins Schwanken und drohte auszubrechen. Sascha steuerte gegen, zwang den Wagen zurück in die Spur. Ein wenig zu weit, die Räder touchierten den unbefestigten Teil des Seitenstreifens. Bevor er reagieren konnte, kam der Transporter in unkontrollierbares Schlingern, neigte sich schließlich zu weit zur Seite. Im nächsten Augenblick drehte sich die Welt vor der Windschutzscheibe wie in der Loopingbahn auf dem Bremer Freimarkt. Sascha schlug mit dem Kopf gegen den seitlichen Holm und verlor das Bewusstsein.

12

1988

Geräuschlos schlich er durch den Flur zur Haustür und öffnete die kleine Klappe am Türspion. Draußen standen zwei Männer. Ein hochgewachsener schlanker Typ von Mitte dreißig mit leicht gebeugter Körperhaltung und ein kleiner stämmiger, der deutlich älter sein musste. Sie waren schlicht und unauffällig gekleidet. Erst auf den zweiten Blick erkannte er, dass eine der beiden Personen eine Frau war. Sie musste an die sechzig sein, hatte ein grimmiges, männlich wirkendes Gesicht. Ein Kurzhaarschnitt und der Schatten eines Damenbarts stützten diesen Eindruck. Wie mögliche Geschäftspartner sahen sie nicht aus. Eher wie mittlere Finanzbeamte. Doch die kamen gewöhnlich am Vormittag und nicht zu so später Stunde. Während er noch überlegte, ob er öffnen sollte, drückte einer der beiden ein zweites Mal auf den Klingelknopf. Er seufzte und öffnete die Tür einen Fußbreit. »Was kann ich für Sie tun?«

»Guten Abend«, grüßte der Mann. »Entschuldigen Sie die Störung! Herr Gerhard Övenhorst?«

Övenhorst verzog missbilligend das Gesicht. »Wer will das wissen?«

Statt einer Antwort zückte der Besucher einen Polizeiausweis und hielt ihn hoch. Während er das Dokument wieder einsteckte, stellte er sich vor: »Kriminalhauptkommissar Christiansen. Und das ist meine Kollegin, Hauptkommissarin Mensen. Wir würden uns gern mit Ihnen unterhalten. Dürfen wir hereinkommen?«

Övenhorst unterdrückte den Impuls, die Tür zuzuschlagen. Polizeilichen Ermittlungen auszuweichen, nützte nichts. Er würde wohl eher das Gegenteil erreichen. Also galt es, sich möglichst unverdächtig zu verhalten. »Ich wollte gerade ... Aber bitte, kommen Sie doch herein!« Er trat zur Seite und ließ die Tür aufschwingen. »Geradeaus«, erklärte er.

»Was kann ich Ihnen anbieten?«, fragte er, nachdem die Beamten auf seiner Wohnzimmercouch Platz genommen hatten.

»Vielen Dank, wir wollen Sie nicht lange aufhalten.« Der Hauptkommissar schüttelte den Kopf und sah seine Kollegin an. Die lehnte ebenfalls dankend ab.

»Sie gestatten aber ...?« Övenhorst deutete auf das Bier. Ohne eine Antwort abzuwarten, schenkte er sich ein. »Was führt Sie zu mir?«

»Es geht um eine Todesfallermittlung«, antwortete der Polizeibeamte. »Eine junge Frau und ein junger Mann sind ums Leben gekommen. Wir haben Grund zu der Annahme, dass Sie eines der Opfer, die junge Frau, kennen beziehungsweise kannten. Sie war zwanzig Jahre alt, studierte in Bremerhaven und hieß ... Claudia. Wie Ihr neues Fahrgastschiff.«

Övenhorsts Magen krampfte sich zusammen, in seiner Brust schien sich ein Knoten zu bilden. Er zwang sich zu einer gleichmütigen Miene und griff nach dem Bierglas. Während er trank, kalkulierte er seine Chancen. Er und Claudia hatten ihr Verhältnis geheim gehalten. Niemand konnte davon wissen. Das Risiko, dass man ihm die Beziehung würde nachweisen können, war also überschaubar.

»Ich kenne keine Studenten aus Bremerhaven«, antwortete er so beiläufig wie möglich. »Weder weibliche noch männliche. Was ist denn passiert?«

»Ein Doppelmord«, knurrte die Polizistin mit tiefer Stimme. Sie klang drohend, und aus dunklen Augen starrte ihn die Frau böse an. Övenhorst fühlte sich unbehaglich.

»Davon gehen wir jedenfalls aus«, präzisierte ihr Kollege. »Tatsache ist: Im Alten Fischereihafen wurde ein Pkw gefunden, dessen Insassen sich nicht daraus befreien konnten und ertrunken sind. Da der Wagen am Heck beschädigt ist, könnte ihn ein anderes Fahrzeug über die Kaimauer geschoben haben. Die Todesopfer sind besagte Claudia und ein junger Mann namens Carsten Bartels.«

Övenhorst hatte sich nachgeschenkt und leerte das zweite Glas. »Ein bedauerliches Ereignis. Besonders für die Angehörigen. Aber warum kommen Sie zu mir? Was sollte ich zur Aufklärung beitragen können?«

»Uns interessiert Ihr Verhältnis zu dem toten Mädchen«, meldete sich die Frau mit der dunklen Stimme wieder zu Wort. »Es deutet einiges darauf hin …«

»Ich sagte Ihnen bereits«, unterbrach Övenhorst sie empört, »dass ich diese Claudia nicht kenne. Nicht gekannt habe. Mehr gibt es dazu nicht zu sagen.«

»Ein paar Fakten legen allerdings das Gegenteil nahe«, widersprach die Polizeibeamtin laut. »Vor ihrem Tod hat Claudia ihrer Mutter gegenüber erwähnt, dass sie in Kürze heiraten wolle. Und zwar einen deutlich älteren Geschäftsmann namens Hardy, dem die neue Barkasse an der Alten Liebe gehört. Das Schiff sollte letzten Sonntag von ihr auf ihren Namen getauft werden. Die Taufe hat tatsächlich stattgefunden, allerdings ohne Claudia, denn die war zu dem Zeitpunkt bereits tot. Sie sind Geschäftsmann. Sie sind der Schiffseigner. Sie sind deutlich älter. Sie tragen den Vornamen Gerhard, von dem sich *Hardy* ableiten lässt. Mit anderen Worten: Sie sind der Mann, mit dem Claudia ein Verhältnis hatte.«

»Unsinn!« Övenhorst schüttelte den Kopf. Er sah nicht die Polizistin an, sondern wandte sich an Christiansen. »Aus der Tatsache, dass es eine Schiffstaufe gab, aus meinem Alter, meinem Beruf und meinem Namen lässt sich kein Beweis für eine Beziehung konstruieren. Im Übrigen bin ich zweiundfünfzig und habe nicht die Absicht zu heiraten. Schon gar keine Zwanzigjährige. Der Gedanke ist doch völlig abwegig. Sicher befindet sich die Mutter der Verstorbenen in einer psychischen Ausnahmesituation, ihre Darstellung können Sie nicht für bare Münze nehmen. Was junge Mädchen zusammenfantasieren, erst recht nicht. Glauben Sie mir, ich habe selbst eine Tochter. Wenn es die behauptete Beziehung gegeben hätte, würde ganz Cuxhaven darüber reden. Fragen Sie, wen Sie wollen! Niemand wird Ihnen diese abstruse These bestätigen. Die Übereinstimmung der Namen ist reiner Zufall. Mein Schiff habe ich nach einer Schauspielerin benannt, für die ich als junger Mann geschwärmt habe. Claudia Cardinale.«

»Wir werden das klären«, versicherte der Hauptkommissar. »Vorerst haben wir keine weiteren Fragen. Nur eine kleine Bitte. Dürfen wir einen Blick auf Ihren Wagen werfen?«

»Meinen Wagen?« Övenhorst vermied einen triumphierenden Tonfall. »Warum nicht? Wenn's der Wahrheitsfindung dient.« Er stand auf und deutete auf die Tür. »Bitte! Zur Garage geht's über den Hof.«

Nachdem die Beamten den BMW in Augenschein genommen hatten, verabschiedeten sie sich. »Halten Sie sich bitte zu unserer Verfügung«, sagte Hauptkommissar Christiansen.

Und seine Kollegin ergänzte: »Es könnte sein, dass sich noch weitere Fragen ergeben.«

Övenhorst nickte verständnisvoll. »Selbstverständlich.« Kaum waren die Polizisten verschwunden, stürzte er in die Küche, nahm die Flasche Aquavit aus dem Kühlschrank und füllte ein Glas. Obwohl er sich sagte, dass es für seine Beziehung zu Claudia Behrens keine gerichtsfesten Beweise geben konnte, hatte ihn der Besuch der Kriminalbeamten stärker beunruhigt, als er es sich vorgestellt hätte. Mit zitternden Händen kippte er den Schnaps und schenkte nach. Wenigstens konnten sie ihm wegen des Wagens nicht am Zeuge flicken. Dieser Gedanke besserte seine Stimmung.

*

»Wie ist dein Eindruck?«, fragte Claus-Peter Christiansen, als sie auf dem Rückweg zur Dienststelle waren. Theda Mensen hob die Schultern. »Zwiespältig. Einerseits sind seine Argumente nicht von der Hand zu weisen. Er ist auch nicht zweiundvierzig, wie Claudia beziehungsweise ihre Mutter angegeben hat, sondern zweiundfünfzig. Die Erklärung, er habe sein Schiff nach dieser Schauspielerin benannt, finde ich nicht besonders überzeugend, aber sie ist nicht zu widerlegen. Schwer vorstellbar erscheint mir jedenfalls, eine Beziehung zwischen ihm und Claudia in einer Stadt wie Cuxhaven geheim halten zu können. Andererseits dürfte sich die Mutter das auch nicht ausgedacht haben. Möglicherweise haben wir es mit einer Projektion zu tun. Das kommt bei jungen Frauen manchmal vor. Claudia könnte das, was sie ihrer Mutter erzählt hat, *geglaubt* haben, ohne dass es den Tatsachen entspricht. Övenhorst ist attraktiv. Er sieht ein bisschen aus wie ein Schauspieler aus einer amerikanischen Serie. Ich komme jetzt nicht auf den Namen. Und er wirkt wesentlich jünger als zweiundfünfzig. Eine Zwanzigjährige könnte ihn für Ende dreißig halten und sich von seinem Aussehen, vielleicht auch von seinem materiellen Status, blenden lassen. Andererseits war sie mit einem gleichaltrigen jungen Mann im Wagen, zu dem sie eine Beziehung gehabt haben muss. Sonst hätten die beiden wohl nicht miteinander gebumst.«

Christiansen zuckte innerlich zusammen, als Theda so offen aussprach, was er gerade gedacht hatte. Ein solches Wort aus ihrem Munde hatte er nicht erwartet. Aber in der Sache hatte sie Recht. Und die These von der Projektion leuchtete ihm ein. »Wir müssen uns in Claudias Umfeld umhören. Freundinnen, Freunde, Kommilitonen.«

Theda Mensen nickte. »Die beste Freundin wäre eine gute Quelle. Lass uns noch mal mit der Mutter reden! Sie wird wissen, zu wem ihre Tochter engeren Kontakt hatte.«

»Wenn sich eine Zeugin findet, die von einer Beziehung zwischen Övenhorst und Claudia weiß, können wir ihm möglicherweise das Verhältnis nachweisen. Aber nicht auch den tödlichen Stoß im Hafen. Sein Wagen ist nicht beschädigt.«

»Vielleicht hat er die Stoßstange erneuern lassen«, gab Theda zu bedenken.

»Das erscheint mir unwahrscheinlich. Du kriegst doch heutzutage so kurzfristig keinen Termin in einer Werkstatt. Und nach fabrikneu sah die nicht aus.«

»Trotzdem würde ich den Wagen gern untersuchen lassen. Wenn kürzlich am Vorderwagen geschraubt wurde, finden die Kriminaltechniker das heraus. Außerdem können sie vielleicht an dem Honda Lackspuren sicherstellen, die sich einem dunkelblauen Fahrzeug zuordnen lassen.«

»Beides wäre zu schön, um wahr zu werden.« Christiansen seufzte. »Aber bei der gegenwärtigen Beweislage bekommen wir keine richterliche Anordnung für eine Untersuchung von Övenhorsts Wagen. Und Lackspuren helfen uns auch nicht weiter. Mehr als die Farbe des Fahrzeugs lässt sich daraus nicht erkennen, fürchte ich. In Zukunft wird das sicher anders. Beim BKA bauen sie gerade eine Datenbank auf, in der Proben aller gängigen Autolacke für eine Zuordnung zum Fahrzeugtyp gesammelt werden. Eines Tages wird man feststellen können, zu welchem Modell Lacksplitter gehören, die man, beispielsweise nach einer Unfallflucht, sichergestellt hat.«

»Dann müssen wir eben anders ansetzen«, wandte Theda Mensen ein. »Und bei allen BMW-Werkstätten in Cuxhaven und umzu nachfragen, ob sie in den letzten Tagen bei einem Siebener eine vordere Stoßstange ausgetauscht haben. Das wäre vielleicht eine Aufgabe für einen jungen Polizeihauptwachtmeister.«

»Andreas wird sich bedanken.« Christiansen grinste. »Aber kriminalistische Kleinarbeit gehört nun mal zu unserem Job. Und wir beide nehmen uns das private Umfeld von Claudia Behrens vor.«

»Das scheint mir eine vernünftige Aufteilung«, bestätigte Theda und zeigte eine zufriedene Miene. Christiansen hatte das Gefühl, mit seiner Kollegin auf dem richtigen Weg zu sein. Obwohl völlig offen war, ob sie das gemeinsame Ziel erreichen würden. Aber das war bei Ermittlungen anfangs häufig der Fall.

*

Gerhard Övenhorst fand keinen Schlaf. Nachdem er sich zwei Stunden unruhig im Bett gewälzt hatte, stand er wieder auf, holte ein Bier aus dem Kühlschrank und setzte sich an den Küchentisch. In kleinen Schlucken trinkend versuchte er, Klarheit über seine Situation zu gewinnen. Zwar hatte er die Verdächtigungen der Polizisten erfolgreich abgewehrt, aber er musste damit rechnen, dass sie sich mit der Niederlage nicht zufriedengeben würden. Schon während des Gesprächs mit den Beamten hatte er ein undeutliches Signal aus seinem Unterbewusstsein vernommen. Irgendwo musste es eine Schwachstelle geben. Die Idee war aufgeblitzt, hatte sich jedoch nicht festhalten lassen. Nun versuchte er, das lose Ende des Gedankens zu fassen.

Es musste mit dem Verlauf des Abends vor Claudias Geburtstag zu tun haben. Er ging die Ereignisse zum hundertsten Mal durch, diesmal rückwärts. Am Hafen war keine Menschenseele gewesen. Falls trotzdem jemand den Vorfall beobachtet haben sollte, hätte er sich bei der Polizei gemeldet. Auf dem Weg mochte sein Wagen von Passanten gesehen worden sein. Doch niemand würde sich dafür interessieren und gar merken, welche Fahrzeuge bei Nacht in Cuxhaven unterwegs waren. In Lüdingworth hatte er längere Zeit gestanden. Das konnte jemandem aufgefallen sein, aber die Gäste der Feier waren mit sich selbst beschäftigt gewesen und hatten mit an Sicherheit grenzender Wahrscheinlichkeit nicht auf parkende Wagen geachtet. Und der Typ, der ihm an das Auto gepinkelt hatte, war viel zu betrunken gewesen, um sich an ihn zu erinnern.

Dummerweise hatte Claudia, wie er es ja gewünscht hatte, ihrer Mutter von ihrer Beziehung zu ihm erzählt. Plötzlich wusste er, nach welcher Schwachstelle er gesucht hatte. Wenn sie ihre Mutter ins Vertrauen gezogen hatte, hatte sie möglicherweise auch mit Freundinnen darüber gesprochen. Das war ein Unsicherheitsfaktor, dem er auf den Grund gehen würde, bevor die Polizei mit den Mädchen sprach. Claudia hatte zwei Namen erwähnt. Er schloss die Augen und versuchte sich daran zu erinnern. Vor seinem inneren Auge wurde die Szene lebendig.

Es war eine der wenigen Gelegenheiten, bei der sie die Öffentlichkeit nicht gemieden hatten. Wenn sie zusammen zum Essen gehen oder eine Veranstaltung besuchen wollten, fuhren sie nach Bremerhaven. Oder in einen der kleinen Orte an der Wurster Nordseeküste. Hier tummelten sich während der Saison so viele Touristen, dass sie in der Menge untergingen. Die meisten Cuxhavener bevorzugten die Sandstrände von Döse, Duhnen und Sahlenburg. Wenn sie sich überhaupt ins Gedränge stürzten. Zwischen Spieka-Neufeld und Bremerhaven waren sie nie einem Bekannten oder Geschäftspartner begegnet. An diesem Tag waren sie nach Wremen gefahren, hatten im Restaurant *Zur Börse* gegessen, die Aussicht auf kleine und große Schiffe in der Wesermündung genossen, hatten sich von der Abendsonne bescheinen lassen und die Containerschiffe bewundert, die auf dem Weg von oder nach Bremerhaven waren.

Auf dem Rückweg ergriff Claudia plötzlich seine Hand und zog ihn in den Schatten eines Verkaufsstandes für Fischbrötchen. »Da kommen zwei Freundinnen von mir«, raunte sie und deutete mit ängstlicher Miene zur Deichquerung. »Die machen wohl eine Fahrradtour.« Sie verharrten hinter der Fischbude, bis die Radlerinnen ihren Weg fortgesetzt und aus dem Blickfeld verschwunden waren.

»Dieses Versteckspiel nervt«, murmelte Claudia und sah treuherzig zu ihm auf. »Kann ich nicht wenigstens meine besten Freundinnen einweihen? Andrea und Mel. Die sind total zuverlässig und plaudern garantiert nichts aus.«

Hardy blieb skeptisch. »Kannst du dir da ganz sicher sein?«

Claudia nickte. Der Gedanke schien sie zu begeistern. »Ich würde es beschwören«, versicherte sie strahlend.

Natürlich hatte er ihr das ausreden müssen. Er hatte ein bisschen geheimnisvoll getan und versprochen, dass es nicht mehr lange dauern würde, bis jeder – nicht nur Andrea und Mel – erfahren würde, dass sie ein Paar waren.

Andrea und *Mel*, also Melanie. Zwei Vornamen, die Claudia, erinnerte er sich vage, bereits erwähnt hatte. Aber in welchem Zusammenhang? Es musste irgendetwas mit ihren Freizeitaktivitäten zu tun haben. Einmal hatten sie sich nicht treffen können, weil sie an dem Abend mit ihren Freundinnen verabredet gewesen war. Zu einem Kurs in der Volkshochschule. *Aerobic* – das war's! Diese Mischung aus Tanz und Gymnastik, bei der junge Leute in enger neonfarbener Kleidung nach rhythmischer Musik mehr oder weniger hektische Bewegungen absolvierten. Die VHS würde Ende des Jahres in die Abendrothstraße umziehen, befand sich jetzt noch in der Poststraße. Aber ob es dort geeignete Räume für solche Kurse gab? Gleich morgen Vormittag würde er sich telefonisch erkundigen, wann und wo der Aerobic-Kurs stattfand. Dann konnte er die Mädchen abpassen und sich von ihrer Ahnungslosigkeit überzeugen. Oder vom Gegenteil. Für den Fall, dass sie von der Verbindung zwischen ihm und Claudia wussten, würde er sich eine Lösung überlegen müssen. Schlimmstenfalls blieb ihm nichts anderes übrig, als sie aus dem Verkehr zu ziehen.

Die Gewissheit, einen Plan zu haben, mit dem er der Polizei zuvorkommen konnte, erfüllte ihn mit Zufriedenheit. Er leerte sein Bier und kehrte ins Bett zurück.

*

Mit »Physical« von Olivia Newton-John waren sie ins Schwitzen geraten. Den Schweiß hatten sie in der Dusche abgespült, aber die durch Musik und schnelle Bewegung freigesetzten Endorphine wirkten nach. Wie stets nach der anstrengenden Aerobicstunde waren sie aufgekratzt, voller Unternehmungslust und Tatendrang. Leider gab es in Cuxhaven wenige Möglichkeiten zu abendlichen Vergnügungen für junge Leute. An warmen Tagen hielten sie sich im Park von Schloss Ritzebüttel auf oder fuhren, wenn es genug Autos gab, zur Grimmershörn-Bucht, um dort die ein oder andere Flasche Apfelkorn zu leeren. In der kalten Jahreszeit ging man ins Nautiko, fuhr nach Lüdingworth zu Janssens Tanzpalast oder nach Bremerhaven.

An diesem Abend waren die Meinungen geteilt. Während die Gruppe diskutierte, ob man in der Nähe bleiben oder mit den vorhandenen Autos ein entfernteres Ziel ansteuern sollte, nahm Andrea die Frage wieder auf, die sie schon vor der Aerobicstunde beschäftigt hatte. »Glaubst du wirklich, dass Claudia und Carsten abgehauen sind? Ich meine, so richtig *durch-*

gebrannt? Ohne jede Vorbereitung, ohne Klamotten und was man sonst so braucht?«

Melanie hob die Schultern. »Hast du eine andere Erklärung? Beide sind verschwunden. Vielleicht sind sie vor dem geheimnisvollen Mister X geflohen, der Claudia angeblich heiraten wollte.«

Andrea schob die Unterlippe vor und schüttelte den Kopf. »Das ist alles so merkwürdig. Auch diese Schiffstaufe. Die Typen, die sich da versammelt haben, waren älter als Methusalem. Von denen kommt keiner für Claudia infrage.«

»Einer sah aber ziemlich gut aus«, widersprach Melanie. »Hätte David Hasselhoffs Zwillingsbruder sein können.«

Ihre Freundin verzog das Gesicht. »Der müsste dann ja genauso alt sein. Weit über dreißig. Denkst du, Claudia würde sich mit so einem alten Sack einlassen?«

Melanie hob die Schultern. »Weiß man's? Es muss ja einen Grund dafür geben, dass sie so ein Geheimnis um ihn macht. Vielleicht steht sie ja auf ältere Kerle. Wir waren neulich zusammen im Kino. *Die Farbe des Geldes.* Ich war total begeistert von Tom Cruise. Und weißt du, wen Claudia toll fand? Paul Newman! So einen Opa! Ich hab gedacht, das kommt daher, dass sie keinen Vater hat.«

»Trotzdem.« Andrea blieb skeptisch. »Jemanden als Schauspieler gut finden, ist eine Sache, sich mit einem alten Knacker einlassen, eine andere. Jedenfalls bin ich gespannt, wann Claudia und Carsten wieder auftauchen. Vielleicht schicken sie ja eine Postkarte aus Italien oder Spanien.«

»Kommt ihr mit nach Bremerhaven ins *Boccaccio*?«, rief einer aus der Gruppe, in der man sich offenbar über das Ziel des Abends verständigt hatte.

»Ich nicht.« Andrea winkte ab. »Das wird mir zu spät. Ich muss morgen früh raus. Viel Spaß noch!« Sie schwang sich auf ihr Fahrrad und fuhr davon.

Unschlüssig verharrte Melanie am Straßenrand. Nach Hause oder mit nach Bremerhaven?

Neben ihr stoppte eine dunkle Limousine. Ein Mann stieg aus, umrundete den Wagen und sah sich suchend um. Er kam ihr bekannt vor. Jemand, der seine Tochter abholen wollte? Wer hatte einen so gut aussehenden Vater? Er lächelte Melanie an, dann wanderte sein Blick zu den anderen. In dem Augenblick rief einer aus der Gruppe laut ihren Namen. »Melanie! Kommst du mit oder nicht?«

Irgendetwas hielt sie zurück. Es hatte mit dem Mann zu tun, der neben seinem Auto stand und sie nun aufmerksam betrachtete. Sie schüttelte den Kopf. »Heute nicht.« Plötzlich wusste sie, wo sie ihn schon einmal gesehen hatte. Bei der Schiffstaufe am Sonntag im Hafen. Er war der Typ, über den sie vorhin mit Andrea gesprochen hatte. Der aussah wie David Hasselhoff. Ein gut geschnittenes Gesicht, braun gebrannt, üppiges Haar. Ob er etwas über Claudia wusste? Sollte sie ihn fragen?

Bevor sie sich darüber schlüssig werden konnte, sprach er sie an. »Hallo. Ich suche Claudia Behrens. Sie kennen sie doch bestimmt?«

Melanie nickte unsicher. »Ich weiß nicht ...«, begann sie, brach aber ab, weil ihr plötzlich klar wurde, dass dieser Mann Claudias geheimnisvoller Unbekannter sein konnte.

»Wissen Sie nicht, ob Sie sie kennen?« Er lächelte gewinnend. »Oder wissen Sie nicht, wo sie ist?«

»Claudia ist meine Freundin«, gestand sie zögernd. »Sie ist ... Ich weiß aber nicht, wo sie sich gerade aufhält.«

»Das ist bedauerlich. Ich hätte sie gern gefragt, warum sie am Sonntag nicht gekommen ist. Sie sollte mein neues Schiff taufen. Auf den Namen Claudia. Dafür wäre sie die ideale Taufpatin gewesen.« Er streckte die Hand aus. »Entschuldigen Sie, ich habe mich gar nicht vorgestellt. Mein Name ist Övenhorst. Aber bitte nennen Sie mich Hardy.«

Melanie ergriff seine Hand. »Hallo. Ich bin Mel.« Ihre Gedanken rasten. *Ihr könnt ihn am Sonntag kennenlernen, bei der Schiffstaufe*, waren Claudias Worte gewesen, als sie Andrea und ihr erklärt hatte, dass sie einen festen Freund hatte. Der Mann, der vor ihr stand, sah echt gut aus. Kleidung und Armbanduhr, Schuhe und Wagen ließen erkennen, dass er Kohle haben musste. Aber er hätte ihr Vater sein können! Trotz jugendlicher Klamotten und sportlicher Figur war sein Alter nicht zu übersehen. Mindestens vierzig, schätzte Melanie und fragte sich, wie es wäre, mit einem so alten Typen ins Bett zu gehen. Der Gedanke trieb ihr die Röte ins Gesicht. Rasch ließ sie seine Hand los. Ohne nachzudenken, stieß sie die Frage hervor, die in ihrem Kopf kreiste. »Woher kennen Sie meine Freundin?«

»Das ist eine längere Geschichte«, antwortete Hardy. »Aber ich erzähle sie dir gern.« Er sah sich um. »Deine Freunde sind weg. Soll ich dich irgendwohin fahren? Oder darf ich dich auf einen erfrischenden Cocktail einladen? Nach so einem Sport hat man doch Durst, oder?« Mit einer auffordernden Handbewegung deutete er auf den Wagen. Siebener BMW, dachte Melanie. Nachtblau mit weißen Ledersitzen. In so einem Schlitten habe ich noch nie gesessen. Und *Cuba Libre* oder *Grüne Witwe* wären auch nicht zu verachten. Sie schluckte. Es war vielleicht falsch, zu einem fremden Mann ins Auto zu steigen. Andererseits brannte sie darauf, mehr über Claudias Verhältnis zu diesem Hardy zu erfahren. Der Typ war schon irgendwie cool. Ganz anders als die Väter ihrer Altersgenossen. Und völlig fremd war er auch nicht, schließlich kannte er ihre beste Freundin.

13

2017

Als Marie Janssen und Jan Feddersen in die Dienststelle zurückkehrten, wurden sie von Dirk Allmers und Björn Frerksen erwartet. »Der Hinweis vom Kollegen Meiners auf den Jagdrechteinhaber hat uns einen Schritt weitergebracht«, begann Allmers seinen Bericht. »Es handelt sich um einen älteren Herrn. Dieter Köncke. Er ist der Jäger, der den Wolf gesehen hat. Natürlich wollte er zunächst nichts davon wissen. Aber nachdem wir ihm klargemacht haben, dass wir anhand der Spuren, die er am Fundort hinterlassen hat, seine Anwesenheit dort nachweisen können, war er schließlich zu einer Aussage bereit. Er hat das Fax an die Zeitung geschickt. Ihm war alles furchtbar peinlich. Besonders der Irrtum hinsichtlich des Opfers.« Der Kriminalhauptkommissar schob einen Schnellhefter über den Tisch. »Hier ist das Protokoll.«

»Und?«, fragte Marie. »Hat die Befragung etwas ergeben, das uns weiterhilft?« Allmers und sein Kollege schüttelten den Kopf. »Nur den genauen Zeitpunkt, zu dem er Solveig Vollmer entdeckt hat«, erwiderte Frerksen. »Danach sind zwischen der Vermisstenmeldung und dem Auffinden der Leiche nicht viel mehr als dreißig Stunden vergangen.«

Marie nickte nachdenklich. »In dieser Zeit muss sie mit den Meeresfrüchten in Berührung gekommen sein.«

»Meeresfrüchte?« Dirk Allmers sah sie irritiert an.

»Die Spusi hat Reste von Garnelen und Austern in ihrer Kleidung gefunden. Allerdings war nichts dergleichen in ihrem Magen. Sie hatte also keine entsprechende Mahlzeit vor ihrem Tod. Die Spuren müssen durch Lagerung oder Transport entstanden sein. Oder sie sind ein Hinweis auf den Tatort.«

»Oh nein!« Oberkommissar Frerksen stöhnte. »Dann weiß ich schon, was auf uns zukommt. Wir dürfen sämtliche Händler an der Fischmeile besuchen. Und die Auktionshallen. Womöglich noch das Kühlhaus. Räume mit Meeresfrüchten sind ja nicht gerade Mangelware in Cuxhaven.«

Jan Feddersen breitete bedauernd die Arme aus. »Tut mir leid. Kriminalistische Kleinarbeit. Aber daran geht kein Weg vorbei.«

Nachdem Allmers und Frerksen das Büro verlassen hatten, wandte sich Jan Feddersen an Marie. »Ich frage mich, wie das Gerücht entstehen und sich blitzartig verbreiten konnte, ein Wolf habe ein Kind getötet.«

»Dazu gehört nicht viel«, erklärte Marie. »Seit hier Wölfe aufgetaucht sind und etliche Nutztiere gerissen haben, reagieren die Menschen bei diesem Thema empfindlich. Allein die Erwähnung des Wolfes löst bei manchen Leuten Hysterie aus. Dann unterscheiden sie nicht zwischen Tatsachen und Legenden. Wenn jemand die Vermutung äußert, es habe einen Vorfall mit dem Raubtier gegeben, macht der Nächste daraus ein reales Ereignis. Der Übernächste dichtet hinzu, was er vor Wochen irgendwo gelesen hat, und so geht es weiter.«

»Aber in unserem Fall«, wandte Jan ein, »hat doch kein Außenstehender von dem Leichenfund erfahren, schon gar nicht von dem Wildfraß. Und ob es ein Wolf war ...«

»Der Jäger will einen gesehen haben«, warf Marie ein. »Und er hat Solveig Vollmer für ein Kind gehalten. Er bestreitet es zwar, aber er kann doch mit jemandem darüber gesprochen haben, der die eingeforderte Verschwiegenheit dann nicht eingehalten hat. Die Worte *Wolf* und *Kind* in einem Satz reichen völlig, um entsprechendes Gerede in die Welt zu setzen. Oder er hat *Mädchen* gesagt. Und der nächste hat *Kind* daraus gemacht. Auch einer unserer Kollegen könnte dafür verantwortlich sein. Eine unbedachte Bemerkung in der Familie oder bei Freunden – und schon verbreitet sich das Gerücht.«

»Und was ist mit der Zeitung?«

Marie schüttelte entsetzt den Kopf. »Für Felix lege ich meine Hand ins Feuer. Er würde nichts über den Fall schreiben, worüber er sich nicht bei uns rückversichert hat. Jedenfalls bei einem derart heiklen Thema.«

Jan hob die Augenbrauen. »Felix?«

»Felix Dorn. Mein Freund. Er ist Redakteur bei den Cuxhavener Nachrichten. Du hast ihn bei Konrad Röverkamps Abschiedsfeier gesehen.«

»Ich erinnere mich.« Jan lächelte verhalten. »Ich dachte anfangs, er gehört zu Anne Lüken, und habe mich später gewundert, dass er mit dir ... Egal. Ich hoffe, ich lerne ihn bald kennen. Also ist deiner Meinung nach bei der Zeitung nichts durchgesickert.«

»Jedenfalls nicht durch Felix.« Marie hob die Schultern. »Natürlich kann jemand anders in der Redaktion das Fax gelesen und die Information weitergegeben haben. Das lässt sich nicht ausschließen. Ich halte es aber für unwahrscheinlich.«

»Okay.« Nachdenklich schlug Jan den Schnellhefter mit dem Protokoll der Kollegen Allmers und Frerksen auf. »Schauen wir mal ...«

Das Klingeln des Telefons unterbrach ihn. Marie beobachtete, wie seine Miene zu einem freudigen Ausdruck wechselte, als er erkannte, wer anrief. Er schob den Ordner auf ihren Schreibtisch. Sie fragte sich, ob er froh war, das Protokoll jetzt nicht lesen zu müssen, oder ob er sich über den Anruf freute.

»Hallo, Anne, wie geht es dir?«, meldete er sich.

Marie vernahm Annes Stimme, konnte allerdings nicht hören, was sie sagte.

»Danke«, fuhr Jan fort. »Uns geht's auch gut. Mit unserem Fall allerdings weniger. Im Augenblick treten wir auf der Stelle, aber ... Du hast etwas für uns? Warte, Marie soll mithören.« Er drückte auf den Knopf für den Lautsprecher.

»Hallo, Marie«, klang Anne Lükens Stimme aus dem Gerät. »Ich habe gerade eine Meldung von den Kollegen der Verkehrspolizei hereinbekommen. Die mussten einen Unfall an der B 73 aufnehmen. Ein Sprinter, der aus Richtung Otterndorf kam, ist infolge überhöhter Geschwindigkeit ins Schleudern geraten und hat sich überschlagen. Sein Fahrer war verletzt und wurde ins Krankenhaus gebracht. Der Lieferwagen gehört einem Fischhändler, der ihn zuvor als gestohlen gemeldet hatte. Der Dieb hatte den Wagen mitsamt Inhalt geklaut. Also jede Menge Frischfisch, Garnelen, Krabben und sogar etliche Flaschen Wein. Davon war aber nichts mehr da. Nur ein paar kümmerliche Reste, die auf der Ladefläche herumlagen. Ich habe an euch gedacht, weil Erik gesagt hat, eure Leiche ist ...«

»... mit Meeresfrüchten in Berührung gekommen«, ergänzte Marie. »Sie könnte in diesem Lieferwagen transportiert worden sein. Ist der Fahrer vernehmungsfähig?«

»Das weiß ich nicht«, antwortete Anne. »Da müsst ihr im Krankenhaus nachfragen. Helios-Klinik, Altenwalder Chaussee.«

»Wo ist der Lieferwagen jetzt?«, fragte Jan Feddersen und hob einen Daumen in Maries Richtung.

»In der KTU. Oder auf dem Weg dahin. Ruft Erik an!«

»Danke, geht klar. Bis später!« Jan legte auf und strahlte Marie an. »Wir haben einen Ansatzpunkt! Wenn der Unfallfahrer in diesem Sprinter Solveig Vollmer transportiert hat, kommen wir einen gewaltigen Schritt voran. Teilen wir uns auf? Einer in die KTU und einer ins Krankenhaus?«

»Lass uns beides zusammen machen«, schlug Marie vor. »Zuerst kümmern wir uns um den Unfallfahrer. Wäre gut, wenn wir seine Personalien schon hätten.« Sie griff zum Telefonhörer und wählte. »Ich frage bei den Kollegen nach, ob sie Ausweispapiere gefunden haben.«

»Sie haben einen Führerschein sichergestellt«, sagte sie, nachdem sie aufgelegt hatte. »Und ein Mobiltelefon. Gerade schauen sie nach, ob der Fahrer schon mal straffällig geworden ist. Das Ergebnis schicken sie mir aufs Handy.«

Wenig später waren Marie und Jan Feddersen auf dem Weg zur Helios-Klinik. Kurz bevor sie dort eintrafen, kam die Nachricht auf ihrem Smartphone an. »Er heißt Sascha Lindenthal«, las sie vor. »Siebenundzwanzig Jahre. Seit zehn Jahren bei uns im System. Angefangen hat er mit Handtaschendiebstahl, es folgten Wohnungseinbrüche. Dann Handel mit Autoteilen unklarer Herkunft und mehrfacher Tankbetrug. Fahren ohne Führerschein. Zuletzt sechs Monate Knast wegen Autodiebstahls. Seit einem Jahr auf freiem Fuß.«

»Hört sich nach Kleinganove an«, kommentierte Jan. »So einer bringt niemanden um.«

»Wahrscheinlich hast du Recht«, stimmte Marie zu. »Aber es kommt vor, dass einer, der als Langfinger seine Karriere begonnen hat, irgendwann auch gewalttätig wird.«

Jan hob die Schultern. »Wir werden sehen. Jedenfalls bin ich auf diesen Typen und auf das, was er uns zu erzählen hat, sehr gespannt.«

»Hoffentlich ist er dazu in der Lage«, gab Marie zu bedenken. »Die Kollegen von der Verkehrspolizei hatten nicht den Eindruck, dass er schwer verletzt war, allerdings war er bewusstlos. Die Ärzte sind manchmal unnachgiebig, wenn wir mit Unfallopfern sprechen wollen.«

»Ich weiß«, bestätigte Jan. »Schauen wir mal.«

*

»Es gibt zwei Möglichkeiten.« Timo sprach leise, aber eindringlich. »Entweder wir ertragen die Situation und warten, bis der Alte einen Abgang macht. Schließlich ist er über achtzig und hat einen Herzschrittmacher. Oder ...« Er brach ab und starrte düster vor sich hin.

»Oder was?«, fragte Annika, als ihr Mann keine Anstalten machte, den Satz zu beenden.

»Oder wir helfen ein bisschen nach.«

»Wie meinst du das? Willst du ihn umbringen?«

Timo hob die Schultern. »Was heißt schon *umbringen* bei einem scheintoten Greis? Ein Unfall, bei dem er sich die Hüfte bricht, würde reichen. Dann ist er wieder für ein halbes Jahr oder länger weg vom Fenster. Und vielleicht kommt er diesmal wirklich nicht raus. Krankenhauskeime, Wundinfektion, was weiß ich? Alte Leute haben oft nicht genug Reserven für die Belastung einer Krankenhausbehandlung. Manche wachen aus der Narkose nicht mehr auf. Oder man stellt eine Demenz fest, und sie kommen ins Pflegeheim.«

Annika schlug eine Hand vor den Mund. »Aber wir können doch nicht ...«

»Willst du Övenhorst loswerden?«, unterbrach Timo sie. »Oder willst du dich weiter von ihm tyrannisieren lassen? Hast du noch nie daran gedacht, ihn ins Jenseits zu befördern?«

»Gedacht schon«, gab Annika zu. »Aber das ... sind Gedankenspiele. Man denkt sich in seiner Wut etwas aus, doch man macht es nicht.«

»Es gibt eine dritte Möglichkeit.«

»Dritte Möglichkeit? Ich verstehe nicht.«

Timo grinste. »Wir sorgen dafür, dass er in den Knast wandert.«

Mit offenem Mund starrte Annika ihn an. »Wie denn? Wegen der Würmer und Kakerlaken? Wir können nicht beweisen, dass er ...«

»Natürlich nicht. Deswegen würde er sicher nicht verurteilt. Aber vielleicht wegen Mordes.«

»Jetzt spinnst du total. Du meinst die Sache mit der Leiche? Wen sollte der Alte ermordet haben?«

»Das weiß ich leider nicht.« Timo hob bedauernd die Schultern. »Seine Bluthunde haben jedenfalls für ihn eine tote Frau verschwinden lassen, das ist mal klar.«

»Das hast du ihm schon gesagt, aber das stimmt doch nicht, oder? Sonst hätte er anders reagiert.«

»Ich habe sie belauscht, als sie darüber gesprochen haben. Öve und die Kowalski-Brüder. Zufällig. Wenn die Leiche wieder auftaucht, sind Sie am Arsch, hat Mike gesagt. Der Alte hat nur gelacht. Doch Marco hat geantwortet: Wir können bezeugen, dass die Frau im Treppenhaus lag. In einer Blutlache.«

»Das kann nicht sein.« Annika schüttelte den Kopf. »Im Treppenhaus war nichts. Eine Frau in einer Blutlache – davon hätten wir was mitbekommen.«

»Vielleicht war es in seiner neuen Immobilie«, vermutete Timo. »Aber das ist egal.«

»Und was willst du jetzt tun?«

»Ich nehme mir die Kowalskis vor. Die hängen da mit drin. Sie decken Öve, weil der sie in der Hand hat. Wegen ihrer kriminellen Vergangenheit. Bei ihnen müssen wir ansetzen. Wenn sie die Sache mit der Leiche bezeugen, ist der Alte dran.«

»Das machen die nie.« Annika blieb skeptisch. »Die tun alles, was er von ihnen verlangt. Die würden sogar einen Meineid schwören.«

»Da bin ich mir nicht so sicher. Die haben ihn nämlich erpresst, hätten ihn verraten, wäre er nicht darauf eingegangen. Und nun zahlt er jedem fünfundsiebzig Euro mehr. Im Monat.«

»Das setzen die doch nicht aufs Spiel«, wandte Annika ein, »indem sie sich gegen ihren Chef stellen.«

»Man könnte es probieren.«

»Ich weiß nicht. Mir erscheint das zu gefährlich. Womöglich brechen sie dir dann wirklich die Nase. Oder was anderes.«

»Lass es mich versuchen!«

Annika umarmte ihren Mann. »Aber du musst mir versprechen, dass du vorsichtig bist und kein Risiko eingehst.«

»Versprochen.« Timo lächelte. »Ich werde an dich und deine Worte denken, wenn ich mit den Kowalskis rede. Um diese Zeit sind sie wahrscheinlich auf der *Kühlen Brise.* Ich mache mich gleich auf den Weg.«

*

Mike und Marco hatten es sich auf dem Oberdeck bequem gemacht. Die Liegestühle waren alt und schäbig. Wie das ganze Schiff. Es war ein Wunder, dass Övenhorst mit der heruntergekommenen Barkasse noch Geld verdiente. Das war nur möglich, vermuteten die Brüder, weil es während der Hauptsaison genügend Touristen gab, die den Versprechungen der Plakate auf sensationelle Erlebnisse Glauben schenkten. Und weil die Schiffe der Reedereien bei den Passagierzahlen an ihre Grenzen kamen. So blieben selbst für die *Kühle Brise* noch ausreichend Fahrgäste.

Früher, lange vor ihrer Zeit, sollte der Betrieb der Barkasse ein einträgliches Geschäft gewesen sein. Damals war Övenhorst angeblich ein angesehener Geschäftsmann gewesen. Doch dann musste es ein Ereignis gegeben haben, durch das der Alte mit seinen Unternehmungen in finanzielle Schieflage geraten war. Es gab Gerüchte, wonach ein Mordprozess eine Rolle gespielt haben sollte. Sie hatten nicht gewagt, ihn danach zu fragen, denn es hieß, Övenhorst würde jeden fertigmachen, der ihn auf dieses Thema ansprach.

Heute hatten die Kowalski-Brüder darauf verzichtet, Urlauber aufzureißen. Statt mit den anderen Werbern um die Wette zu schreien, hatten sie den Schiffsführer nach Hause geschickt, ein paar Flaschen Bier aus dem Kühlschrank geholt und in einen mit Eis gefüllten Sektkühler zwischen die Liegestühle gestellt.

Sie genossen nicht nur die Strahlen der Mittagssonne, sondern auch das befriedigende Gefühl, einen Sieg errungen zu haben. Nach etlichen Jahren, in denen Övenhorst sie ausgenutzt und immer wieder gedemütigt hatte, war es ihnen gelungen, den Spieß umzudrehen. In Zukunft würde Öve richtig bluten. Sein Geld konnte der alte Geizkragen nicht mitnehmen, wenn er eines Tages in der Kiste lag. Angeblich hatte er eine Tochter, die das Vermögen erben würde. Aber bis es so weit war, würden Mike und Marco dafür sorgen, dass es ordentlich abgeschmolzen wurde. Die beiden Hunnis und die Erhöhung der monatlichen Zahlungen um fünfundsiebzig Euro für jeden von ihnen war nur ein Anfang.

Marco deutete mit seiner Bierflasche zum Anleger. »Da kommt der Bäckerbursche«, murmelte er. »Will der zu uns?«

*

Timo wunderte sich. An den Barkassen der Reedereien herrschte Andrang, vor der *Kühlen Brise* dagegen standen nur wenige Touristen, die unschlüssig zum leeren Steuerhaus hinübersahen. Der Zugang zum Schiff war mit einer speckigen rötlich-grauen Kordel abgesperrt, daran hing ein handgemaltes Schild. »Heute keine Ausfahrt.«

Auf dem Oberdeck entdeckte er die Köpfe der Kowalski-Brüder. Kurz entschlossen stieg er über die Absperrung und kletterte die stählerne Treppe hinauf. Mike und Marco lagen in abgewetzten Deckchairs, hatten einen mit Bierflaschen gefüllten Sektkübel zwischen sich und sahen ihm neugierig entgegen.

»Willst'n du hier?«, fragte Mike.

Timo deutete zur Kommandobrücke. »Kein Schiffsführer da?«

»Wir fahren heute nicht«, antwortete Marco grinsend. »Oder willst du Kapitän spielen? Steht dir übrigens gut, so ein Pflaster auf der Nase.«

Timo zuckte mit den Schultern. »Ich muss mit euch reden.«

Mike angelte eine Flasche Bier aus dem Kübel und warf sie Timo zu. »Worüber?«

»Övenhorst.« Mit einem Schlag gegen die Reling löste er den Kronkorken. »Und über die Leiche, die ihr für ihn entsorgt habt. – Prost!«

Die Kowalski-Brüder hoben ihre Flaschen, tranken aber nicht. Sie wechselten einen Blick und starrten ihn misstrauisch an.

»Was redest du für eine Scheiße, Alter!«, knurrte Marco. »Trink dein Bier aus und verschwinde!«

Betont langsam nahm Timo ein paar Schlucke aus der Flasche. »Das geht nicht gegen euch. Ich will Övenhorst drankriegen. Der Alte presst uns aus wie eine Zitrone. Euch behandelt er wie Sklaven. Wie lange wollt ihr das noch mitmachen? Wenn wir uns zusammentun, können wir ihn unschädlich machen.«

Mike lachte. »Sieh mal einer an! Der kleine Bäckerbursche will gegen den Chef anstinken. Wie stellst du dir das vor?«

»Ganz einfach.« Timo leerte die Flasche. »Er hat ja wohl eine Frau umgebracht. Wir zeigen ihn an, und er wandert für den Rest seiner Tage in den Knast. Ihr müsst nur bezeugen, was ihr gesehen habt.«

»Wir haben aber gar nichts gesehen, du Milchbrötchen.« Marco warf seine leere Bierflasche über Bord und angelte eine neue aus dem Sektkühler. »Jedenfalls nichts, wofür einer verknackt wird.«

»Zufällig weiß ich«, entgegnete Timo, »dass ihr eine tote Frau verschwinden lassen habt. In Öves Auftrag. Also habt ihr auch die Leiche gesehen. Wenn ihr das den Bullen erzählt, ist er dran.«

Jetzt lachten beide Brüder. Aber Timo war klar, dass sie keineswegs belustigt waren. Es war ein böses, herausforderndes und drohendes Lachen. »Wir sollen den Bullen was erzählen!« Mike sprach zu seinem Bruder, nicht zu Timo. »Der Bäckerbursche hat nicht mehr alle Latten am Zaun.«

»Er weiß nicht«, ergänzte Marco, »dass ein Kowalski nicht mit den Bullen redet. Und dass es ohnehin sinnlos wäre, weil sie ihm nicht glauben, sondern ihn einbuchten würden.« Er hob die Stimme. »Wer einmal saß, dem glaubt man nicht, und wenn er auch die Wahrheit spricht.«

»So sieht's aus«, bestätigte Mike. »Sag dem Bäckerburschen, er soll sich verpissen. Verschwendet nur unsere Zeit.«

»Aber es wäre doch auch zu eurem Vorteil«, wandte Timo ein. Mit einer Handbewegung umfasste er das Schiff. »Ihr könntet ganz allein und auf eigene Rechnung wirtschaften. Statt für Övenhorst den Büttel zu geben, könntet ihr richtig Kohle machen. Bisschen Farbe kaufen, den Kahn etwas aufmöbeln und dann …«

»Ich weiß zwar nicht, was ein Büttel ist«, entgegnete Marco, »aber das Geschäft machen wir jetzt schon. Deinen Rat brauchen wir nicht.« Er kicherte vergnügt vor sich hin. »Mein Bruder lässt dir übrigens ausrichten, dass du dich verpissen sollst.«

Timo begriff plötzlich, dass er einen Denkfehler gemacht hatte. Die Kowalskis hatten schneller als er verstanden, welche Chance sich ihnen bot, wenn sie Övenhorst mit ihrem Wissen unter Druck setzten. Offenbar dachten sie nicht daran, sich mit den zusätzlichen hundertfünfzig Euro pro Monat zufriedenzugeben. Verzweifelt suchte er nach einem Argument, mit dem er die Brüder überzeugen konnte. Wahrscheinlich wollten sie die Kuh, die ihnen Milch gab, nicht schlachten. Dass der alte Geizhals den Aderlass nicht hinnehmen würde, stand offenbar nicht auf ihrem Plan. Wenn Öve nicht aus dem Verkehr gezogen wird, dachte Timo, zieht er mit Sicherheit die Brüder aus dem Verkehr, sollten sie ihn zu erpressen versuchen. Laut sagte er: »Könnte sein, eure Rechnung geht nicht auf. Öve ist gerissen. Er wird euch ausbooten, bevor ihr eure Kohle abholen könnt.«

»Der Bäcker«, knurrte Mike Kowalski drohend, »kapiert nicht, dass er verschwinden soll. Sag ihm, ich zähle bis drei. Wenn er dann noch hier rumsteht, werfe ich ihn ins Wasser. – Eins ...«

»Warte mal«, entgegnete sein Bruder und wandte sich an Timo. »Wie meinst du das mit dem Ausbooten?«

»Ihr hängt mit drin. Weil ihr die Tote weggebracht habt. Ihr seid vorbestraft. Wenn die Bullen von dem Leichentransport Wind kriegen, wird Öve leugnen, euch damit beauftragt zu haben. Und ihr seid ratzfatz wieder im Knast. Geht ihr aber von euch aus zur Polizei, wird er euch nicht alles in die Schuhe schieben können. Ihr müsstet ihm zuvorkommen.«

Marco wandte sich seinem Bruder zu. »Klingt irgendwie logisch. Was meinst du?«

Statt zu antworten, erhob sich Mike aus dem Liegestuhl. »Ich glaube, ich habe kapiert, was der Bäckerbursche sagen will. Lasst uns drinnen weiterreden.« Er deutete zur Treppe, die nach unten führte.

Timo war von der plötzlichen Wendung überrascht. Offenbar hatte der ältere der Brüder verstanden, wie riskant es für sie war, auf Övenhorsts Zahlungswilligkeit zu setzen. Dennoch fühlte er sich bei dem Gedanken unwohl, mit den Kowalskis allein im Inneren des Schiffes zu sein. Aber er war kurz vor dem Ziel. Wenn er jetzt aufgab, stand seine und Annikas Zukunft wieder in den Sternen. Mit einem leicht mulmigen Gefühl folgte er Mike die Stufen hinab in den Fahrgastraum. Marco ging dicht hinter ihm und schloss die Tür.

»Setz dich!« Mike deutete auf die verschlissenen Polstermöbel und ließ sich in einen der Sessel fallen. »Also«, begann er und fixierte sein Gegenüber. »Du meinst, wenn wir den Alten anscheißen, geht er in den Bau, aber wir kommen davon?«

Timo nickte.

»Und wenn wir den Alten nicht anscheißen, liefert er uns ans Messer?«

»Es gibt noch die dritte Möglichkeit«, erinnerte Timo. »Die Polizei kommt euch auf die Spur. Das liefe aufs Gleiche hinaus. Övenhorst nimmt sich einen teuren Anwalt und sorgt dafür, dass ihr die Zeche zahlt.«

»Irgendwie logisch«, wiederholte Marco. »Fragt sich nur, wer den Bullen erzählt, dass wir mit der Sache zu tun haben.«

»Genau«, bestätigte sein Bruder düster. »Das ist der springende Punkt. Denn eine Spur gibt es nicht. Jedenfalls keine, die zu uns führt. Die ... Entsorgung haben ... andere übernommen. Ich sehe da eigentlich nur eine Schwachstelle.« Er beugte sich vor und deutete mit dem Zeigefinger auf Timo. »Das bist du!«

Plötzlich stand Marco neben ihm und legte eine Hand auf Timos Schulter. »Das sehe ich genauso. Övenhorst haben wir in der Hand. Von dem droht keine Gefahr. Du dagegen ...«

»... bist ein Risiko«, ergänzte Mike. »Und deshalb brauchen wir ... Sicherheit. Bis wir die haben, müssen wir dich leider aus dem Verkehr ziehen.«

Timo spürte Schweiß auf Stirn und Oberlippe perlen und aus den Achselhöhlen tropfen. Wie die Hitze aus dem Backofen erfasste ihn eine Welle der Angst und durchströmte seinen Körper. Er dachte an Annika und ihre Worte. »Das könnt ihr nicht machen«, stammelte er. »Annika weiß, wo ich bin. Und wenn ich in einer Stunde nicht wieder zu Hause bin, ruft sie die Polizei.«

Er wollte aufstehen, doch Marcos Hand drückte ihn mit eiserner Faust in den Sessel. »Um deine Frau kümmern wir uns. Mach dir deswegen keine Sorgen.« Er wandte sich an seinen Bruder. »Wohin mit ihm?«

Mike deutete in Richtung Vorschiff. »Ins Kabelgatt.«

14

2017

Der Kopf des Patienten war oberhalb der Augen rundum bandagiert. Es sah aus, als trüge er eine Art Turban. Sein linker Arm war eingegipst und lag in einer Schlinge. Dennoch schien Sascha Lindenthal guter Dinge zu sein, denn als Marie und Jan das Krankenzimmer betraten, hörten sie ihn in aufgeräumtem Ton mit jemandem sprechen. »Du musst mir helfen, Schwester Laura. Ich bin Linkshänder. Mit der rechten Hand kriege ich das nicht geregelt. Und solange der Typ drüben im OP ist, haben wir Zeit zum Üben.«

»Sie brauchen keine Flasche, Herr Lindenthal. Sie können ohne Hilfe aufstehen und die Toilette aufsuchen. Und Ihre Hände dürfen Sie gern bei sich behalten. Ich bin für Ihre Genesung verantwortlich, nicht für ...« Sie brach ab, als sie die Besucher bemerkte. »Wollen Sie zu Herrn Lindenthal?«, fragte sie.

»Moin«, antwortete Jan Feddersen und zog seinen Dienstausweis hervor. »Meine Kollegin und ich haben ein paar Fragen an Ihren Patienten.«

»Der Stationsarzt hat nichts dagegen«, ergänzte Marie und musterte die Krankenschwester. Sie schätzte sie auf Mitte zwanzig, ihr üppiges kastanienbraunes Haar leuchtete rötlich im Sonnenlicht, das durchs Fenster fiel. Jung und attraktiv, dachte Marie. Sascha Lindenthal dürfte nicht der Einzige sein, der versucht, sie anzubaggern.

Die Schwester lächelte Jan Feddersen an. »Ich bin hier sowieso gerade fertig. Wenn Sie noch Fragen haben, finden Sie mich im Stationszimmer.« Sie warf dem Patienten einen prüfenden Blick zu und entschwand.

Lindenthals Miene hatte sich verfinstert. »Sie kommen ungelegen«, brummte er. »Laura ziert sich noch ein bisschen, aber es ist nur eine Frage der Zeit, bis …«

»Darauf können wir keine Rücksicht nehmen«, erklärte Jan Feddersen kühl. »Unsere Ermittlungen dulden keinen Verzug.« Er nahm einen Stuhl, zog ihn in die Nähe des Krankenbettes und bedeutete Marie, sich zu setzen. Sie lehnte dankend ab und stellte sich ans Fußende des Bettes.

»Was gibt's denn da noch zu ermitteln?«, knurrte Lindenthal. »Haben Ihre Leute den Unfall nicht aufgenommen? Ich musste einem entgegenkommenden BMW ausweichen. Der Idiot hätte mich sonst gerammt. Und dadurch ist der Sprinter von der Straße abgekommen.«

Jan winkte ab. »Sie hatten getrunken. Aber das ist im Moment nicht unser Thema. Darum kümmern sich Kollegen. Wir sind einem Tötungsdelikt auf der Spur. Und die führt zu Ihnen.«

Lindenthal schüttelte den bandagierten Kopf. Sein Mund stand dabei offen und gab ihm einen etwas dümmlichen Ausdruck. »Was soll der Scheiß? Ich habe keinen umgebracht.«

»Wie kommen dann Blutspuren in den Lieferwagen?«, fragte Marie. »Menschliche Blutspuren. Sie passen zu einer toten Frau, die wir in der Wingst gefunden haben. Offensichtlich haben Sie eine Leiche transportiert.«

Fassungslos starrte Lindenthal sie an. Sein Unterkiefer bewegte sich einige Male, ohne dass er einen Laut hervorbrachte. »Der Wagen gehört mir nicht«, stieß er schließlich hervor.

»Das ist uns bekannt«, entgegnete Jan Feddersen. »Sie haben ihn vor zwei Tagen gestohlen. Da war er noch mit Fisch und

Meeresfrüchten beladen. Reste davon haben sich in der Kleidung der Toten gefunden. Uns interessiert nicht, was Sie mit der Ladung gemacht haben. Wir wollen wissen, wer die Frau umgebracht hat. Wenn Sie es nicht waren, wer war es dann?«

»Ich ... weiß ... nicht«, flüsterte Lindenthal. »Ich weiß nur, dass ich es nicht war. Ich bin kein ... Mörder.«

»Sie haben ein stattliches Vorstrafenregister«, meldete sich Marie zu Wort. »Damit wirkt man in einem Mordprozess vor Gericht nicht gerade glaubwürdig.«

»Mordprozess?« Lindenthals Stimme war kaum noch zu hören. Sein Gesicht hatte fast die Farbe des Verbandes angenommen, sodass er in dem weißen Bettzeug wie ein Gespenst aussah.

»Was denken Sie denn!«, setzte Jan Feddersen in dröhnendem Tonfall nach. »Sie haben die Tote weggeschafft. Wer, wenn nicht der Mörder, lässt eine Leiche verschwinden?«

»Das gibt lebenslänglich«, fügte Marie hinzu. »Oder waren Transport und Entsorgung eine Auftragsarbeit? Hat Sie jemand dafür bezahlt?«

Stumm schüttelte Lindenthal erneut den Kopf. Sein Blick war auf seine Hände gerichtet, mit denen er die Bettdecke umklammerte. »Es war Zufall«, murmelte er, ohne aufzusehen. »Der Wagen stand am Straßenrand. Einfach so. Motor lief, Schlüssel steckte. Und da ...«

»... haben Sie sich gedacht«, ergänzte Jan Feddersen, »Sie machen eine kleine Spritztour. Dabei mussten Sie feststellen, dass im Laderaum nicht nur Fische und Meeresfrüchte waren. Wer soll das glauben?«

»Nein, es war anders. Die Frau lag in einem anderen Lieferwagen. In einem alten T3. Der stand am Bahnhof. Wir ...

Ich … brauchte einen Transporter. Wollte ihn nur ausleihen und danach zurückbringen. Da war ein Paket. Erst … später haben wir … habe ich gesehen … Die Frau war in Folie eingewickelt. Bevor ich sie wegbringen konnte, sind zwei Typen gekommen, die haben den T3 geklaut. Ohne Leiche. Die haben sie dagelassen. Darum habe ich einen anderen Wagen … Um sie wegzuschaffen. Das war der mit dem Fisch. Den wollte ich ja auch zurückbringen. Aber dann kam der Scheißunfall.«

»Wir brauchen das Kennzeichen des T3«, verlangte Jan Feddersen. »Oder wenigstens eine Beschreibung.«

»CUX-GO oder so ähnlich«, murmelte Lindenthal. »Die Zahlen weiß ich nicht mehr. Farbe Blau, reichlich vergammelt, viel Rost. Baujahr Ende der Achtziger.«

»Und wer ist Ihr Kumpan?«, fragte Marie.

»Wie Kumpan?«

»Ihre Geschichte erscheint mir ziemlich abenteuerlich. Aber wenn sie stimmt und Sie die Frau nicht ermordet haben, hatten Sie bei dem Leichentransport einen Helfer. Der wäre dann gleichzeitig Zeuge für das, was Sie uns hier auftischen.«

»Zeuge?« In Lindenthals Miene spiegelte sich ein innerer Kampf.

Jetzt überlegt er, dachte Marie, ob er seinen Kumpel mit reinreißen oder das Risiko eingehen soll, unter Mordverdacht zu geraten. Hoffentlich kommt er nicht auf die Idee, einen Anwalt zu verlangen. Der würde Jans und ihrer Strategie schnell ein Ende setzen.

»Wenn Ihr … Kollege … bestätigt«, versuchte sie, Lindenthals Denkprozess zu beschleunigen, »dass Sie die tote Frau in einem Lieferwagen entdeckt und zum Fundort gebracht haben, sieht es für Sie wesentlich günstiger aus. Falls wir dann den Wagen auch noch finden und darin entsprechende Spuren sicherstellen können, wird der Staatsanwalt keine Anklage erheben. Jedenfalls nicht gegen Sie.«

Wieder starrte Lindenthal schweigend vor sich hin. Schließlich hob er den Blick und sah Marie an. »Garantiert?«

»Wir sind nicht bei *Amazon*«, fuhr Jan Feddersen ihn an. »Hier gibt's keine Gewährleistung für irgendwas. Sie müssen sich entscheiden. Nennen Sie uns Ihren Zeugen oder rechnen Sie mit einer Mordanklage!«

Unsicher zuckte der Blick des Patienten zwischen Marie und ihrem Kollegen hin und her. Schließlich seufzte er tief und stieß einen Namen hervor. »Dennis Brütt. Kumpel aus Otterndorf.«

Marie zog ein Notizbuch aus der Tasche. »Hat der Herr Brütt auch eine Adresse?«

Lindenthal verzog das Gesicht und hob die Schultern. »Keine Ahnung, wie das da heißt. Sie müssen an der Pizzeria rechts abbiegen. Am Ende der Straße ist ein Bauernhof. Der gehört seinem Alten.«

*

Die Sendung aus den USA war mit UPS geliefert worden. Wegen der Ausfuhrbeschränkungen bei Hightech-Geräten in mehreren Paketen. Vorsichtig nahm Gisela Anderson die Teile aus der Verpackung. Im Kern handelte es sich bei der Apparatur um einen Elektromagneten, dessen Schwingungen sich so programmieren ließen, dass sie auf empfindliche elektronische Geräte in der Nähe Einfluss nehmen konnten.

Gespannt auf die technischen Einzelheiten des *ICD-Transmitters* studierte sie die Anleitung. Mit ähnlichen Geräten hatte sie bereits an einem Institut für Medizintechnik gearbeitet. Während Gisela Anderson Bauteile zusammenfügte und Batterien einsetzte, erinnerte sie sich an ihre Zeit bei *Cardinal Health* in Dublin, Ohio, einem führenden Pharma-Unternehmen der USA. Dort hatte sie James kennengelernt, sich in ihn verliebt und ihn geheiratet. Doch der Kardiologe hatte sie fünfzehn Jahre später wegen einer wesentlich jüngeren Frau verlassen. Seitdem hatte Gisela nichts mehr von ihm gehört. Noch immer bedauerte sie die Trennung, denn sie waren nicht nur ein ansehnliches Paar, sondern auch ein angesehenes Team gewesen. Mit seinem Nachfolger hatte sie die Forschungsarbeit an ICD, Implantierbaren Cardioverter-Defibrillatoren, fortgesetzt. Deren mangelhafte Sicherheit war zuletzt ihr Schwerpunktthema gewesen.

Nach dem Ende ihrer Berufstätigkeit war sie in ihre Heimatstadt Cuxhaven zurückgekehrt, wo sie als Gymnasiallehrerin für Physik und Biologie gearbeitet hatte. Der Schuldienst hatte sich gut mit der Betreuung ihrer Tochter vereinbaren lassen. In den USA hatte sie nichts mehr gehalten, besonders seit dort ein irrsinniger Präsident den Ton angab. Zudem war in ihr immer mehr das Bedürfnis gewachsen, in die Stadt zurückzukehren, in der ihre Tochter begraben war. Hier war Claudia vor dreißig Jahren ermordet worden. Dem Täter hatte man den Prozess gemacht, aber er war aus Mangel an Beweisen freigesprochen worden.

Nun war es Zeit, das Urteil zu vollstrecken, das die Justiz nicht hatte fällen können. Sie hatte diesen Entschluss schon einmal gefasst. Nach der Trennung von James hatte sie erwogen, in die Heimat zurückzukehren, um den Mörder ihrer Tochter ins Jenseits zu befördern. Doch sie hatte nicht gewusst, ob er überhaupt noch lebte und wie sie seinen Tod hätte herbeiführen können, ohne sich selbst in Gefahr zu bringen. Erst das Wiedersehen mit ihm hatte die verschütteten Gefühle wieder zum Vorschein gebracht.

Der Mann war kaum wiederzuerkennen gewesen. Sie hatte einen jovialen, gut situierten und gut aussehenden Unternehmer in Erinnerung, dessen Charme seinerzeit nicht nur bei Claudia gut angekommen war. Diskret hatte sie Erkundigungen über ihn eingezogen. Obwohl er damals mit einem Freispruch davongekommen war, musste der Prozess ihn und seine Lebensumstände verändert haben. Offenbar waren Banken und Geschäftspartner von ihm abgerückt, sodass er in seinen Aktivitäten eingeschränkt worden war und einen Großteil seines Vermögens verloren hatte. Durch äußerst sparsame Lebensführung, grotesk anmutenden Geiz und wahrscheinlich auch durch rabiates Geschäftsgebaren hatte er sein Haus in der Nordersteinstraße erhalten und in jüngster Zeit sogar ein zweites dazukaufen können. Die heruntergekommene Barkasse *Kühle Brise* gehörte ihm noch. Eine geradezu krankhaft wirkende Gier schien das Leben des alten Mannes zu bestimmen. Obwohl er dem Ende seines Daseins nahe gekommen war, raffte er weiter Geld und Besitztum zusammen, anstatt sich mit dem zu begnügen, was er besaß, und sich einen schönen Lebensabend zu machen.

Seine Zeit war gezählt. Gisela Anderson hätte auf das Ende warten können. Aber es ging nicht um zwei oder drei Jahre mehr oder weniger für Gerhard Övenhorst, es ging um ihren Seelenfrieden. Seit sie nach Cuxhaven zurückgekehrt war, hatte sich ihr Denken mit der Frage beschäftigt, wie sie seinem Leben ein Ende setzen würde.

Das mysteriöse Verschwinden von Solveig Vollmer, die äußerlich und in ihrer Art Claudia ähnelte, hatte den Gedanken schließlich zu einem Entschluss reifen lassen. Aber erst als Övenhorst seinen Herzschrittmacher erwähnt hatte, war ihr klar geworden, wie sie vorgehen musste. Durch die Anmietung der Wohnung hatte sie die Voraussetzungen geschaffen, in seine Nähe zu kommen.

Sorgfältig verschraubte sie die Komponenten, setzte die Batterien ein und drückte auf den Startknopf. Ein Display und eine Kontrolllampe leuchteten auf, sonst tat sich einige Sekunden lang nichts. Doch dann zeigte der winzige Bildschirm ein Oszillogramm, aus dessen Kurven sich gleichmäßige Impulse ablesen ließen, die das Gerät aussandte. Gisela Anderson betätigte einen entsprechenden Regler und verfolgte mit Genugtuung, wie sich die Frequenz der Schwingungen änderte.

Es drängte sie, die Wirkung des Senders zu testen, aber dafür stand ihr im Augenblick kein Proband zur Verfügung. Ein Blindversuch in einer Menschenmenge war zu riskant. Sie wollte keinen Unschuldigen gefährden. Also würde sie auf eine Gelegenheit warten müssen, bei der sie bis auf wenige Meter an Övenhorst herankam. Oder sie würde eine solche Begegnung arrangieren. Leider besaß der Mann kein eigenes Telefon. Er war nur über die Anschlüsse einer Bäckerei, einer Spielothek und einer Kneipe zu erreichen.

Sie nahm ihr Handy zur Hand, um eine der Nummern einzutippen, die er ihr genannt hatte. Das Mobiltelefon reagierte nicht. Irritiert betrachtete sie das Gerät, doch dann musste sie lächeln. Sie stand auf und entfernte sich einige Schritte von dem Sender. In einem Abstand von fünf Metern erwachte das Smartphone aus seiner Agonie, und Gisela Anderson konnte wählen. Schon nach dem ersten Rufzeichen meldete sich eine weibliche Stimme. »Timo, endlich!«

*

»Ich bin nicht Timo«, sagte die Anruferin. »Mein Name ist Anderson. Ich möchte Herrn Övenhorst sprechen.«

Ungläubig starrte Annika das Telefon an. »Ent-, Entschuldigung«, stotterte sie. »Hier ist Annika Hilgersen, ich meine, Bäckerei Hilgersen. Herr Övenhorst ist nicht bei uns. Um diese Zeit erreichen Sie ihn am besten bei René in der Spielothek. Soll ich Ihnen die Nummer geben?«

»Danke, nicht nötig«, erklärte die Anruferin und legte auf. Annikas Hände zitterten, als sie den Hörer auf dem Apparat ablegte. Seit Stunden wartete sie auf Timos Rückkehr. Nachdem sie einige Male vergeblich versucht hatte, ihn auf dem Handy zu erreichen, hatte das Klingeln die trügerische Gewissheit geweckt, dass er sich endlich meldete. Mit klopfendem Herzen starrte sie nun auf das Telefon. Beängstigende Szenen stiegen vor ihrem inneren Auge auf. Darin nahmen die Kowalski-Brüder Timo das Handy ab, schlugen ihn zusammen und warfen ihn über die Reling. Nein, sagte sie sich, so kann es nicht sein, auf dem Schiff waren zu viele Menschen. Wahrscheinlich hatte sich das Gespräch in die Länge gezogen, die *Kühle Brise* war unterwegs zu den Seehundsbänken, und Timo musste den Ausflug mitmachen. Aber warum meldete er sich nicht? Er hätte doch Bescheid geben können, wenn die

Barkasse mit ihm an Bord hinausgefahren war. Hinderten die Kowalskis ihn daran, ihre Anrufe entgegenzunehmen? Warum? Sein Vorschlag bot ihnen die Chance, sich aus Öves Knechtschaft zu befreien. Sie hatten nichts zu befürchten. Schon gar nicht von Timo.

Unruhig wanderte Annika durch den Laden, rückte Stühle und Tische gerade, ordnete Brötchentüten nach der Größe, fegte Krümel zusammen, nahm einen Lappen und polierte die gläserne Abdeckung des Tresens. Dann öffnete sie die Kasse und kontrollierte die Fächer auf falsch eingeordneten Münzen. Schließlich hielt sie es nicht mehr aus und verließ das Geschäft. Der Doblo stand im Hof. Timo hatte das Fahrrad genommen. Sie würde zur Alten Liebe fahren, um zu sehen, wo er blieb.

Nachdem sie die Wohnungstür und den Hintereingang der Bäckerei verschlossen hatte, hastete sie zum Wagen. Sie startete, wendete und rollte auf die Hofausfahrt zu. In dem Augenblick bogen zwei Männer in den Torweg ein. Mike und Marco Kowalski. Annika trat erschreckt auf die Bremse und würgte dabei den Motor ab.

*

»Herr Brütt?«

Dennis nickte. Er widerstand dem Impuls, die Tür zuzuschlagen und sich zu verkriechen. Als er geöffnet und die Frau und den Mann gesehen hatte, war ihm klar gewesen, dass es sich um Bullen handelte. Während der Typ seinen Spruch aufsagte und einen Ausweis vorzeigte, bemühte Sascha sich um einen entspannten Gesichtsausdruck. »Was kann ich für Sie tun?«, fragte er in möglichst beiläufigem Ton.

»Wir würden uns gern mit Ihnen unterhalten«, antwortete der Bulle, der sich als Kriminalhauptkommissar Feddersen vorgestellt hatte. »Dürfen wir hereinkommen?«

»Worum geht's denn?«

Die Frau lächelte auf eine Art, die Sascha nicht deuten konnte. »Um Ihren Freund Sascha Lindenthal. Und um Ihre gemeinsamen Unternehmungen.«

»Sascha? Unternehmungen?« Dennis spürte plötzlich Hitze im Nacken. »Ich verstehe nicht.«

»Herr Lindenthal hatte einen Unfall«, erklärte der Hauptkommissar. »Er ist mit einem Kleintransporter ins Schleudern gekommen und damit umgekippt. Dabei wurde er verletzt. Liegt jetzt im Krankenhaus.«

»Unfall? Krankenhaus?« Dennis' Stimme war belegt. »Wie geht es ihm?«

»Wir haben mit ihm gesprochen, es besteht kein Grund zur Sorge«, antwortete die Polizistin. »Jedenfalls nicht, soweit es seine Gesundheit betrifft. Allerdings hat es mit dem Wagen so seine Bewandtnis. Dazu hat er uns eine wenig glaubhafte Geschichte erzählt. Er ist der Meinung, dass Sie seine Version bestätigen können. Aber vielleicht sollten wir das doch besser drinnen besprechen. Immerhin geht es um eine Leiche. Sie und Ihr Freund stehen unter Mordverdacht.«

Dennis spürte, wie eins seiner Augenlider zu zucken begann. Gleichzeitig wurden seine Knie weich, und sein Puls beschleunigte sich.

»Mordverdacht?«, krächzte er heiser. »Aber ...« Seine Stimme versagte.

»Dürfen wir jetzt vielleicht hereinkommen?« Die Frau lächelte noch immer. Mit einer Kopfbewegung signalisierte Dennis Zustimmung und trat zur Seite. Er führte die Besucher in die Gute Stube, die normalerweise unter der Woche nicht benutzt wurde. Hier würden sie ungestört sein.

»Vielleicht erzählen Sie uns erst einmal Ihre Version der Geschichte«, forderte der Kriminalbeamte. »Ich gebe Ihnen dazu ein paar Stichworte. Zwei Kleintransporter kommen darin vor, ein VW-Bulli T3 und ein mit Fisch und Meeresfrüchten beladener Kühlwagen. In dem wurde eine Leiche transportiert.«

Innerlich verfluchte Dennis die Dummheit seines Kumpels, der es geschafft hatte, einen Wagen mit einer Toten zu klauen. Wenn die Bullen daraus einen Mordverdacht konstruierten, lagen sie falsch. Um aus der Nummer herauszukommen, würden sie die Sache mit der Leiche zugeben müssen. Er dachte an die Aluräder, die in der Scheune lagerten. Von der Tour durch die Autohäuser schienen die Bullen nichts zu wissen. Vielleicht war das Geschäft noch zu retten, wenn er die Ware woanders versteckte.

»Wir hören«, sagte die Kriminalbeamtin. »Können Sie mit den Hinweisen, die Ihnen mein Kollege gegeben hat, etwas anfangen?«

Dennis holte tief Luft und räusperte sich. »Es fing damit an, dass Sascha in Cuxhaven einen alten VW-Bulli geklaut hat.«

*

Gisela Anderson hatte Gerhard Övenhorst schließlich erreicht und sich mit ihm verabredet. Er war zwar nicht sonderlich daran interessiert, mit ihr über Fragen des Mietverhältnisses zu diskutieren, doch schien ihm wichtig, sie als Mieterin zu gewinnen. Offenbar hatte er wenige oder keine anderen Interessenten für die Wohnung. Was bei den Konditionen des Vertrages kein Wunder war. Die Gier des alten Mannes aber war so groß, dass er dafür gern in Kauf nahm, sich noch einmal mit Einzelheiten zu beschäftigen. Selbst wenn er, war ihr Eindruck, die Auseinandersetzung mit einer Frau scheute, die eine eigene Meinung besaß und selbstbewusst auftrat. In diesem Punkt hatte er sich anscheinend in den zurückliegenden dreißig Jahren nicht geändert. Sie fragte sich, wann er zu ahnen beginnen würde, mit wem er es zu tun hatte.

Unter Hinweis auf seine Gehbehinderung hatte er ihr vorgeschlagen, sich in der Bäckerei in seinem Haus an der Nordersteinstraße zu treffen. Der Laden sei vorübergehend geschlossen, sie seien also ungestört. Ihren Einwand, dort habe sie angerufen und mit einer jungen Frau gesprochen, hatte er vom Tisch gewischt. »Ich habe einen Schlüssel, und ich bestimme, wer sich in den Räumen aufhält.«

Für die Begegnung hatte sie den ICD-Transmitter so in einen Aktenkoffer montiert, dass sie den Deckel nur eine Handbreit anheben musste, um die Regler unauffällig bedienen zu können. Die Vorstellung, innerhalb der nächsten Stunde ihrem Ziel deutlich näher zu kommen, beflügelte sie.

Im Schaufenster der kleinen Bäckerei hing ein Schild. »Vorübergehend geschlossen. In Kürze sind wir wieder für Sie da.« Gisela Anderson drückte auf die Klinke, doch die Tür ließ sich nicht öffnen. Es passte zu Övenhorst, dass er nicht pünktlich war und sie nicht mit angemessener Höflichkeit empfing. Neben dem Laden gab es einen schmalen Torweg. Er führte, vermutete sie, zu einem Hof, von dem aus man über einen Hintereingang das Haus betreten konnte. Als sie ihre Schritte zur Einfahrt lenkte, kam ein kleiner Lieferwagen heraus, der mit »Bäckerei Hilgersen« beschriftet und mit Abbildungen verschiedener Brotsorten und Brötchen versehen war. Sie trat zurück, um das Auto passieren zu lassen. Am Steuer saß ein unfreundlich dreinschauender Mann, auf dem Rücksitz ein zweiter Mann und eine blonde junge Frau. Wenn ich in einer amerikanischen Großstadt wäre, schoss es ihr durch den Kopf, würde ich an eine Entführung denken. Aber hier in der friedlichen Kleinstadt war damit wohl nicht zu rechnen.

Anderson folgte dem schmalen Torweg und betrat einen Hinterhof mit zwei Garagen, einem PKW-Stellplatz und einem Fahrradständer. Eine Stufe führte zu einer Tür, an der es drei Klingelschilder gab. »Övenhorst«, »Bäckerei« und »Hilgersen«.

Sie drückte auf den ersten Knopf. Hinter der Tür erklang ein schepperndes Schnarren. Dabei blieb es. Sie probierte es wieder, doch weder klappte eine Tür, noch waren Schritte zu hören.

Offenbar hatte Övenhorst sie versetzt. Anderson warf einen Blick auf die Uhr. Es war gerade mal drei Minuten her, dass sie sich verabredet hatten. »Ich war wohl zu pünktlich«, murmelte sie vor sich hin und kehrte zur Straßenseite zurück. Als sie den Eingang zur Bäckerei erreichte, wurde die Tür geöffnet. Gerhard Övenhorst steckte den Kopf heraus. »Da sind Sie ja«, knurrte er. »Kommen Sie rein!«

15

1988

»Wir haben den Mann gefunden, den Sie erwähnt haben«, eröffnete Kriminalhauptkommissar Christiansen das Gespräch mit Claudias Mutter. »Und mit ihm gesprochen. Ein Teil der Informationen, die Ihnen Ihre Tochter gegeben hat, trifft auf ihn zu.«

»Wieso nur ein Teil?«, fragte Gisela Behrens sichtlich irritiert.

»Der Mann ist zweiundfünfzig«, antwortete Hauptkommissarin Mensen.

»Dann ist er es nicht.« Gisela Behrens schüttelte den Kopf. »Claudia kann doch nicht einen so viel älteren ...« Sie brach ab und schlug die Hände vors Gesicht.

»Alles andere trifft zu«, stellte Christiansen fest. »Er ist Geschäftsmann. Und Schiffseigner. Ihm gehört das neue Fahrgastschiff, das am vergangenen Sonntag getauft wurde. Auf den Namen Claudia. Er selbst gibt allerdings an, Ihre Tochter nicht näher gekannt zu haben. Auf den Schiffsnamen sei er wegen einer Schauspielerin gekommen, die er in seiner Jugend bewundert habe.«

»Was für ein Irrsinn«, flüsterte Gisela Behrens. »Das kann doch alles nicht wahr sein.«

»Was wahr ist und was nicht«, warf Theda Mensen ein, »werden wir herausfinden. Dazu gehört auch, die Angaben Ihrer Tochter zu überprüfen. Es wäre hilfreich, wenn wir Personen fänden, denen Claudia vertraut hat. Ihre beste Freundin zum Beispiel. Würden Sie uns bitte jemanden nennen, den wir befragen können?«

Gisela Behrens hob den Kopf und starrte die Polizistin an. »Beste Freundin? Ist sie aus dem Alter nicht heraus? Sie hat immer viele Freundinnen und Freunde gehabt. In der Schule jedenfalls, an der Hochschule sicher auch. Aber sie hatte ja gerade erst in Bremerhaven angefangen. Und die aus der Schulzeit ... Ich weiß nicht, was aus ihnen geworden ist. Ob die überhaupt noch in Cuxhaven sind?«

»Gibt es keine Namen«, fragte Christiansen, »die öfter gefallen und Ihnen im Gedächtnis geblieben sind?«

»Schon. Doch nur aus der Schulzeit. Andrea und Melanie«, murmelte sie. »Eine Zeit lang hatte sie einen Freund. Dieser Carsten ...«

»Carsten Bartels?«, fragte Theda Mensen nach. »Der junge Mann, der sich mit Ihrer Tochter in dem Unfallfahrzeug befand.«

»Ja, aber ...?« Verwirrt wanderte der Blick der Mutter zwischen den Besuchern hin und her. »Waren sie denn wieder ein Paar?«

»Das wüssten wir auch gern«, antwortete Theda Mensen. »Deshalb wäre es eine große Hilfe, wenn wir mit Claudias Freundinnen sprechen könnten. Wenigstens mit einer von ihnen. Wie lauten die Nachnamen? Denken Sie bitte nach!«

»Ich versuche es«, versicherte Gisela Behrens kleinlaut. Sie war in sich zusammengesunken und wirkte wie das sprichwörtliche Häufchen Elend.

»Bitte rufen Sie mich an, wenn Sie uns die vollständigen Namen nennen können!« Christiansen erhob sich und legte eine Visitenkarte auf den Tisch. »Wir verabschieden uns jetzt.«

Er war nicht sicher, ob sie ihn verstanden hatte. Deshalb fügte er hinzu: »Auf Wiedersehen, Frau Behrens. Meine Kollegin und ich …«

»Wann kann ich Claudia sehen?«, unterbrach sie ihn. »Wird sie … muss sie … untersucht werden?«

Der Hauptkommissar nickte. »Das lässt sich leider nicht vermeiden. Bei einem nicht natürlichen Tod ist eine … ärztliche Untersuchung zwingend vorgeschrieben. Wollen Sie uns heute Nachmittag begleiten und Ihre Tochter vor der … äh … vorher sehen? Sie müssen sie ohnehin identifizieren. Wir können das aber auch nach der … später machen.«

Gisela Behrens richtete sich auf. »Ich gehe mit«, sagte sie mit fester Stimme. »Wohin soll ich …?«

»Um vierzehn Uhr im Stadtkrankenhaus an der Altenwalder Chaussee. Sollen wir Sie abholen lassen?«

»Danke!« Sie schüttelte den Kopf. »Ich komme hin.«

Auf dem Rückweg zur Dienststelle verharrten Christiansen und seine Kollegin zunächst in Schweigen. Jeder hing seinen Gedanken nach, die um das Gespräch mit Gisela Behrens kreisten.

»Eine seltsame Frau«, bemerkte Theda Mensen nach einer Weile. »Ich wüsste zu gern, was in ihr vorgeht. Eine Mutter nimmt doch normalerweise am Leben ihrer Tochter teil, kennt Freundinnen und Freunde, weiß von Sorgen und Nöten, vor allem, wenn es um Beziehungen geht.«

»Das denke ich auch«, bestätigte Christiansen. »Sie hat schon den Tod ihrer Tochter ziemlich emotionslos aufgenommen, und nun zeigt sich, dass sie nicht einmal den vollen Namen der besten Freundin kennt. Steht sie so unter Schock?«

»Das ist es nicht.« Theda Mensen schüttelte den Kopf. »Ich glaube, wir haben es mit einer extrem selbstbezogenen Frau zu tun. Wahrscheinlich weiß sie tatsächlich kaum etwas über Claudias Umgang. Weil sie zu einem Typ Mensch gehört, dessen Fühlen, Denken und Handeln sich hauptsächlich um sich selbst dreht und der die eigenen Bedürfnisse und Interessen über alles andere stellt. Da bleibt kein Raum für Empathie.«

»Wahrscheinlich hast du Recht«, vermutete Christiansen. »Aber ich find's unheimlich.«

*

Andreas Dehne empfing sie mit missmutiger Miene. »Fehlanzeige«, grummelte er. »Bis einschließlich Bremen habe ich alle BMW-Niederlassungen und einen Großteil der freien Werkstätten angerufen. Keine will in den letzten Tagen einen Siebener repariert haben. Jedenfalls nicht am vorderen Stoßfänger. Ich glaube nicht, dass wir auf diesem Weg weiterkommen.«

»Das ist bedauerlich«, antwortete Hauptkommissar Christiansen. »Aber für mich ist das keine Glaubensfrage. Ein paar Chancen bleiben uns doch.«

»Ein paar Chancen?«, echote Dehne. »Ich weiß nicht ...«

»Wenn du einen Großteil der Werkstätten erreicht hast, bleibt ja ein kleiner Teil, den du noch anrufen kannst«, stellte Christiansen fest und lächelte arglos. »Gibt's Neuigkeiten aus der KTU?«

Dehne hob die Schultern. »Die haben sich bisher nicht gemeldet.«

»Dann sollten wir nachfragen«, warf Theda Mensen ein. »Ich halte es trotzdem für möglich, dass Övenhorst mit seinem BMW den Wagen der jungen Leute ins Hafenbecken gestoßen hat.«

Christiansen schaute auf die Uhr. »Bis zum Obduktionstermin haben wir noch Zeit. Am besten gehen wir gleich zu den Kollegen in die Werkstatt.«

Der rote Honda befand sich auf der Hebebühne und schwebte etwa einen Meter über dem Boden. Türen, Motorhaube und Heckklappe standen offen. Der Chef der Kriminaltechnik, Hauptkommissar Hans Heinemann, empfing sie mit einem knappen »Moin« und einer bedauernden Geste. »Tut mir leid. Die Ausbeute an verwertbaren Erkenntnissen ist gering.« Er deutete auf das Fahrzeug. »Die Heckschürze ist beschädigt. Wir können aber nicht feststellen, ob der Fahrer rückwärts gegen einen parkenden Wagen geprallt ist oder ob ihm jemand draufgefahren ist. Euch interessiert wahrscheinlich die dritte Variante.«

»Allerdings«, bestätigte Theda Mensen. »Kann es sein, dass jemand den Wagen mit einem anderen Fahrzeug geschoben hat?«

Heinemann lächelte. »Das ist durchaus möglich. Wir haben Lackspuren gefunden, die auf einen dunkelblauen Pkw hindeuten. Die Beschädigungen lassen allerdings nicht den Schluss zu, dass es so gewesen sein muss. Die Heckschürze besteht aus Kunststoff. Das heißt, sie trägt zwar Spuren der Kollision, verrät uns jedoch nicht, wie die Stoßstange des anderen Wagens beschaffen ist. Das Material hat den Stoß aufgefangen und sich verformt, aber später die ursprüngliche

Form wieder angenommen. Geblieben sind nur Kratzer, Schrammen und Knickstellen. Und ein bisschen Abrieb vom Lack.«

»Und damit könnt ihr nichts anfangen?«, fragte Christiansen. »Marke? Typ? Baujahr?«

»Wir nicht.« Heinemann hob bedauernd die Schultern. »Vielleicht die Kollegen vom BKA. Die arbeiten an einer Methode zur Analyse von Lacksplittern und -spuren. Ich weiß aber nicht, wie weit sie inzwischen sind.«

»Davon habe ich gelesen«, antwortete Christiansen. »Wir werden das klären. Bis dahin bewahrt ihr die Lackspuren bitte auf. Gibt es sonst etwas, das uns weiterhelfen könnte?«

Der Kriminaltechniker warf Theda Mensen einen Blick zu. »Die beiden Insassen scheinen es ziemlich eilig gehabt zu haben, zur Sache zu kommen. Die Handbremse war nicht angezogen. Der Fahrer hatte den zweiten Gang eingelegt, und die Zündung war eingeschaltet. Theoretisch könnte der Wagen versehentlich gestartet worden sein und mit eigener Kraft ins Hafenbecken ...«

»Wie soll das gehen?«, unterbrach die Hauptkommissarin ihn unwirsch.

Heinemann breitete die Arme aus. »Nichts ist unmöglich. Ich sagte ja: theoretisch. Das meine ich natürlich rein technisch.« Er grinste vielsagend. »Wenn ich allerdings an meine erste Auto-Nummer denke ...«

»Wir sollten das jetzt nicht vertiefen.« Christiansen hob abwehrend die Hände. »Vielen Dank für die Information, Hans. Das war's wohl im Moment.« Er wandte sich an seine Kollegin. »Gehen wir?«

*

Melanie Saathop war hin- und hergerissen. Die Begegnung mit Hardy Övenhorst hatte einen zwiespältigen Eindruck hinterlassen und widerstreitende Gefühle ausgelöst. Wieder und wieder lief der Abend in ihrer Erinnerung ab. Von der Volkshochschule war er mit ihr nach Duhnen gefahren. Im *Wattnu*, einer verräucherten Kellerbar, hatten sie einige Cocktails getrunken, anschließend hatte er Melanie das Steuer überlassen, und sie hatte den BMW über Schleichwege nach Cuxhaven gefahren. Mit ein paar Schlangenlinien, doch unfallfrei und ohne in eine Kontrolle zu geraten. Wenn sie daran dachte, wurde ihr abwechselnd heiß und kalt. Aber sie war auch ein bisschen stolz. Darauf, dass Hardy ihr den Wagen anvertraut und sie den Wagen heil ans Ziel gebracht hatte.

Immerhin wusste sie jetzt, wie er Claudia kennengelernt hatte. Beim Duhner Wettrennen, wo sie als Organisationshelferin gearbeitet hatte, war sie ihm aufgefallen. Wegen ihres Vornamens hatte er Kontakt zu ihr aufgenommen und sie gebeten, bei einer Schiffstaufe mitzuwirken. Das sei alles gewesen. Dass Ihre Freundin sich darauf eingelassen hatte, erschien Melanie nun nicht mehr abwegig. Aber ob die Beziehung darüber hinausgegangen war, hatte sie nicht herausbekommen. Hardy wirkte einerseits glaubwürdig, andererseits hatte er bestimmt Gründe, ein Verhältnis mit Claudia zu bestreiten. Hatte sie sich das Liebesverhältnis zu dem älteren Mann vielleicht nur eingebildet? Oder hatte sie gar, wie Andrea unterstellt hatte, ihre besten Freundinnen verarscht? Schließlich war sie mit Carsten verschwunden.

Eine gute Stunde und drei Cocktails später hatte Melanie Hardys Alter nicht mehr wahrgenommen. Er war nur noch ein gut aussehender Mann mit dunklen Augen in einem markanten Gesicht, einer sanften Stimme, deren Worte sich wie Streicheleinheiten anfühlten, und männlichen, aber nicht zu kräftigen Händen mit schlanken Fingern. Sie konnte sich plötzlich vorstellen, dass sie zu zärtlichen Berührungen fähig waren. War es Claudia genauso gegangen? Doch nicht nur Äußerlichkeiten sprachen für Hardy. Er hatte sich ernsthaft für sie interessiert. Nicht dafür, welche Musik sie hörte, welche Filme sie gesehen hatte und welche Fernsehserien sie mochte, was die Jungen ihres Alters bestenfalls fragten, wenn sie Interesse an ihr bekunden wollten. Behutsam hatte er sich nach ihren Plänen, Wünschen und Träumen, Interessen und Lieblingsbüchern erkundigt, ihr aufmerksam zugehört und sie mit einfühlsamen Worten und klugen Fragen zum Reden motiviert. Es hatte sich schnell eine Vertrautheit eingestellt, sodass ihr das Du und »Hardy«, mit dem sie den wesentlich älteren Mann ansprach, ganz selbstverständlich über die Lippen kam.

Als sie sich verabschiedet hatten, war sie darauf gefasst gewesen, dass er sie küsste. Und sie hätte sich nicht dagegen gewehrt. Sogar heute, mit ein wenig Abstand und vollkommen nüchtern, spürte sie keinen Widerwillen, wenn sie sich vorstellte, wie er sie berührte. Spielte das Alter doch nicht eine so entscheidende Rolle, wie sie stets geglaubt hatte?

Obwohl etwas in ihr flüsterte, es bei der einmaligen Begegnung zu belassen, drängte sie eine andere Stimme dazu, ihn wiederzusehen und seiner Einladung zu folgen. Zu einer Probefahrt auf seinem Schiff. Sie erwog, Andrea als Begleitung mitzunehmen. Doch dann verwarf sie den Gedanken. Wenn Hardy und sie tatsächlich auf dem Meer allein wären, konnte sich etwas ergeben, wozu es in Anwesenheit der Freundin nicht käme.

*

Övenhorst hatte ausgezeichnet geschlafen. Die abendliche Begegnung mit Claudias Freundin Melanie hätte nicht besser laufen können. Das Mädchen hatte von dem Fund im Hafen offenbar nichts mitbekommen oder die Meldung nicht mit dem Verschwinden ihrer Freundin in Verbindung gebracht. Im ungünstigsten Fall hatte sie eine vage Ahnung von seinem Verhältnis zu Claudia, aber kein konkretes Wissen. Seine Erklärung hatte sie geschluckt, damit war die Gefahr von dieser Seite gebannt. Darüber hinaus war es ihm gelungen, die hübsche Kleine für sich einzunehmen. Wenn sie die Einladung zum Schiffsausflug annahm, wäre der nächste Schritt vorprogrammiert. Und dann war es nicht mehr weit bis zu dem Punkt, an dem er sicher sein konnte, dass Melanie ganz und gar auf seiner Linie sein und ihm aus der Hand fressen würde.

Einziger unsicherer Faktor war Claudias Mutter. Um sie würde er sich ebenfalls kümmern müssen. Wenn sie die Beerdigung hinter sich hat, dachte er, fällt sie in ein tiefes Loch. Und dann komme ich und führe sie ins Leben zurück. Die Behrens war eine gestandene Frau mit Lebens-und Beziehungserfahrung. Bei ihr verfingen die kleinen Tricks wahrscheinlich nicht, mit denen man junge Mädchen beeindrucken konnte. Aber sie war eine Frau. Und nach allem, was Claudia über sie hatte verlauten lassen, fehlte es ihr an männlicher Zuwendung.

Das Klingeln des Telefons riss ihn aus seinen Gedanken. Rief Melanie schon an? Gut gelaunt nahm er ab und meldete sich.

Es war nicht die Kleine, sondern ein Mann, dessen Stimme ihm vage bekannt vorkam, die er aber nicht zuordnen konnte. »Spreche ich mit Gerhard Övenhorst?«

»Wer will das wissen?«, fragte er zurück.

»Mein Name tut nichts zur Sache«, erklärte der Anrufer. »Ich hatte eine Anfrage von der Polizei. Wegen der Reparatur eines dunkelblauen Wagens. Ob wir eine vordere Stoßstange ausgetauscht haben. Ich habe natürlich nichts gesagt. Aber zufällig ist gerade ein nachtblauer BMW 735i bei uns gewesen. Mit Cuxhavener Kennzeichen. Ihr Wagen.«

»Was wollen Sie?«, knurrte Övenhorst unwillig.

»Ich habe noch mal nachgerechnet«, antwortete der Unbekannte. »Bei der Abrechnung ist mir ein Fehler unterlaufen.«

»Fehler? Was soll das heißen?«

»Mir ist das Komma eine Stelle zu weit nach links gerutscht. Statt tausendachthundertfünfzig Mark hätten Sie achtzehnfünf zahlen müssen.«

»Sie sind verrückt!«, entfuhr es Övenhorst. In dem Augenblick wurde ihm klar, dass *er* einen Fehler begangen hatte.

»Tut mir leid«, entgegnete der Anrufer. »Das ist der Preis. Verrückt wären Sie, wenn Sie mit dem Rest, sagen wir achtzehn Mille, nicht rüberkommen würden. Dann müsste ich nämlich den Bullen einen Tipp geben. Den alten Stoßfänger habe ich noch hier.«

Övenhorsts Gedanken rasten. Er hätte das beschädigte Teil mitnehmen und verschwinden lassen sollen. Jetzt war es zu spät. Es gab keinen Ausweg. Jedenfalls sah er keinen. Um an das Beweisstück zu kommen, würde er mit dem Erpresser verhandeln müssen. »Zehn«, sagte er schließlich. »Ich biete Ihnen zehntausend. Aber ich will die Stoßstange haben.«

»Fünfzehn.«

»Elf.«

»Dreizehn.«

»Zwölf.«

Sie einigten sich auf zwölftausendfünfhundert Mark. In bar, bei Übergabe des demontierten Stoßfängers. Ein Betrag, den aufzubringen Övenhorst keine Probleme bereiten sollte. Er würde den Kreditrahmen für die *Claudia* ein wenig ausdehnen. Dennoch ärgerte ihn die Erpressung maßlos. Dabei ging es nicht so sehr um das Geld als um die Niederlage, die ihm der Erpresser zugefügt hatte und die er sich selbst zuschreiben musste.

*

Da es in Cuxhaven und umzu kein rechtsmedizinisches Institut gab, fanden Obduktionen im Stadtkrankenhaus an der Altenwalder Chaussee statt. Die Mutter des toten Mädchens lief bereits vor dem Eingang auf und ab, als die Kriminalbeamten eintrafen. Christiansen ließ seine Kollegin aussteigen. »Willst du sie begleiten? Ich würde auf den Staatsanwalt warten.« Theda Mensen nickte wortlos, und während er den Wagen parkte, ging sie auf Gisela Behrens zu, begrüßte sie und deutete zum Eingang. »Wollen wir hineingehen? Wir brauchen nicht auf die Eltern von Carsten Bartels zu warten. Die wollen zusammen kommen, der Vater kann aber erst später.«

Theda Mensen führte die Frau über einige Treppen und Gänge zum Sektionssaal, den sie aus vergangenen Fällen kannte. Sie hoffte, dass sich der unangenehme Geruch, der besonders bei Wasserleichen auftrat, in Grenzen hielt. Schließlich hatten die Opfer nicht allzu lange im Hafenbecken gelegen. Außerdem waren die Körperhöhlen noch nicht geöffnet worden.

Einer der Rechtsmediziner, ein Klemmbrett mit mehreren Blättern in der Hand, empfing sie im Vorraum des Untersuchungstraktes. Er begrüßte sie und wandte sich an Gisela Behrens. »Sie sind die Mutter eines der Opfer?«

Die Angesprochene nickte nur stumm.

»Das ist Frau Behrens«, erklärte Theda Mensen. »Die Mutter des Mädchens.«

Der Arzt warf einen Blick auf seine Unterlagen. »Bitte folgen Sie mir!« Er öffnete eine Tür und bedeutete den Frauen mit einer Geste, einzutreten.

Der Sektionssaal war kleiner, als Theda ihn in Erinnerung hatte. Durch verschmutzte Milchglasscheiben fiel diffuses Tageslicht herein, das sich im bläulichen Schein der Neonröhren verlor. Der Raum wurde von zwei glänzenden Stahltischen beherrscht. Auf ihnen lagen die Opfer unter grünen Tüchern. Der Arzt führte sie zum ersten Tisch, wartete, bis die beiden Frauen das Kopfende erreicht hatten, fasste das Tuch an den oberen Ecken, hob es an und legte es so wieder ab, dass nicht mehr als der Kopf zu sehen war.

Gisela Behrens stieß einen erstickten Laut aus und schlug die Hand vor den Mund, ihr Rücken zuckte. Theda umfasste ihre Schultern. »Ist das Ihre Tochter?«

Die Antwort war kaum hörbar. Nach einem kurzen Blick auf die beiden Frauen legte der Arzt das Tuch zurück. »Kommen Sie!« Mit sanftem Druck dirigierte die Polizistin Gisela Behrens aus dem Sektionssaal. »Soll ich Sie nach Hause begleiten?«, fragte sie auf dem Flur, »oder sollen wir Sie bringen lassen?«

Claudias Mutter schüttelte stumm den Kopf. »Ich möchte zu Fuß gehen. Allein. Vielen Dank!«

Theda Mensen sah ihr nach, bis sie durch die Tür des Haupteingangs verschwunden war. Im nächsten Moment betrat ihr Kollege Christiansen in Begleitung eines grauhaarigen Mannes das Krankenhaus.

Staatsanwalt Carl von Frielinghaus kannte sie von mehreren Begegnungen und zahlreichen Telefonaten. Seine Dienststelle befand sich in Stade, einmal pro Woche kam er nach Cuxhaven, um am Amtsgericht die Anklage zu vertreten. Außerdem in besonderen Fällen wie der heutigen Obduktion. Theda schätzte ihn wegen seines zurückhaltenden Auftretens und seiner gründlichen und präzisen Arbeitsweise. Am Gericht und bei Kolleginnen und Kollegen der Polizei genoss Carl von Frielinghaus außerordentlichen Respekt. Er verfügte über ein ausgeprägtes kriminalistisches Gespür, und kaum ein anderer nahm es mit den Grundsätzen von Unvoreingenommenheit, Wahrheit und Gerechtigkeit so genau.

Für die aktuelle Todesfallermittlung war der erfahrene Jurist ein Glücksfall, denn er würde angesichts der bisher vorliegenden Ermittlungsergebnisse keinen Druck machen und keine Vorwürfe erheben, sondern der Arbeit des Fachkommissariats für Tötungsdelikte vertrauen und erst später, wenn die Ermittlungen vor dem Abschluss standen, zielsicher und genau nachfragen.

Sie begrüßte den Staatsanwalt, der sich höflich nach ihrem Befinden erkundigte und ihr den Vortritt ließ. Gemeinsam betraten er, Christiansen und sie den Sektionssaal, wo die beiden Rechtsmediziner und ihre Sektionshelfer bereitstanden, um ihre Arbeit zu beginnen. Die wichtigsten Daten der zu obduzierenden Personen wie Name, Alter Geschlecht und Gewicht waren bereits an einer Wandtafel notiert.

Die Leichenöffnung bestätigte die Vermutung, dass die jungen Leute ertrunken waren. Darauf deutete eine starke Lungenblähung hin, weitere Untersuchungsergebnisse stützten den ersten Eindruck. Während einer der Ärzte den Zuschauern die Befunde erläuterte, nickte von Frielinghaus den Kriminalbeamten zu. »Da kommt eine schwierige Aufgabe auf Sie zu«, sagte er, als der Rechtsmediziner seinen Vortrag unterbrach, um Notizen zu machen. »Die Todesursache scheint eindeutig zu sein. Es wird jedoch darauf ankommen, ein mögliches Fremdverschulden nachzuweisen.«

»So ist es«, bestätigte Hauptkommissar Christiansen. »Wir haben zwar einen Verdächtigen, aber bisher nur Indizien für einen Tatvorwurf.«

»Wenn es Beweise gibt«, versicherte der Staatsanwalt, »werden Sie sie finden. Da bin ich ganz zuversichtlich.«

16

2017

»Erstaunlich, wie gut die Versionen von Lindenthal und Brütt zusammenpassen. Bis in die Details.« Marie ließ ihr Smartphone sinken, mit dem sie eine Nachricht versandt hatte, und seufzte. Sie und Jan Feddersen waren auf dem Rückweg von Otterndorf nach Cuxhaven. »Die können sich nicht abgesprochen haben. Lindenthal ist von der Unfallstelle direkt ins Krankenhaus gebracht worden. Ein Handy hatte er nicht zur Verfügung, das haben die Kollegen sichergestellt, und im Krankenhaus gibt's keine Telefonzellen mehr.«

»Also müssen wir ihnen die Geschichte abnehmen«, brummte Jan. »So abenteuerlich sie auch erscheint.«

»Wenn wir den VW-Transporter finden, bekommen wir die Bestätigung. Das sollte nicht schwer sein. Die Beschreibung habe ich gerade an Dirk und Björn geschickt. Wahrscheinlich liegen die Informationen zum Fahrzeughalter dann in der Dienststelle für uns bereit. Und dann wird sich herausstellen, ob in dem T3 tatsächlich eine Leiche transportiert worden ist.«

»Und ob es sich dabei um die von Solveig Vollmer handelt«, ergänzte Jan Feddersen. »Sollte das der Fall sein, können wir nur hoffen, dass uns der Fahrzeughalter zum Täter führen wird.«

»Wir wissen auch noch viel zu wenig über die Tote.« Marie dachte an ihren ehemaligen Kollegen Röverkamp. »Konrad hat immer gesagt: Das Opfer führt uns zum Täter. Was ist zum Beispiel mit ihrer Mutter? Die geht mir nicht aus dem Kopf. Wir hatten beide das Gefühl, dass sie mehr weiß, als sie sagt. Sollten wir nicht bei ihr ansetzen? Mit der Tat hat sie sicher nichts zu tun. Aber vielleicht bekommen wir mit ihrer Hilfe doch noch Informationen, die weiterführen.«

»Da hast du Recht«, stimmte Jan Feddersen zu. »Wenn wir die Sache mit dem VW-Transporter geklärt haben, kümmern wir uns um sie.«

Wenig später passierten sie bei Altenbruch die Unfallstelle. Deutlich waren die Spuren zu erkennen, die der Transporter auf der Grasnarbe des Randstreifens und im Gestrüpp hinterlassen hatte. »Lindenthal muss einen ganz schönen Zahn drauf gehabt haben«, vermutete Jan Feddersen. »Erstaunlich, dass er so glimpflich davon gekommen ist.«

»Auf dieser Strecke passieren viele Unfälle.« Marie deutete hinter sich. »Meistens spielen dabei überhöhte Geschwindigkeit und riskante Überholmanöver eine Rolle. Erst letztes Jahr ist hier eine junge Frau tödlich verunglückt. Sie war gerade mal neunzehn.«

Jan Feddersen nickte nachdenklich. »Wir haben zu wenig Personal, um solche Gefahrenstellen lückenlos zu überwachen.« Er zeigte nach vorn. »Sieh dir den an! Der ist auch ein Kandidat.« Ein schwarzer Porsche war an ihnen vorbeigeschossen, überholte gleich noch drei weitere Fahrzeuge und ließ dann, unmittelbar vor dem Kreisel, an dem das Ende der Autobahn auf die B 73 traf, die Bremslichter aufleuchten. »Was hat ihm das gebracht?«

Marie ging nicht darauf ein, denn sie spürte die Vibration ihres Smartphones, gleichzeitig signalisierte ein Vogelzwitschern den Eingang einer Nachricht. »Das ist vielleicht schon die Antwort von Dirk oder Björn.« Sie zog das Handy aus ihrer Tasche und las die Meldung vor. »In der Stadt sind nur zwei blaue T3 älteren Baujahrs zugelassen. Einer gehört einem Gartenbaubetrieb in Sahlenburg, der andere einem Gerhard Övenhorst, wohnhaft in Cuxhaven, Nordersteinstraße ...« Marie brach ab und sah ihren Kollegen an. »Den in der Fußgängerzone nehmen wir uns am besten gleich vor.«

»Okay«, antwortete er. »Sag mir, wie ich fahren muss , dann brauch ich nicht das Navi einzuschalten.«

*

Gisela Anderson öffnete den Aktenkoffer und zog ein Blatt Papier hervor. »Ich würde gern einen Punkt mit Ihnen besprechen. Dazu habe ich einen Text vorbereitet, mit dem Sie mir die Untervermietung eines Zimmers erlauben. Ich möchte jemanden aufnehmen.« Sie schob eine Seite über den Tisch. »Wenn Sie so freundlich wären ...«

Övenhorst musterte sie durch leicht zusammengekniffene Lider. Seine Miene signalisierte Misstrauen und Ablehnung. Aber er zog das Blatt zu sich heran, kramte in seinen Taschen und zog ein abgegriffenes Brillenetui hervor. Während er die Lesebrille herausnahm und aufsetzte, tastete Anderson nach dem Regler des ICD-Transmitters und erhöhte die elektromagnetische Strahlung. Dabei behielt sie Övenhorsts kantigen Schädel im Auge. Er bewegte beim Lesen kaum merklich die Lippen. Eine Reaktion auf die Strahlen des Geräts war nicht zu erkennen. Vorsichtig veränderte sie die Frequenz der Schwingung. Plötzlich hielt der alte Mann inne, sah verwundert auf, legte die Brille ab und griff sich an die Brust. Dann hustete er und murmelte etwas Unverständliches. Anderson drehte die Regler in ihre Ausgangsstellung zurück und sah ihr Gegenüber fragend an. »Ist Ihnen nicht gut? Soll ich Ihnen ein Glas Wasser holen?«

»Nicht nötig«, knurrte er. »Das war nur ...« Er brach ab, setzte die Brille zurück auf die Nase und wandte sich erneut dem Schriftstück zu.

Anderson unternahm einen zweiten Versuch. Diesmal dauerte die Unterbrechung länger. Övenhorst befühlte seine Brust, hustete wieder und holte tief Luft, schließlich ging sein Atem in ein hektisches Keuchen über. Dabei klammerte er sich mit beiden Händen an der Tischplatte fest, vermied es aber, sie anzuschauen. Nachdem sie die Regler zurückgestellt hatte, normalisierte sich sein Zustand.

»Brauchen Sie wirklich nichts?«, fragte sie. »Frische Luft vielleicht? Soll ich ein Fenster öffnen? An der Ecke habe ich eine Apotheke gesehen. Ich könnte Ihnen ein Medikament besorgen.«

Övenhorst schüttelte stumm den Kopf, starrte sie einen Moment böse an, dann beugte er sich wieder über das Blatt. Es dauerte eine Weile, bis er die wenigen Zeilen aufgenommen hatte. Schließlich schob er das Schriftstück zurück. »Keine Untervermietung. Wenn Ihnen die Wohnung zu teuer ist ...«

»Die Höhe der Miete ist nicht entscheidend«, unterbrach Anderson ihn. »Ich habe dort mehr Platz, als ich benötige. Und ich möchte einem jungen Menschen eine Bleibe bieten. Gleichzeitig geht es mir um ein wenig Gesellschaft. Hätte ich einen Lebensgefährten, würde der ja auch mit einziehen. Insofern sehe ich keinen Grund, der gegen eine zweite Person in meiner Wohnung spricht. Abgesehen von den rechtlichen Gegebenheiten, nach denen Sie Ihre Zustimmung nur verweigern können, wenn …«

Sie brach ab, weil jemand an die Ladentür klopfte. Als sie sich umwandte, sah sie eine junge Frau und einen jungen Mann, die ihre Hände über die Augen gelegt hatten und durch die Glasscheibe hereinsahen. Sie kannte die Gesichter. Rasch schaltete sie den Transmitter aus und verschloss den Aktenkoffer. Kamen die Polizisten ihretwegen?

Övenhorst schnaufte und stieß einen unwilligen Laut aus, erhob sich aber, nahm seinen Stock und humpelte zur Tür. Er deutete auf das Schild im Schaufenster. »Können Sie nicht lesen?«

Der Mann vor der Tür presste einen Ausweis gegen die Scheibe. »Kriminalpolizei. Bitte öffnen Sie!«, tönte es dumpf von draußen.

Anderson war, als sei Övenhorst bei dem Wort *Kriminalpolizei* zusammengezuckt. Er drehte den Schlüssel im Schloss, öffnete aber nicht, sondern humpelte zu seinem Platz zurück und ließ sich nieder.

Sie erhob sich und griff nach ihrem Aktenkoffer. »Ich nehme an, der Besuch ist für Sie. Ich verabschiede mich. Wegen der Untervermietung komme ich später noch einmal auf Sie zu.«

Unterdessen waren die Polizisten eingetreten und hatten die Tür hinter sich geschlossen. Die junge Kriminalistin, deren Namen sie vergessen hatte, sah sie erstaunt an. »Guten Tag, Frau Anderson. Welche Überraschung, Sie hier zu sehen.«

»Die Dame ist meine Mieterin«, knurrte Övenhorst. »Sie wollte gerade gehen.«

»So ist es«, bestätigte Gisela Anderson. »Wir hatten Klärungsbedarf wegen des Mietvertrags.« Sie nickte den Beamten zu und verließ den Laden.

Während sie die Tür hinter sich zuzog, hörte sie noch, wie der Kriminalhauptkommissar sich und seine Kollegin vorstellte. Das weitere Gespräch hätte sie gern mit angehört, wollte aber nicht das Risiko eingehen, als Lauscherin entdeckt zu werden.

*

»Wohin fahren wir? Was ist mit Timo? Wo ist er?«, fragte Annika ängstlich, als der Wagen vom Hof rollte. Ihr Puls raste. Hatten die Kowalski-Brüder Timo etwas angetan? Was hatten sie vor? Mike Kowalski saß am Steuer ihres Wagens, sein Bruder neben ihr. Seine Hand umklammerte ihren Unterarm. »Was wollt ihr von mir?«, schob sie nach, weil keiner der Männer antwortete.

Voller Panik sah sie sich um. Sie folgten der Deichstraße und passierten den Schleusenpriel. Kurz bevor sie die Kreuzung mit der Konrad-Adenauer-Allee erreichten, sprang die Ampel auf Rot. Mike ließ den Wagen ausrollen und hielt. Blitzschnell beugte sich Annika hinunter, schlug ihre Zähne in Marcos Unterarm und biss so fest zu, wie sie konnte. Mit einem Aufschrei gab er sie frei. Im nächsten Augenblick stieß Annika die Tür auf, sprang aus dem Auto und rannte los.

Intuitiv hatte sie die Richtung eingeschlagen, aus der sie gekommen waren. Hinter sich hörte sie die Brüder fluchen. So schnell konnten sie den Wagen nicht wenden. Schon setzte ein Hupkonzert ein, wahrscheinlich weil die Ampel nun wieder Grün zeigte. Sie warf einen Blick über die Schulter. Tatsächlich war der Doblo von Fahrzeugen eingekeilt, die versuchten, an ihm vorbeizukommen. Was der Gegenverkehr verhinderte. Annika rannte in Richtung Kaemmererplatz. In ihrem Mund breitete sich ein ekelhaft metallischer Geschmack aus. Das Blut von Marco Kowalski. Ihr Magen rebellierte, sie musste innehalten und sich übergeben. »Am helllichten Tage!«, kommentierte eine Passantin in verächtlichem Ton und zerrte ihr Hündchen fort, das sich für Annikas Erbrochenes interessierte.

Zitternd und heftig atmend verharrte sie endlose Sekunden. Der Stau an der Ampel schien sich aufzulösen. Sie wischte sich mit dem Ärmel den Mund ab und rannte weiter, überquerte den Platz und hastete durch den Strom der Menschen, der gemächlich die Fußgängerzone durchzog. Sie sah entspannte und lachende Gesichter, ernste, freundliche und unfreundliche Mienen, Kinder mit Eistüten und Jugendliche, die auf Smartphones starrten. Ihr schoss die Frage durch den Kopf, warum ausgerechnet sie vor den gewalttätigen Handlangern eines bösartigen alten Mannes fliehen musste.

Außer Atem, aber unbehelligt, erreichte sie das Haus, lief über den Hof, schloss die Tür auf und hastete die Treppe hinauf zur Wohnung. Nachdem sie die Tür hinter sich zugeschlagen und den Schlüssel zweimal umgedreht hatte, ließ sie sich in einen Sessel fallen und streckte Arme und Beine von sich. Irgendwann raffte sie sich auf, ging ins Bad, spülte den Mund aus und wusch sich die Hände. Sie erschrak, als sie ihr Gesicht im Spiegel sah. Die Haut war fleckig gerötet, der Lidstrich verschmiert, die Lippen wirkten schmal und bleich. Doch für

Kosmetik fehlte ihr die Ruhe. Beängstigende Bilder verfolgten sie. Darin war Timo gefesselt und geknebelt, seine Nase blutete, die Lider waren verquollen. Hatte sie mit ihrer Flucht seine Lage verschlimmert? Tränen schossen ihr in die Augen und ließen ihr Spiegelbild verschwimmen. Der Wunsch, ins Bett zu kriechen und sich die Decke über den Kopf zu ziehen, stieg in ihr hoch. Doch sie wusste, dass sie diesem Drang nicht nachgeben durfte.

Sie musste etwas unternehmen. Aber was? Sobald Sie vor das Haus träte, würden ihr die Kowalski-Brüder auflauern und sie erneut ins Auto zerren. Es gab nur einen Ausweg, sie musste die Polizei rufen. Entschlossen verließ sie das Bad. Ihre Handtasche mit dem Handy lag noch im Auto. Das Mobilteil des Festnetztelefons fand sie im Flur auf dem Schuhschrank. Sie wählte die 110. In dem Augenblick hörte sie hinter sich ein Geräusch. Sie fuhr herum und stand Mike Kowalski gegenüber, der grinsend einen Schlüssel hochhielt.

»Polizei, Notruf, bitte legen Sie nicht auf!«, klang es aus dem Telefon.

Mit einem Schritt war Kowalski bei ihr, entriss ihr das Gerät, unterbrach die Verbindung und knallte es auf die Ablage. »Du hast meinen Bruder verletzt«, knurrte er und versetzte ihr eine so heftige Ohrfeige, dass sie gegen die Wand taumelte. »Das war nicht in Ordnung.« Er packte ihr Handgelenk und zerrte sie aus der Wohnung. »Komm!«

Marco stieg aus dem Wagen, als Annika im Schlepptau ihres Bruders im Hof erschien. Sein Unterarm war notdürftig bandagiert, in den Händen hielt er eine Mullbinde. Damit fesselten die Kowalskis Annikas Handgelenke. Dann stopften sie ihr einen Knebel aus Verbandsmaterial in den Mund. Die Reste aus dem Erste-Hilfe-Kasten waren auf dem Wagenboden verstreut. Mike hielt Annika fest, während sein Bruder den mittleren Platz einnahm, um ihr keine Gelegenheit zu geben, den Fahrer zu behindern. Dann schubste er sie auf den Sitz, schloss die Tür und stieg auf der Fahrerseite ein. Er startete den Motor und fuhr los. Schweigend legten sie den Weg zurück, den sie kurz zuvor schon einmal genommen hatten.

Erst am Ende der Deichstraße begann Marco zu sprechen. »Dein Alter hat versucht, uns gegen Öve aufzubringen. Deshalb mussten wir ihn vorübergehend aus dem Verkehr ziehen. Wir besuchen ihn jetzt. Damit du keinen Blödsinn machst, darfst du bei ihm bleiben, bis wir die Sache mit dem Chef geklärt haben. Dein Bäcker wartet im Kabelgatt der *Kühlen Brise* auf dich. Da habt ihr es gemütlich und könnt euch amüsieren.« Er kicherte. »Bis wir euch rauslassen.«

»Wenn ihr vernünftig seid, passiert euch nichts«, ergänzte Mike über die Schulter. »Macht ihr Schwierigkeiten, fahren wir raus und werfen euch vor Scharhörn in die Nordsee.«

*

Övenhorst war auf seinem Stuhl sitzen geblieben. Statt den Polizeibeamten ebenfalls einen Platz anzubieten, starrte er sie böse an. »Was wollen Sie?«

»Es geht um ein Fahrzeug, dessen Halter Sie sind«, antwortete Jan Feddersen. »Einen VW-Transporter T3, Baujahr 1989. Wo befindet sich der Wagen?«

Der alte Mann schob die Unterlippe vor und hob die Schultern. »Ich fahre nicht mehr. Den Bulli benutzen meine Leute.«

Marie zog ihr Notizbuch hervor. »Wie heißen Ihre Angestellten?«

»Kowalski.«

»Also nur einer?«

»Zwei. Brüder. Mike und Marco.« Marie notierte die Namen.

»Und wo können wir die Herren antreffen?«, fragte Jan Feddersen.

Wieder hob Övenhorst die Schultern. »Schwierig. Um diese Zeit müssten sie auf der Nordsee unterwegs sein. Ausflugsfahrt zu den Seehundsbänken.«

»Mit einer Barkasse?«

»Mit der *Kühlen Brise*. Dauert ungefähr eine Stunde.«

Marie sah die Szene mit den Anwerbern am Anleger vor sich. Sie blätterte in ihrem Notizbuch zurück. »Der Vorname Marco ist uns schon einmal begegnet. So hieß der Typ, der sich verkrümelt hat, als wir den Streit zwischen den Touristenfängern schlichten wollten.« Plötzlich ging ihr ein Licht auf. Interessiert musterte sie Övenhorst. »Dann sind Sie der Schiffseigner?«

Statt zu antworten, zuckte er erneut mit den Schultern.

»Wo befindet sich der VW-Bulli?«, wiederholte Jan Feddersen.

»Da müssen Sie die Kowalskis fragen«, knurrte Övenhorst. »Wenn sie den Wagen nicht brauchen, parken sie ihn meistens am Bahnhof.«

Marie steckte das Notizbuch ein, nahm ihr Telefon zur Hand und wählte die Nummer des Kommissariats. Björn Frerksen meldete sich. »Schickt bitte einen Streifenwagen zum Parkplatz am Bahnhof. Die Kollegen sollen nach einem VW-Bulli des Typs Ausschau halten, den wir suchen. Falls der

Wagen dort aufgefunden wird, informiert bitte Erik. Er soll sich ihn ansehen. – Ja, gegebenenfalls werden wir ihn beschlagnahmen, damit er so schnell wie möglich in die KTU kommt. Danke, Björn. Bis später.«

»Beschlagnahmen? Was soll das denn?«, schimpfte Övenhorst. »Sie können doch nicht einfach ... Dafür brauchen Sie ...«

»Nach Paragraf vierundneunzig Strafprozessordnung«, unterbrach Jan Feddersen ihn, »sind Fahrzeuge, die als Beweismittel für die Untersuchung in einem Strafverfahren von Bedeutung sein können, in Verwahrung zu nehmen oder in anderer Weise sicherzustellen. Bei Gefahr im Verzuge auch sofort. Sie dürfen aber davon ausgehen, dass uns der zuständige Staatsanwalt eine richterliche Anordnung besorgt. Das geht heutzutage telefonisch oder elektronisch und dauert nicht wesentlich länger als der sofortige Zugriff.«

»Strafverfahren?«, giftete Övenhorst mit hochrotem Kopf. »Was soll die alte Karre mit einem Strafverfahren zu tun haben?«

Feddersen ließ sich mit seiner Antwort Zeit, fixierte den alten Mann eine Weile. »Wir ermitteln«, sagte er, machte nochmals eine kleine Pause und fuhr dann, jedes Wort betonend, fort: »In einem Mordfall.«

Övenhorsts gerötete Gesichtshaut entfärbte sich.

»Nach unserem augenblicklichen Ermittlungsstand«, übernahm Marie, »wurde mit der *alten Karre* eine Leiche transportiert.«

»Was für ein Blödsinn!«, stieß der alte Mann hervor. »Wer sollte ...«

»... so etwas tun?«, ergänzte Marie. »Dafür kommen, wenn ich Sie richtig verstanden habe, nicht viele Personen infrage.

Sie selbst und Ihre Mitarbeiter, die Brüder Kowalski. Oder gibt es noch jemanden, der das Fahrzeug benutzt?«

»Autodiebe«, schnaufte Övenhorst. »Haben den Wagen geklaut. Was die damit gemacht haben, weiß ich nicht. Mike und Marco haben ihn zurückgeholt.«

Marie warf Jan Feddersen einen Blick zu. »Aha«, sagte sie und konnte nicht verhindern, dass ihre Stimme ironisch klang. »Böse Autodiebe haben sich den Wagen ausgeliehen, um mal eben eine Leiche zu entsorgen?«

Övenhorst zuckte mit den Schultern, verschränkte die Arme und schob die Unterlippe vor. »Was weiß ich?«, grummelte er undeutlich.

Jan Feddersen signalisierte Marie mit einer Kopfbewegung, dass er die Befragung beenden wollte. Sie nickte ihm zu. »Danke, das war's fürs Erste. Wir kommen wieder auf Sie zu. Halten Sie sich also bitte zu unserer Verfügung! Auf Wiedersehen.«

Stumm und bewegungslos verharrte Övenhorst auf seinem Stuhl, als die Beamten die Bäckerei verließen.

Vor der Tür sah Marie ihren Kollegen an. »Jetzt zur Alten Liebe?«

Jan grinste. »*Alte Liebe*, Namen gibt es hier! – Ja, wir sollten uns die Kowalski-Brüder vornehmen.«

Den Dienstwagen hatten sie im Fleckenpüsterweg abgestellt. Sie nahmen den schmalen Gang, der von der Nordersteinstraße zu den Parkplätzen führte. »Das ist ja ein komischer Kauz«, sagte sie, nachdem sie eingestiegen waren. »Ich weiß nicht, ob wir gerade die Reaktion eines Mannes gesehen haben, der etwas zu verbergen hat, oder ob der immer so seltsam ist.«

»Vielleicht von beidem ein wenig«, vermutete Jan. »Jedenfalls habe ich das Gefühl, dass wir auf der richtigen Spur sind. Wenn die Kollegen in dem Wagen was finden ...« Er brach ab, weil sich Maries Smartphone bemerkbar gemacht hatte. Mit einer Tonfolge, die ihm bekannt vorkam. »Das ist doch ...«

Marie lachte. »*Der Kommissar*. Die Titelmelodie. Kann nur eine Nachricht von Konrad Röverkamp sein. Als er sein erstes Smartphone bekam, haben wir unsere Geräte so eingerichtet. Wenn ich ihm eine Nachricht schicke, hört er die Klänge aus *Miss Marple*.«

»Witzige Idee«, kommentierte Jan. »Und welche Töne würdest du mir zuordnen?«

»Derrick«, antwortete Marie spontan.

»Okay.« Jan schmunzelte. »Ein bisschen von gestern, aber nicht schlecht. Kannst du gerne so einstellen. Für dich würde ich dann die Melodie aus *Rosa Roth* nehmen. Ich finde, die passt zu dir. Nicht zu aufdringlich und leicht zu erkennen. Iris Berben hat mir übrigens in der Rolle gut gefallen.«

»Mir auch. Die Melodie habe ich allerdings nicht mehr im Ohr. Moment, ich schaue bei YouTube nach.« Sie tippte ein paar Mal auf das Display ihres Smartphones und hielt es hoch. »Hier kommt die Musik.«

Aus dem winzigen Lautsprecher erklangen die ersten Takte der Erkennungsmelodie. »Einverstanden.« Sie nickte Jan zu und beendete die Übertragung. »Jetzt will ich sehen, was Konrad schreibt.« Sie öffnete die Nachricht und überflog den Text.

»Gute Idee«, murmelte sie. »Betrifft dich auch.« Sie hob die Stimme. »Hör zu! Liebe Marie, habe mit Christiansen eine Fahrradtour nach Bremerhaven gemacht. Auf Rückweg wollen wir gemütlich essen. Spätestens um 18.30 Uhr im Deichrestaurant Peters, Spieka-Neufeld. Freuen uns, wenn Du kommen kannst und willst. Bring den neuen mit, wenn er mag! LG, Konrad.«

»Das ist ja nett!«, staunte Jan und sah Marie fragend an. »Und? Hast du Lust und Zeit? Ich würde mich gern mit den alten … ich meine … älteren Kollegen unterhalten. Und vielleicht kann man da ja auch gut essen.«

Marie nickte. »Ich muss nur Felix Bescheid geben. Damit er sich um Nele kümmert. Sollte aber kein Problem sein. Was das Essen betrifft – auf Konrad kann man sich verlassen. Ich bin sicher … Moment!« Sie tippte erneut auf das Display ihres Smartphones. »Hier. Nur gute Bewertungen bei Google. – Soll ich zusagen?«

»Bitte! Ich freue mich drauf.« Jan warf einen Blick auf die Uhr. »Bis dahin haben wir genug Zeit, um Övenhorsts Handlanger zu befragen und uns den Bulli anzusehen.«

Nachdem Marie die Nachricht an Konrad eingetippt hatte, wählte sie erneut die Nummer des Kommissariats. »Der Lütte soll sich schon mal bei Krebsfänger um einen Beschluss für die Beschlagnahme kümmern«, erklärte sie.

»Okay«, bestätigte Jan.

Im Büro meldete sich diesmal Dirk Allmers. »Gut, dass du anrufst. Ich wollte mich gerade mit euch in Verbindung setzen. Die Kollegen haben den Transporter gefunden. Habt ihr den Schlüssel? Oder sollen wir ihn gleich abschleppen? Der Tieflader steht bereit.«

»Einen Schlüssel haben wir nicht«, antwortete sie. »Aber der Wagen muss auf jeden Fall in die KTU. Dafür brauchen wir grünes Licht vom Staatsanwalt. Sag bitte Kriminalrat Lütjen, er möchte …«

»Ist schon veranlasst«, unterbrach Almers sie. »Wir warten auf den Rückruf von Krebsfänger.«

»Sehr gut. Vielen Dank, Dirk. Jan und ich fahren jetzt zur Alten Liebe, um Personen zu befragen, die den VW-Bulli benutzen. Angestellte von Övenhorst.« Sie verabschiedete sich, steckte das Telefon ein und lehnte sich zurück. »Auf die Brüder Kowalski bin ich gespannt.«

17

2017

Nachdem die Stahltür hinter ihr zugefallen und hörbar verriegelt worden war, brauchte Annika einen Moment, um sich an die Dunkelheit zu gewöhnen. Es roch nach Öl, Farbe und Fisch. Plötzlich bewegte sich vor ihr eine kaum erkennbare Gestalt. Sie zuckte zurück und stieß einen Schrei aus, der jedoch nicht durch die Mullbinde drang. »Annika«, sagte Timo. »Hab keine Angst! Ich bin's.«

Vor Erleichterung wurden ihre Knie weich, Tränen schossen ihr in die Augen. Im nächsten Augenblick fühlte sie Timos Arme, die sie umfassten, und seine Wange an ihrer. »Warte«, sagte er. »Ich nehme den Knebel raus.« Sie spürte seine Hand, seine Finger an ihren Lippen, und dann verschwand endlich das schreckliche Gefühl aus ihrem Mund. Zunge und Gaumen fühlten sich trocken an, aber sie konnte wieder sprechen. »Timo«, schluchzte sie, »sie wollen uns in die Nordsee werfen, wenn wir nicht ...«

»Mach dir keine Sorgen«, versuchte er sie zu beruhigen, während er ihre Handfesseln löste. »Das sind nur Drohungen. Damit wir uns ruhig verhalten. Die wissen nicht, was sie mit uns machen sollen. Müssen sich erst mit ihrem Herrn und Gebieter beraten. Dann lassen sie uns wieder raus.«

»Ich traue denen nicht.« Annikas Stimme zitterte. »Kannst du die Polizei anrufen? Ich hab mein Handy nicht mit.«

Timo schüttelte den Kopf. »Hier drin ist kein Empfang, sonst hätte ich mich schon bei dir gemeldet. Aber hab keine

Angst, die werden uns gehen lassen. Ihnen bleibt gar nichts anderes übrig. Wenn wir hier drin Krach machen, fällt das den Passagieren auf. Wir müssen nur warten. Bis Leute für die nächste Fahrt an Bord kommen. Dann werden sie uns rauslassen.«

»Hoffentlich hast du Recht«, flüsterte Annika, rieb ihre schmerzenden Handgelenke und sah sich um. Inzwischen konnte sie ihre Umgebung einigermaßen erkennen. Der Raum glich einer Abstellkammer: Kanister, Farbeimer, Taue, Schaufel, Besen und allerlei Gerümpel, das sich nicht einordnen ließ. »Kann ich mich irgendwo hinsetzen?«

Timo deutete in eine Ecke. »Da hinten. Auf die zusammengerollten Taue.«

»Warum sind die Kowalskis nicht auf deinen Vorschlag eingegangen?«, fragte Annika, nachdem sie sich gesetzt hatte. »Ich verstehe das nicht. Sie hätten dabei nur gewinnen können.«

»Anscheinend sehen sie das anders. Sie glauben, sie haben Ove in der Hand. Wegen der Leiche, die sie für ihn weggeschafft haben. Ihnen ist nicht klar, dass er sie der Polizei als Täter präsentieren wird, wenn es für ihn eng werden sollte.«

Annika war nicht überzeugt, wollte aber nicht mit Timo streiten. Sie lehnte sich an ihn und seufzte. »Ich bin ja so froh, dass dir nichts passiert ist.«

»Unkraut vergeht nicht«, antwortete er, und es hörte sich an, als ob er dabei grinste.

*

»Hoffentlich war das kein Fehler«, murmelte Marco Kowalski, nachdem sein Bruder das Mädchen zu ihrem Typen ins Kabelgatt gebracht und sich neben ihm auf einem Deckchair niedergelassen hatte. »Wenn jemand mitbekommt, dass die hier eingesperrt sind, gibt's Ärger.«

»Wer soll das mitkriegen?« Mike angelte eine Flasche Bier aus dem Sektkühler, der noch immer an Deck stand. »Heute fahren wir sowieso nicht raus. Also kommt auch kein Passagier an Bord. Außerdem lassen wir sie wieder frei. Wenn die zwei oder drei Stunden da drin gesessen haben, backen sie ganz kleine Brötchen.« Er kicherte über seinen Wortwitz, öffnete die Flasche mit den Zähnen und spuckte den Kronkorken aus.

»Ich frage mich«, wandte Marco ein, »ob der Bäckerbursche vielleicht Recht hat. Vielleicht verarscht Öve uns wirklich und schiebt uns die Schuld am Tod der Frau in die Schuhe. Wir können nicht beweisen, dass wir sie nicht um die Ecke gebracht haben.«

Mike antwortete nicht sofort. Er bückte sich erneut nach einer Flasche aus dem Kühler und reichte sie seinem Bruder. »Wenn er das vorhat«, murmelte er schließlich, »gibt es auch eine Lösung.«

»Und die wäre? Willst du ihn ...?«

»Sollte es eng werden, wird es einen kleinen Unfall geben. Ungefähr so.« Er leerte die Flasche und warf sie über die Reling ins Hafenbecken. »Wir machen eine Kontrollfahrt, bei der er unbedingt dabei sein muss, weil ... zum Beispiel ... die

Maschine komische Geräusche macht. Ein alter Mann mit Krückstock kann auf hoher See leicht mal ausrutschen und über Bord gehen. Ganz unauffällig. Sodass man es gar nicht bemerkt. Oder zu spät. Wenn er schon abgesoffen ist.«

»Klingt gut.« Marco grinste, wurde jedoch schnell wieder ernst. »Und wer bezahlt uns dann? Övenhorst hat mal von einer Tochter gesprochen, zu der er keinen Kontakt hat. Aber wenn's ums Erbe geht, stehen die Leute schnell auf der Matte.«

»Erben ist das richtige Stichwort. Bevor der Alte die Fische besucht, muss er sein Testament machen. Willst du raten, wer das Schiff und die Häuser erbt?«

»Du meinst ...?« Marco schüttelte ungläubig den Kopf. »Das macht der nie.«

»Freiwillig sicher nicht. Da werden wir ein bisschen nachhelfen müssen. Aber soweit muss es nicht kommen. Bis jetzt hat sich noch keiner für ihn oder für uns interessiert. Wenn die Bullen wegen der toten Frau Fragen hätten, wären sie schon längst da. Und? Wo sind sie jetzt? Siehst du, es gibt keine Spur zu uns. Die Typen aus Otterndorf haben die Leiche verschwinden lassen. Hundert Pro.« Mit einer Kopfbewegung deutete er zum Kabelgatt. »Wir müssen nur die beiden Mehlwürmer im Auge behalten.« Mike bückte sich und fischte das letzte Bier aus dem Eiskübel. Als er sich wieder aufrichtete, entdeckte er ein Paar, das sich der Rampe näherte, die vom Anleger zum Deck des Schiffes führte. »Scheiße«, murmelte er und ließ die Flasche fallen. »Was wollen die hier?«

Marco folgte seinem Blick und stand auf. »Ich schicke sie weg.«

Sein Bruder schüttelte den Kopf. »Die lassen sich nicht wegschicken. Das sind Bullen.«

*

Von der oberen Galerie der Alten Liebe aus hatten sie das Anlegemanöver der orangegelben Barkasse *Störtebeker* beobachtet. »Da kommt gleich die nächste.« Marie hatte auf ein Ausflugsschiff gezeigt, dass sich von Norden her näherte. »Ich kann noch nicht erkennen, ob das die *Flipper* ist oder die *Kühle Brise.*«

Jan hatte mit dem Daumen zur Seite gedeutet. »Eins liegt da schon. Sind aber kaum Leute drauf. Ich sehe nur zwei Typen, die nicht wie Urlauber aussehen.«

»Das ist sie!«, hatte Marie bestätigt. »Die *Kühle Brise.* Anscheinend war sie gar nicht draußen. Komm, lass uns gehen!«

Wenig später erreichten sie den Liegeplatz. Der Zugang auf die kleine bewegliche Brücke, über die normalerweise die Fahrgäste das Schiff betraten, war mit einer Kordel gesperrt. Jan hakte sie aus, zog seinen Ausweis aus der Tasche und hielt ihn hoch. »Kriminalpolizei. Wir kommen an Bord.«

Zwei Augenpaare starrten ihnen misstrauisch entgegen.

»Die Herren Mike und Marco Kowalski?« Maries Frage klang eher wie eine Feststellung. »Wir würden uns gern mit Ihnen unterhalten.«

Die Brüder warfen sich Blicke zu. »Worüber?«, wollte der ältere wissen.

»Das besprechen wir lieber drinnen«, schlug Marie vor. Mit einer ausladenden Handbewegung umfasste sie den Bereich des Anlegers. »Oder ist es Ihnen hier draußen lieber?«

Mit überraschender Eilfertigkeit sprangen die Kowalskis auf und dirigierten die Besucher unter Deck. Kurz darauf saßen

Marie und Jan Feddersen den Brüdern gegenüber. Jan ließ sich die Ausweise zeigen und reichte sie an Marie weiter, die sie mit dem Smartphone fotografierte.

»Sie arbeiten für Herrn Övenhorst«, stellte Jan Feddersen fest. »Richtig?«

Die Männer nickten wortlos.

»Was machen Sie für ihn?«

»Was so anfällt«, antwortete Marco Kowalski. »Renovieren, reparieren, Besorgungen erledigen. In der Saison sind wir meistens hier auf dem Schiff. Getränke verkaufen, sauber machen. Oder vorn am Anleger, Touristen anwerben.«

»Wenn Sie an Land sind – benutzen Sie dann einen älteren VW-Bulli T3?«, warf Marie ein.

Wieder wechselten die Brüder einen Blick. »Kommt drauf an«, murmelte Mike schließlich.

»Worauf?«

»Was grad zu tun ist.«

»Ich vermute«, übernahm Jan, »dass Sie den Transporter nehmen, wenn es etwas zu transportieren gibt. Wir haben Grund zu der Annahme, dass mit dem auf Herrn Övenhorst zugelassenen und nach seiner Aussage ausschließlich von Ihnen benutzten Wagen kürzlich eine tote Frau befördert wurde.«

Marco Kowalski zuckte zusammen, sein Bruder schüttelte stumm den Kopf.

»Der Wagen«, ergänzte Marie, »wird gerade zur kriminaltechnischen Untersuchung gebracht. Wenn darin eine Leiche gelegen hat, finden wir das heraus.«

»Jemand anders hat ihn benutzt«, stieß Mike Kowalski hervor. »Er wurde geklaut. Unter dem Armaturenbrett kann man sehen, dass die Zündung kurzgeschlossen wurde.«

»Aha.« Jan Feddersen klang ironisch. »Und der Dieb hat ihn freundlicherweise später zurückgebracht und auf dem Parkplatz am Bahnhof abgestellt?«

»Muss wohl so gewesen sein«, murmelte Mike. »Jedenfalls war er plötzlich wieder da. Wir haben das Schloss in Ordnung gebracht und innen sauber gemacht. Das war alles.«

»Nein«, widersprach Jan laut. »Das war nicht alles. Wir wissen von dem Diebstahl. Und wir kennen diejenigen, die sich den Bulli *ausgeliehen* haben. Die behaupten, Sie hätten ihn zurückgeholt. Aus Otterndorf.«

»Autodiebe!«, empörte sich Marco Kowalski. »Die lügen.«

Marie zeigte auf seinen bandagierten Unterarm. »Was haben Sie da gemacht? Nach Aussage der beiden Männer hat es körperliche Auseinandersetzungen mit Ihnen gegeben. Sind Sie dabei verletzt worden?«

Der jüngere der Brüder schüttelte heftig den Kopf. »Aufgeschrammt. Hier auf dem Schiff. An ... einer ... scharfen Kante.«

»So so«, bemerkte Jan Feddersen ironisch. »Die ist Ihnen wahrscheinlich gegen den Unterarm gesprungen.« Er lehnte sich zurück und fixierte die Brüder nacheinander. Der ältere hielt seinem Blick stand, der jüngere schlug die Augen nieder. »Sie behaupten also, die Herren Dennis Brütt und Sascha Lindenthal nicht zu kennen.«

»So ist es«, bestätigte Mike Kowalski. »Mit Autodieben haben wir nichts zu tun.«

»Wie kommt es dann, dass diese Autodiebe in der Lage sind, Sie beide ziemlich treffend zu beschreiben?« Ohne eine Antwort abzuwarten, fuhr er fort: »Jetzt aber mal im Ernst, meine Herren. Im Gegensatz zu Ihren Ausführungen sind die Aussagen von Brütt und Lindenthal durchaus glaubhaft. Und dadurch geraten Sie in Schwierigkeiten. Falls es Ihnen noch nicht klar sein sollte: Wir ermitteln in einem Mordfall. Und Sie stehen unter Verdacht, etwas damit zu tun zu haben.«

Bei dem Wort »Mordfall« sprang Marco Kowalski auf. In offensichtlicher Panik hastete er durch die Tischreihen zum Ausgang. Marie rannte ihm nach, folgte ihm aufs Deck und sprintete in Richtung Gangway, um ihm den Weg abzuschneiden. Doch Kowalski schlug einen Haken, lief in die Gegenrichtung, schwang sich über die Reling und verschwand mit einem Hechtsprung. Marie hörte es klatschen. Als sie die Stelle erreichte, kraulte er durch das schmuddelige Wasser des Hafenbeckens. Wenigstens kann er schwimmen, dachte Marie. Ich muss nicht hinterherspringen, um ihn zu retten.

Sie wandte sich um und zog das Funkgerät aus der Tasche, das sie vorsorglich eingesteckt hatte. »Janssen, FK1. Wir brauchen eine Streife zur Zollkaje am Alten Hafen. Und die Wasserschutzpolizei. Die Kollegen müssen einen Mann aus dem Wasser fischen. Anfang zwanzig, etwa eins fünfundsiebzig, schlank, kurze Haare. Sein Name ist Marco Kowalski. Bekleidet ist er mit blauer Jeans und hellem T-Shirt. Besonderes Kennzeichen: tropfnass.« Bevor sie sich auf den Rückweg in den Salon der *Kühlen Brise* machte, warf sie dem Flüchtenden noch einen Blick zu. Zielgerichtet zog er seine Bahn in Richtung Zoll- und Hafenkaje.

*

»Ich glaube«, flüsterte Annika, »ich habe draußen was gehört. Eine Tür. Und Schritte. Vielleicht kommen die ersten Fahrgäste an Bord.« Sie presste ein Ohr an die Stahltür des Kabelgatts und lauschte. »Jetzt klappt wieder eine Tür.«

»Das sind die Kowalskis«, mutmaßte Timo. »Wenn erst die Touristen kommen, wird es lauter. Und bevor die nicht da sind, hat es keinen Sinn, Lärm zu machen. Wir müssen sicher sein, dass wir nicht mehr mit den Brüdern allein an Bord sind. Sonst bringen wie sie nur gegen uns auf. Wer weiß, was die sich dann noch einfallen lassen.«

»Aber ich will raus«, beharrte Annika. »Ich kriege keine Luft mehr. Es ist so stickig. Und dreckig. Und überhaupt. Wenn du auf mich gehört hättest, säßen wir nicht hier. Der ganze Schwachsinn mit der angeblichen Leiche ... Es war eine Schnapsidee, zu glauben, die Kowalski-Brüder würden sich auf unsere Seite schlagen. Die machen nur, was Öve ihnen sagt. Für eigene Entscheidungen sind die sowieso zu blöd.«

Timo drückte sie an sich, streichelte ihre Wange. »Mach dich nicht verrückt! Wir schaffen das. Vertrau mir! So dumm sind die nicht. Sie müssen nur erst mal kapieren, dass sie keine andere Chance haben. Wir übrigens auch nicht. Gelingt es uns nicht, Övenhorst zu stoppen, können wir den Laden vergessen.«

»Wenn ich wüsste, wie«, murmelte Annika düster, »würde ich ihn umbringen.«

»Das haben wir schon besprochen«, raunte Timo. »Du willst es nicht wirklich. Aber wenn sich mir eine Gelegenheit bieten würde ... Ich weiß nicht, was ich täte.«

*

»Mein Bruder ist ein bisschen nervös«, erklärte Mike Kowalski mit verlegenem Grinsen, als Marie zurückkehrte. »Das dürfen Sie nicht überbewerten.«

»Er ist ins Wasser gesprungen«, berichtete Marie, »und schwimmt jetzt durch den Alten Hafen. Entweder fischen ihn die WSP-Kollegen raus, oder unsere Leute nehmen ihn Empfang, wenn er an Land klettert. Abgesehen von der dreckigen Brühe, in die er eingetaucht ist, tut er sich mit der Flucht keinen Gefallen.«

»Ihnen auch nicht, Herr Kowalski«, ergänzte Jan Feddersen. »Für uns erhärtet sich der Verdacht, dass Sie etwas mit dem Todesfall zu tun haben, den wir untersuchen.« Er lehnte sich zurück und verschränkte die Arme. »Darum werden wir jetzt die ganze Geschichte noch einmal durchgehen. Sie erzählen uns bitte, was wann genau mit dem VW-Bulli passiert ist.«

Mike Kowalski presste die Lippen zusammen und schwieg. In ihm schien es zu arbeiten.

»Wägen Sie gut ab!«, riet Marie. »Es sieht nicht so aus, als könnten Sie aus der Nummer mit dem Leichentransport noch herauskommen. Das wäre nur eine Ordnungswidrigkeit, keine Straftat. Uns geht es um die Frage, wer die Frau umgebracht hat. Wenn Sie an der Tat beteiligt waren oder den Täter kennen und ihn decken, wandern Sie in den Knast.«

Kowalskis Mundwinkel zuckten. Zweimal öffnete er den Mund, um etwas zu sagen, schloss ihn aber wieder, ohne einen Laut hervorzubringen. Schließlich seufzte er und schüttelte den Kopf. »Muss erst mit meinem Chef reden.«

Marie sah ihren Kollegen fragend an. Mit einer kaum wahrnehmbaren Kopfbewegung deutete er zum Ausgang und wandte sich an Kowalski. »Wir gehen mal kurz nach draußen. Sie bleiben bitte hier sitzen!«

»Was meinst du?«, flüsterte Jan Feddersen vor der Tür. »Sollen wir ihn festnehmen oder an der langen Leine laufen lassen?«

Marie hob unsicher die Schultern. »Ich glaube nicht«, antwortete sie leise, »dass die Kowalski-Brüder Solveig Vollmer ermordet haben. Allerdings wissen sie mehr, als sie uns bisher gesagt haben. Die Frage ist, ob sie untertauchen, wenn wir sie laufen lassen. Vielleicht machen wir beides. Einen nehmen wir fest, den anderen lassen wir gehen.«

Jan warf ihr einen anerkennenden Blick zu. »Geniale Idee! Keiner von denen haut ohne den anderen ab. Und wir warten ab, was passiert. Offenbar spielt Övenhorst bei der Geschichte eine Rolle, wenn Mike Kowalski so dringend seinen Rat braucht. Also behalten wir die beiden im Auge. Kümmerst du dich um den Bruder?«

»Gern.« Marie grinste. »Mal sehen, ob er das rettende Ufer schon erreicht hat. Ich gebe dir dann Bescheid.« Sie überquerte das Deck und steuerte auf die Gangway zu. Als sie wieder festen Boden unter den Füßen hatte, griff sie zum Funkgerät, um die Streifenwagenbesatzung anzusprechen. Plötzlich war ihr, als hätte sie vom Vorschiff der *Kühlen Brise* Klopfgeräusche gehört. Sie drehte sich um und musterte die Barkasse. In dem Augenblick kam die Maschine eines der anderen Ausflugsschiffe auf Touren und übertönte alle Geräusche in der Umgebung. Marie hielt das Funkgerät dicht ans Ohr.

»Wir haben den Mann«, antwortete der Streifenführer auf

ihre Frage. »Die Kollegen von der WSP haben ihn aus dem Wasser gefischt und uns übergeben. Was sollen wir mit ihm machen?«

»Mitnehmen«, antwortete Marie.

»Okay, wir bringen ihn zur Dienststelle und geben ihn in der Wache ab.«

»Nein, nicht in die Wache. Bringt ihn direkt ins FK1, Poststraße.«

»Aber der ist quatschnass!«

»Wie bitte? Natürlich ist der nass. Euer Streifenwagen wird's überleben. Legt ihm eine Plastiktüte unter den Hintern. Von mir aus könnt ihr ihn auch zu Fuß zur Dienststelle geleiten. Aber wehe, er haut euch ab! Wir brauchen den Mann. Es geht um eine Todesfallermittlung. Ende.« Sie schob das Funkgerät zurück in die Tasche, zog ihr Handy hervor und rief Jan Feddersen an. »Du kannst Mike Kowalski laufen lassen. Die Kollegen haben seinen Bruder und bringen ihn ins Kommissariat. Ich warte am Wagen auf dich.«

*

»Siehst du, es hat keinen Zweck.« Timo ließ einen rostigen Schäkel sinken, mit dem er gegen die Tür geschlagen hatte. »Außer den Kowalskis ist niemand auf dem Schiff. Wir müssen warten, bis Passagiere an Bord kommen.«

»Wie lange denn noch?« Annika klang verzweifelt. »Wo bleiben die Leute? Machen die Schiffe nicht zu jeder vollen Stunde eine Hafenrundfahrt? Oder fahren zu den Seehundsbänken? Wir sind doch schon so lange hier.«

»Das kommt dir nur so vor«, versuchte Timo sie zu beruhigen. »Wenn man wartet, will die Zeit einfach nicht vergehen.« Ihm war klar, dass etwas nicht stimmte. Offenbar nahm die *Kühle Brise* heute überhaupt keine Fahrgäste auf und blieb an ihrem Liegeplatz. Die Maschinen der beiden anderen Schiffe waren zweimal zu hören gewesen. *Flipper* und *Störtebeker* hatten abgelegt und waren zurückgekehrt. Die Zuversicht, die er Annika gegenüber an den Tag legte, hatte ihn längst verlassen. Innerlich war er darauf eingestellt, mit ihr die Nacht im Kabelgatt der *Kühlen Brise* zu verbringen. Und was morgen geschehen würde, stand in den Sternen. Es war keineswegs sicher, dass am nächsten Tag wieder Passagiere an Bord kämen. Und ob die Kowalskis sie freilassen würden, auch nicht.

»Ich muss mal.« Annikas kläglicher Ton riss ihn aus seinen Gedanken. Auch das noch. Es kostete ihn seine ganze Kraft, nicht die Beherrschung zu verlieren. Er atmete tief durch und deutete zur gegenüberliegenden Ecke. »Da drüben steht ein Eimer.«

Nachdem Annika ihre Blase erleichtert hatte, war sie stumm zu Timo zurückgekehrt, hatte sich aber ein Stück von ihm entfernt niedergelassen. Seitdem herrschte Schweigen zwischen ihnen. Annika war plötzlich nicht mehr sicher, ob sie ihrem Mann vertrauen sollte. Zu weit lagen ihre Wahrnehmungen und seine Beteuerungen auseinander. Sie konnte nicht glauben, dass er die Situation so unrealistisch einschätzte, wie in seinen Worten zum Ausdruck kam. Sie streckte die Hand aus. »Gib mir dein Handy!«

»Es funktioniert nicht.« Timo schüttelte den Kopf. »Ich habe dir doch gesagt, dass hier drin kein Empfang ist.«

»Ich will die Uhrzeit sehen«, beharrte Annika und bewegte auffordernd ihre Hand.

Timo kramte umständlich nach seinem Smartphone und reichte es ihr zögernd. »Ich hab's ausgeschaltet. Um Akku zu sparen.«

Sie gab es ihm zurück. »Dann mach's wieder an!«

Wenig später meldete sich das Telefon mit einer kurzen Tonfolge. Timo starrte auf das Display, wartete auf den Sperrbildschirm, gab schließlich den Code ein. »Moment«, murmelte er. »Ich hab mich vertippt.«

*

Marco Kowalski sah nicht nur aus wie ein begossener Pudel, er wirkte auch wie ein Häufchen Elend. Er saß auf einem nicht sonderlich bequemen Holzstuhl, den jemand in den Vernehmungsraum gestellt haben musste. Auf dem Boden hatte sich eine Wasserpfütze gebildet, dagegen waren sein Haar und die Schultern seines T-Shirts bereits abgetrocknet. Jeans und Turnschuhe waren dunkel durchnässt. Das selbstbewusste Grinsen war aus seinem Gesicht verschwunden und hatte einer bekümmerten Miene Platz gemacht.

»Ich habe nichts verbrochen«, murmelte er, als Marie und Jan Feddersen den Raum betraten. »Sie können mich nicht festhalten.«

»Zweimal falsch«, antwortete Jan. Er zog zwei Polsterstühle heran, schob einen seiner Kollegin hin und ließ sich auf dem anderen nieder. »Erstens stehen Sie unter Verdacht, etwas mit dem Tod von Solveig Vollmer zu tun zu haben.

Zweitens können wir Sie bis morgen Mitternacht festhalten. Wenn Sie Ihre Situation verbessern wollen, sollten Sie uns erzählen, wie sich der Transport der Leiche abgespielt hat. Oder war die Frau noch gar nicht tot? Haben Sie Solveig Vollmer im VW-Bulli sterben lassen?«

Kowalski schüttelte den Kopf. »Ohne meinen Bruder sage ich nichts.«

Jan warf Marie einen Blick zu. Auf ihrem Gesicht erschien die Andeutung eines Lächelns. Die Strategie, die Brüder zu trennen, schien sich als klug zu erweisen. »Sie und Ihr Bruder stehen sich wohl sehr nahe?«, fragte sie in herzlichem Tonfall. »Geschwister, die zusammenhalten, das ist etwas Schönes. Ich fände es jedenfalls nicht richtig, wenn einer von Ihnen den anderen in die Pfanne hauen würde. Viel besser wäre es, einander zu helfen.«

»Helfen?« Marco Kowalski sah sie fragend an. »Was ist mit Mike? Haben Sie ihn auch hier irgendwo ...?«

»Ihr Herr Bruder«, unterbrach Jan Feddersen ihn barsch, »steht unter Mordverdacht. Der Staatsanwalt bereitet einen Haftbefehl vor. Angesichts der Vorstrafenliste kann er beim Untersuchungsrichter nicht mit Nachsicht rechnen. Also werden Sie wohl eine Weile auf ihn verzichten müssen.«

»Aber ...« Aus aufgerissenen Augen wanderte Kowalskis Blick zwischen Jan und Marie hin und her.

Marie lächelte ihn freundlich an. »Das ist sicher schmerzlich für Sie. Für Ihren Bruder auch, er wird sich fragen, warum Sie ihm nicht helfen.«

»Wie soll ich denn ...?« Marco Kowalski nagte an seiner Unterlippe. »Er hat niemanden umgebracht«, stieß er schließlich hervor. »Ich kann es beschwören.«

»Schwören hilft nicht«, entgegnete Jan Feddersen kalt. »Was wir brauchen, sind Fakten.«

»Schauen Sie, Herr Kowalski«, erklärte Marie nachsichtig. »Es ist gar nicht so schwer. Wenn Sie uns schildern können, was genau passiert ist, und wenn Ihre Schilderung mit der Darstellung Ihres Bruders übereinstimmt, müssen wir den Mordverdacht gegen ihn fallen lassen.«

»Ich muss nachdenken«, murmelte Kowalski.

»Dafür haben Sie den Rest des Tages und die Nacht über Zeit.« Marie behielt ihren freundlichen Ton bei. »Morgen früh setzen wir uns wieder zusammen. Dann hören wir uns das Ergebnis Ihres Nachdenkens an. Bis dahin bleiben Sie unser Gast.« Sie deutete auf seine Hose. »Sie bekommen natürlich trockene Klamotten.«

Nachdem Kowalski abgeführt worden war, wandte Marie sich ihrem Computer zu. »Bevor wir uns auf den Weg machen, will ich etwas nachholen, was ich schon die ganze Zeit erledigen wollte.«

Jan sah sie fragend an.

»Als wir der Frau Anderson bei Övenhorst begegnet sind, habe ich mich daran erinnert, dass wir uns noch einmal genauer mit ihr befassen wollten. Vielleicht weiß Herr Google etwas über sie.« Sie bewegte die Maus, klickte ein paar Mal und tippte den Namen ein. »Das ist interessant«, murmelte sie wenige Sekunden später. »Sie hat einen Wikipedia-Eintrag. Demnach war sie nur bis 1990 in Cuxhaven als Lehrerin tätig. Anschließend ist sie in die Forschung gegangen. Schwerpunkt: Bioelektrische Signale und ihre Steuerung. Ab 1995 hat sie bei einem Pharma-Unternehmen in den USA gearbeitet. Bis Ende 2016.« Marie sah auf. »Also ist sie noch nicht lange wieder hier.«

»Der Name Anderson ist in den USA weit verbreitet«, stellte Jan fest. »Steht da etwas über eine Ehe mit einem Amerikaner?«

Marie scrollte die Seite. »Tatsächlich. Sie war offenbar mit einem Kollegen verheiratet. Die beiden haben gemeinsam Forschungsergebnisse zu *Implantierbaren Cardioverter-Defibrillatoren* veröffentlicht.«

»Herzschrittmacher«, kommentierte Jan. »Wird ihr Geburtsname genannt?«

Marie suchte weiter. »Ja. Gisela Anderson, geborene Behrens.«

»Damit sind wir ihrem Trauma – oder was immer für die Reaktion auf Solveig Vollmers Tod verantwortlich war, noch nicht näher gekommen.«

»Immerhin kennen wir ihren Mädchennamen. Oder den aus erster Ehe. Gisela Behrens.« Marie tippte ihn ein und fügte »Cuxhaven« hinzu. »Leider kein Ergebnis. Wäre auch zu schön gewesen.«

18

1988

Obwohl der Preis, den er für die Stoßstange gezahlt hatte, viel zu hoch war, empfand Gerhard Övenhorst den Handel als Erfolg. Die Einnahmen aus dem neuen Fahrgastschiff würden die Ausgabe früher oder später ausgleichen. Jetzt musste er allerdings das Beweisstück so schnell wie möglich verschwinden lassen. Am besten in der Nordsee. Die nächste Probefahrt mit der *Claudia* wäre eine Gelegenheit, das Teil irgendwo zwischen Scharhörn, Trischen und der Elbmündung ungesehen über Bord gehen zu lassen. Der Stoßfänger des BMW bestand überwiegend aus Stahl und würde rasch auf den Meeresboden sinken.

Ohnehin hatte er Melanie versprochen, sie auf eine Tour mitzunehmen. Wegen der Reparatur und weil er die Werkstatt noch einmal hatte aufsuchen müssen, um die alte Stoßstange auszulösen, hatte er sie um einen Tag vertröstet. Doch nun stand dem Ausflug nichts mehr im Wege.

Er griff zum Telefon, um den Schiffsführer anzuweisen, die Claudia startbereit zu machen, und um mit dem Mädchen eine Uhrzeit zu verabreden. Wenn sich der Trip in seinem Sinn entwickelte, würde er auf eine Begegnung mit Claudias Mutter verzichten.

*

Anfangs war Melanie unsicher gewesen, ob es richtig war, sich von Hardy auf dessen Schiff einladen zu lassen. Doch die Bilder in ihrem Kopf hatten eine Absage unmöglich gemacht. Sie sah sich im Bikini auf dem Deck im Liegestuhl, einen Kapitän in weißer Uniform im Steuerhaus, der ihr anerkennend zulächelte, und einen ebenso elegant gekleideten Stewart, der zu den Klängen von Madonnas »La Isla Bonita« einen *Batida de Coco* servierte. Eine Fahrt zu den Seehundsbänken hatte sie seit ihrer Kindheit nicht mehr unternommen. Das allein wäre Grund genug, sich für das Angebot zu entscheiden. Insgeheim erhoffte sie sich mehr. Weil Claudia offensichtlich mit Carsten durchgebrannt war, musste sie auf ihre Freundin keine Rücksicht nehmen. Falls sie ernsthaft erwogen hätte, Hardy zu heiraten, wäre sie nicht zurechnungsfähig gewesen. Melanie war sicher, niemals auf eine solche Idee zu verfallen. Aber eine Zeit lang würde sie gern genießen, dass er ihr mehr bieten konnte als alle Jungen aus der Clique zusammen. So hatte sie schließlich beschlossen, diese Chance wahrzunehmen.

Die Motoren blubberten gedämpft vor sich hin, es roch nach Diesel. Drei Barkassen schaukelten an der Alten Liebe im Wasser. Zwei davon kannte sie von Ausflügen mit ihren Eltern. Die *Claudia* stach durch ihren frischen Anstrich hervor, sie wirkte neuer und moderner. Vom Bug über den Mast bis zum Heck flatterten bunte Fähnchen. Als Melanie näher kam, entdeckte sie Hardy. Er und ein Mann im dunkelblauen Pullover trugen ein längliches Paket an Bord und verstauten es im

Heck. Für die Touren mit Feriengästen durch den Hafen und auf See, hatte Hardy ihr erklärt, fehlten noch ein paar Ausrüstungsgegenstände. Aber in einigen Tagen wäre alles komplett, und der Betrieb würde aufgenommen. Dann gäbe es neben den Hafenrundfahrten das gesamte Angebot, das auch die Werber der anderen Ausflugsschiffe mit ihren Megafonen lautstark anpriesen. Piratenfahrt, Kaffeefahrt, Hochzeitsfahrt, und, natürlich, die Fahrt zu den Seehundsbänken.

Sie winkte Hardy zu, der mit zufriedenem Ausdruck zu ihr hinübersah und offensichtlich etwas zu seinem Mitarbeiter sagte, denn dieser drehte den Kopf in ihre Richtung, verzog das Gesicht zu einem Grinsen und antwortete. Hardy nickte und winkte zurück. Melanie beschleunigte ihren Schritt, schlängelte sich durch die Touristen, die sich vor den Plakataufstellern drängten, um das günstigere Angebot zu finden. Melanie wusste, dass sie vergeblich suchen würden, denn die Reedereien konkurrierten zwar heftig miteinander, ihre Preise waren aber seltsamerweise immer gleich. Sie erreichte schließlich die kleine Gangway, die zur *Claudia* führte. Während sie mit leichtem Herzklopfen hinüberschritt, vernahm sie halblaute Kommentare von Touristen, die sie mit ihren Blicken verfolgten. »Wieso darf die …? Wie heißt das Schiff? Das steht hier gar nicht. Ist wohl privat.«

Hardy war nach vorn gekommen und reichte ihr die Hand für den letzten Schritt. »Willkommen an Bord!« Sekunden später zog der Mann im blauen Pullover das Fallreep ein und löste die Leinen. Dann begab er sich ins Führerhaus, im nächsten Augenblick kam die Maschine auf Touren. Das Schiff schwankte ein wenig, drehte sich vom Anleger fort und nahm rasch Fahrt auf.

»Komm!«, sagte Hardy, der noch immer ihre Hand hielt, und zog sie zu einer Tür. »Wir gehen in den Salon und genehmigen uns eine Erfrischung. Später kannst du dich, wenn du willst, auf dem Oberdeck in die Sonne legen. Hier gibt es zu viele Gaffer.«

Im Inneren des Schiffes war es deutlich leiser. Die Geräusche des Hafens schienen ausgesperrt, und der Schiffsmotor ließ nur noch ein gedämpftes Brummen hören. Der Raum war mit dunkelroten Polstermöbeln ausgestattet, die um schwarzbraune polierte Holztische gruppiert waren. Im Hintergrund befand sich ein Tresen aus dem gleichen dunklen Holz, zu dem goldgelbe Messingbeschläge sowie einige auf Schiffen übliche Instrumente an der Wand einen passenden Kontrast bildeten.

Hardy ließ ihre Hand los. »Such dir einen Platz aus! Für den Anfang empfehle ich die Fensterseite auf Steuerbord. Da gibt es mehr zu sehen.« Er begab sich hinter die Theke und breitete die Arme aus. Was darf ich dir servieren? »Bier? Wein? Sekt? Oder lieber einen Cocktail? Ich weiß nur nicht, ob ich den so gut hinbekomme wie der Keeper im *Wattnu.*«

»Haben Sie – hast du auch Cola?« Melanie hatte sich vorgenommen, einen klaren Kopf zu behalten, obwohl sie jetzt viel lieber etwas anderes getrunken hätte. Etwas, das ihr die Nervosität nehmen und alles ein bisschen leichter machen würde.

»Cola?« Hardy sah sie mit großen Augen an. »Na klar. Aber für eine Frau deiner Klasse ist braunes Zuckerwasser vielleicht etwas zu gewöhnlich. Findest du nicht?«

Er bückte sich, öffnete die Tür eines Kühlschranks hielt eine Flasche Cola hoch und lächelte sie an. »Habe ich ewig nicht getrunken. Mit dir zusammen probier ich's gern mal wieder. Allerdings nehme ich einen kleinen Schluck Whisky dazu. Möchtest du auch?« Mit Daumen und Zeigefinger zeigte er einen kaum erkennbaren Zwischenraum. »Nur so.«

Ohne es zu wollen, nickte Melanie. Plötzlich erschien ihr Cola als ein Kindergetränk. Sie war schließlich eine erwachsene Frau. Hardy hatte es gerade bestätigt. Da war Whisky Cola durchaus ein angemessener Longdrink. »Aber bitte mit Eis«, fügte sie rasch hinzu, um zu zeigen, dass sie sich mit diesem Highball auskannte.

»Selbstverständlich«, antwortete Hardy, noch immer lächelnd, und ließ klirrend Eiswürfel in die Gläser fallen.

Nachdem er zu ihr an den Tisch gekommen war und sie miteinander angestoßen hatten, deutete er mit einer Kopfbewegung zum Fenster. Melanie sah die *Dicke Berta*, den weißen Leuchtturm mit dem schwarzen Oberteil, vorüberziehen. Das frühere Unterfeuer für die Seefahrt war heute das Wahrzeichen von Altenbruch. Als Kind hatte sie noch eins der dazu gehörenden Oberfeuer erlebt, die *Schlanke Anna* in Osterende-Groden. Bei einem Schulausflug hatte der Lehrer erklärt, wie die Leuchttürme den Seefahrern den Weg gewiesen hatten. Während sie die Landschaft betrachtete, hörte sie seine Stimme. »Das Oberfeuer leuchtete über die beiden Unterfeuer hinweg. Befanden sich die Lichtblitze auf einer Linie, war das Schiff auf dem richtigen Kurs.«

»Wohin fahren wir eigentlich?«, fragte sie.

»Wir folgen dem auflaufenden Hochwasser ein Stück in Richtung Hamburg.« Er warf einen Blick auf die Uhr. »In der Elbmündung treffen wir auf den Höhepunkt der Gezeitenwelle. Dann wird es ein bisschen unruhig. Mit dem ablaufenden Wasser nehmen wir Kurs nach Norden auf Friedrichskoog.

Vor den Seehundsbänken drehen wir nach Backbord ab, in Richtung Scharhörn, und von dort aus steuern wir wieder Cuxhaven an.« Er leerte sein Glas. »Oben stehen Deckchairs. Wenn du Lust hast, kannst du dich in die Sonne legen. Ich habe hier unten ein paar Dinge zu erledigen. Nachher bringe ich dir einen Cocktail.« Er deutete auf die Gläser. »Möchtest du noch so einen? Oder lieber was anderes?«

Melanie spürte die Wirkung des Alkohols. So knapp hatte Hardy den Whisky wohl doch nicht bemessen. Aber die Anspannung fiel von ihr ab und machte einer angenehmen Trägheit Platz. Ein Liegestuhl auf dem Oberdeck, von dem aus sie Küste und Meer betrachten, Schiffe beobachten und den Möwen zusehen konnte, wäre nicht zu verachten.

»Ich lasse mich überraschen«, sagte sie und griff nach ihrer Tasche. »Wo kann ich mich umziehen?«

*

Nach der Rückkehr in die Dienststelle zogen Hauptkommissar Christiansen und seine Kollegin Mensen Bilanz. Die Obduktion hatte keine neuen Erkenntnisse gebracht, sondern nur die Vermutungen der Ermittler bestätigt. Danach waren Claudia Behrens und Carsten Bartels in dem Wagen ertrunken, weil sie sich nicht hatten befreien können. Chemische Analysen würden noch folgen, um zu klären, ob der Fahrer Alkohol oder Drogen zu sich genommen hatte. Die Vermutung war naheliegend gewesen, denn warum sonst hatte der junge Mann unter Wasser nicht die Beifahrertür geöffnet, als ihm der Weg zur Fahrerseite durch die ohnmächtige Frau versperrt war. Er war – jedenfalls äußerlich – unverletzt geblieben.

»Ich will mir gar nicht vorstellen«, seufzte Theda Mensen, »was sich in dem Auto abgespielt hat. Das ist so entsetzlich.«

Christiansen nickte nachdenklich. »Mir scheint es nicht vordringlich, die Vorgänge und Abläufe im Wagen zu klären. Wichtiger finde ich die Frage, ob die Spuren an der hinteren Stoßstange von einem Fahrzeug stammen, das den Honda ins Wasser geschoben hat, oder von einer früheren Kollision. Carstens Vater behauptet, das Auto sei noch am Tag vor dem Unglück unbeschädigt gewesen. Und wenn wir es mit einem Tötungsdelikt zu tun haben und uns die Frage nach dem Täter stellen, sehe ich immer diesen Övenhorst vor mir.«

»Du magst ihn nicht«, stellte Theda Mensen fest.

»Stimmt«, gab Christiansen zu. »Davon sollten wir uns zwar nicht leiten lassen, aber der Kerl ist mir zu glatt und zu arrogant. Ich werde das Gefühl nicht los, dass er ein falsches Spiel mit uns treibt. Leider können wir ihm nichts nachweisen. Der Tatverdacht steht und fällt mit der Stoßstange seines Wagens. Und den kriegen wir nicht in die KTU. Staatsanwalt von Frielinghaus sieht keine Chance für eine richterliche Anordnung.«

»Und wenn wir ihn ohne Genehmigung untersuchen?«

»Wie stellst du dir das vor?« Obwohl ihm der Gedanke gefiel, schüttelte Christiansen den Kopf.

Theda Mensen hob die Schultern. »Es kommt vor, dass Fahrzeuge verkehrsbehindernd parken und die Kollegen von der Schutzpolizei sie abschleppen lassen. Für eine Stunde oder so wäre der Wagen verschwunden, das sollte für Heinemann und seine Leute reichen. Die könnten ihn in der Zeit auf die Hebebühne nehmen und nachschauen, ob die Stoßstange frisch an der Karosserie befestigt worden ist. Den Schrauben und Muttern, die dafür verwendet wurden, muss man das doch ansehen.«

»Und dann?« Christiansen verzog das Gesicht. »Wir erfahren vielleicht, dass kürzlich an dem Wagen geschraubt wurde. Sollen wir mit den illegal erworbenen Kenntnissen zum Staatsanwalt gehen und ihn bitten, eine offizielle Untersuchung zu beantragen?«

»Wenigstens wissen wir so, woran wir sind«, beharrte Theda Mensen.

»Und Övenhorst auch. Er und sein Anwalt werden uns dieses Wissen um die Ohren schlagen.«

»Hast du Angst vor einer Dienstaufsichtsbeschwerde?«

Christiansen antwortete nicht. Sollte es dazu kommen, konnte er die Ernennung zum Kriminalrat in den Wind schreiben. Jemand anders bekäme die Stelle, und er würde auf Jahre, wenn nicht Jahrzehnte, im FK 1 bleiben müssen.

»Ich sehe, du denkst darüber nach«, kommentierte seine Kollegin und wechselte das Thema. »Kollege Dehne hat inzwischen sicher die restlichen Werkstätten abtelefoniert.«

»Ich denke schon. Wenn er fündig geworden wäre, hätte er sich bestimmt ...« Das Klingeln des Telefons unterbrach den Hauptkommissar. Er nahm den Hörer ab, meldete sich und hörte dem Anrufer kommentarlos zu. Theda Mensen beobachtete ihn gespannt und registrierte, wie sich seine Miene zu einem Lächeln verzog. »Gute Arbeit, Andreas«, sagte er schließlich. »Du kommst dem endgültigen Wechsel zur Kripo näher.«

»Hat er etwas herausgefunden?«, fragte sie, nachdem Christiansen aufgelegt und sich Notizen gemacht hatte.

»Was die BMW-Stoßstange betrifft, leider Fehlanzeige. Aber er hat inzwischen mit dem Hafenmeister gesprochen und erfahren, dass bei der Schiffstaufe etwas nicht ganz nach Plan gelaufen sein muss. Övenhorst hatte zuvor ein Geheimnis um die Taufpatin gemacht, die jedoch nicht erschienen ist. Sie haben dann eine junge Frau vom Servicepersonal gebeten, die Sektflasche gegen den Rumpf zu schlagen.«

»Das könnte bedeuten«, vermutete Theda Mensen, »dass die Namensgleichheit kein Zufall ist und Claudia Behrens das Schiff taufen sollte. Dann müssen die sich gekannt haben.«

Christiansen nickte. »Aber das ist noch nicht alles. Andreas hatte eine gute Idee. Da die Frau Behrens so wenig über die Freundinnen ihrer Tochter wusste, hat er bei den Eltern des Jungen nachgefragt. Und siehe da, seine Mutter kannte die Namen Andrea und Melanie ebenfalls.«

Theda Mensen seufzte. »Die sind in der Altersgruppe nicht gerade selten. Wie sollen wir die finden?«

»Zu dem zweiten Vornamen«, ergänzte Christiansen schmunzelnd, »konnte sie den Familiennamen nennen.« Er warf einen Blick auf seine Notizen. »Saathop, Melanie. Die Adresse hat Andreas schon herausgefunden.«

»Gut«, bestätigte Theda Mensen und stand auf. »Mit der jungen Dame sollten wir uns unterhalten. Möglichst sofort. Oder?«

*

Nach dem zweiten Cocktail hatte Melanie ihren Vorsatz über Bord geworfen und sich von Hardy einen *Tequila Sunrise* mixen lassen, den er erstaunlich gut hinbekommen hatte. Während sie genüsslich am Trinkhalm nuckelte, spürte sie die wärmenden Sonnenstrahlen auf der Haut, das Rauschen der Wellen in den Ohren und den Fahrtwind in den Haaren. Das Schiff zog mit einschläfernd gleichmäßigem Brummen durch das Wasser der Nordsee. Es hatte inzwischen Kurs auf Trischen genommen, sodass Melanie vor sich die Nordsee und auf der rechten Seite das grüne Band der schleswig-holsteinischen Küste hatte. Zwischendurch schloss sie die Augen und gab sich ganz dem Gefühl der Freiheit hin, das sich auf der Nordsee einstellte, wenn der Horizont klar zu erkennen war.

Irgendwann stand sie auf, um nach Hardy Ausschau zu halten. Er war mit einem Mitarbeiter auf dem Heck des Schiffes beschäftigt. Gemeinsam trugen die Männer einen länglichen Gegenstand, der in schwarze Folie eingeschlagen war, zur Reling. Nach einer kurzen Diskussion, deren Inhalt Melanie nicht verstand, hoben sie das Paket an und warfen es mit Schwung über Bord. Es platschte aufs Wasser, drehte sich im Strudel der Schiffsschraube einmal um sich selbst und verschwand unter der Oberfläche. Melanie fragte sich, was für ein Gegenstand gerade im Meer untergegegangen sein mochte, und nahm sich vor, Hardy danach zu fragen.

Doch als er einige Zeit später hinter ihr stand und über ihr Haar strich, hatte sie die Frage schon wieder vergessen. Sie schloss die Augen und wartete darauf, dass seine Hände weiter wandern würden, unsicher, ob sie seine Berührungen wollte oder nicht. Aber er unterbrach die Bewegung und zog einen Deckchair näher heran. »Wenn du nichts dagegen hast, leiste ich dir Gesellschaft.«

Melanie öffnete die Augen. »Natürlich nicht. Im Gegenteil.« Sie stellte ihr Glas ab und wandte sich zu ihm um. Sein offenes Hemd flatterte im Fahrtwind. Wieder durchzuckte sie der Gedanke, wie es wohl wäre, mit ihm zu schlafen. Hatte sie dabei anfangs noch Abscheu empfunden, überwog jetzt die Anziehung. Im Vergleich zu seinem maskulinen Körper waren die dünnen und nervösen Jungen, mit denen sie bisher Erfahrungen gesammelt hatte, nicht gerade begehrenswert. Außerdem hätte jeder von ihnen in dieser Situation schon längst versucht, sie herumzukriegen und sich dabei wahrscheinlich nicht besonders geschickt angestellt. Mit Hardy, ahnte sie, wäre es anders.

Sie fragte sich, wie es Claudia ergangen sein mochte. Noch immer hatte sie keine schlüssige Erklärung für das widersprüchliche Verhalten ihrer Freundin. Wenn Hardy der geheimnisvolle Unbekannte war, von dem sie gesprochen hatte – dann verschwieg er den wahren Charakter ihrer Beziehung. Warum? Sie wandte den Kopf, um ihn darauf anzusprechen. Doch er kam ihr zuvor. »Du fragst dich sicher«, sagte er leise, »ob zwischen Claudia und mir mehr war als nur die Verabredung zur Schiffstaufe.«

Sie nickte verblüfft. »Ja, nein. Ich weiß nicht«. Unsicher sah sie ihn an. »Claudia hat erzählt …«

»Ich kann es mir denken«, unterbrach er sie. »Sie wollte unbedingt, dass wir ein Paar werden, sogar heiraten. Aber das ging natürlich nicht. Bei dem Altersunterschied. Wir hätten uns in der Stadt unmöglich gemacht. Davon abgesehen, gehört an die Seite einer jungen Frau ein junger Mann.« Er zeigte ein unergründliches Lächeln und legte seine Hand auf Melanies Unterarm. »Jedenfalls für eine dauerhafte Beziehung. Gegen ein kleines Abenteuer ist nichts einzuwenden. Wenn beide einverstanden sind.«

Melanie war erleichtert. Offenbar hatte Claudia sich ein Traumbild zurechtgelegt, Wunsch und Wirklichkeit nicht auseinanderhalten können. Erst Carsten hatte sie in die Realität zurückgeholt. Kein Wunder, dass sie zusammen abgetaucht waren. »Und?«, fragte sie. »Hattet ihr ein kleines Abenteuer?«

Hardy lachte. »Das willst du nicht wirklich wissen.« Der Druck seiner Hand wurde ein wenig stärker, gleichzeitig wanderte sie aufwärts. Melanie schloss die Augen, genoss die Berührung und verdrängte die Gedanken an Claudia.

»Sehen wir uns wieder?«, fragte Hardy, als das Schiff eine knappe Stunde später an der Alten Liebe festmachte. »Ich fand ... den Ausflug mit dir ... sehr schön.«

»Mir hat es auch gefallen«, antwortete Melanie und grinste schelmisch. »Abwarten. Vielleicht melde ich mich bei dir, vielleicht melde ich mich nicht.« Sie erschrak, denn Hardys Gesichtszüge wurden plötzlich hart und abweisend. Doch dabei sah er sie nicht an. Sie folgte seinem Blick. Er galt einem großen schlanken Mann und einer stämmigen Frau, die auf dem Anleger standen und offenbar auf den Abschluss des Anlegemanövers warteten.

»Was ist?«, fragte sie. »Wollen die zu dir?«

Hardy nickte. »Das sind Polizeibeamte. Die haben mich schon einmal belästigt.«

»Aber nicht wegen Claudia, oder?«

Statt auf ihre Frage zu antworten, schüttelte er nur unwillig den Kopf. »Geh bitte vor! Ich lasse die Herrschaften noch ein bisschen warten.« Damit verschwand er im Inneren der Barkasse.

Nachdem der Schiffsführer und sein Helfer das Fallreep ausgelegt hatten, ging Melanie achselzuckend von Bord und versuchte, die wartenden Polizisten zu ignorieren. Doch die Frau trat einen Schritt auf sie zu. »Frau Melanie Saathop?« Gleichzeitig hielt sie ihr einen Ausweis vors Gesicht. »Kriminalhauptkommissarin Mensen. Das ist mein Kollege, Hauptkommissar Christiansen. Wir würden Sie gern sprechen.«

»Mich?« Melanie starrte die Frau entgeistert an. »Warum?«

»Das möchten wir Ihnen in Ruhe erklären. Aber nicht hier. Wenn Sie uns freundlicherweise begleiten würden.«

»Wohin?«

»Zum Wagen«, erklärte der Mann. »Wir bringen Sie nach Hause. Oder zur Polizeiinspektion in die Werner-Kammann-Straße. Wie Sie wollen.« Sein Tonfall war verbindlich und seine Miene freundlicher als die der Frau.

»Nicht nach Hause«, bat Melanie rasch. Ihr Herz raste. Der Schlag würde Ihre Mutter treffen, wenn sie in Begleitung von Kriminalbeamten dort auftauchte.

*

Nachdem der Hauptkommissar einige ergänzende Angaben zur Person in ein Formular eingetragen hatte, blickte er auf und sah Melanie lange an.

Sie saßen in einem schlichten Raum, dessen kahle Wände in einer undefinierbaren Farbe gestrichen waren, die irgendwo zwischen grau und hellbraun anzusiedeln war. Das Mobiliar bestand aus einem Tisch mit drei Stühlen. Vergeblich suchte Melanie nach Mikrofon und Spiegelglasscheibe. Über Ausstattungen wie sie in *Miami Vice* zu sehen waren, schien die Cuxhavener Polizei nicht zu verfügen. Die Frau mit dem strengen Gesichtsausdruck hatte einen Schreibblock vor sich und einen Kugelschreiber in der Hand.

»Was wissen Sie«, fragte der Polizist schließlich, »über das Verhältnis von Claudia Behrens und Herrn Övenhorst?«

Erleichtert, dass es nur darum ging, berichtete sie, was sie von Hardy erfahren hatte. Dass es wegen der Übereinstimmung der Namen um die Schiffstaufe gegangen sei. Nein, ein Liebesverhältnis habe es nicht gegeben. Schließlich sei Claudia auf ihrer Geburtstagsfeier mit ihrem früheren Freund Carsten wieder zusammengekommen und seitdem mit ihm unterwegs.

»Unterwegs?« fragte die Kriminalbeamtin. »Wie meinen Sie das?«

Melanie hob die Schultern. »Sie sind weg«, erklärte sie. »Abgehauen. Irgendwohin. Italien oder Spanien, was weiß ich.«

»Hat Ihnen Herr Övenhorst nicht gesagt, was Ihrer Freundin zugestoßen ist?«

»Nein. Wieso? Was soll ihr denn zugestoßen sein? Sie ist doch mit Carsten weggefahren. Noch in der Nacht vor ihrem Geburtstag.«

»Das wissen wir auch«, bestätigte der Hauptkommissar. »Allerdings nicht nach Italien oder Spanien. Sondern zum Alten Fischereihafen.«

»Aber …« Irritiert schüttelte Melanie den Kopf. »Ich verstehe das nicht … Dann wären sie doch hier. Und Claudia hätte …«

»Sie *sind* hier, Frau Saathop«, entgegnete der Kriminalpolizist. »Herr Övenhorst weiß das ganz genau.«

»Nein«, widersprach Melanie verärgert. »Das weiß er nicht. Sonst hätte er mir es erzählt. Und ich wüsste es im Übrigen auch.«

Die Kriminalbeamten sahen sich an. »Herr Övenhorst dürfte einen Grund haben«, knurrte die Frau, »sein Wissen für sich zu behalten.«

»Und ich?« Melanie spürte die Aggressivität in ihrer Stimme. »Könnte ich auch einen Grund haben?«

Die Polizistin schüttelte den Kopf. »Nach dem bisherigen Stand unserer Ermittlungen wohl nicht. Sie könnten allerdings in der Zeitung gelesen haben …«

»Ermittlungen? Was ermitteln Sie hier eigentlich? Und was soll ich in der Zeitung gelesen haben?«

»Es tut uns sehr leid, Frau Saathop«, antwortete der Beamte nach kurzem Zögern. »Ihre Freundin Claudia Behrens ist leider verstorben. Zusammen mit Carsten Bartels. Sie sind ertrunken. Sein Wagen, beziehungsweise der seines Vaters, ist ins Hafenbecken gestürzt.«

Melanie erstarrte.

»Wir haben Grund zu der Annahme, dass Herr Övenhorst etwas mit Claudias Tod zu tun hat.«

»Das kann nicht sein.« Ungläubig schüttelte Melanie den Kopf. »Die beiden wollten doch ...« Sie brach ab, weil ihr plötzlich bewusst wurde, dass Hardy sie belogen haben konnte. Und sie war kurz davor gewesen, sich mit ihm einzulassen! Plötzlich wusste sie nicht mehr, was sie von alledem halten sollte.

»Heiraten?«, ergänzte die Polizistin. »Hat sie Ihnen das erzählt?«

»Ja, das hat sie«, bestätigte Melanie. »Aber dann ist sie ja mit Carsten ...«

Erneut wechselten die Kriminalbeamten einen Blick. Die Frau stand auf und ging zur Tür. »Ich gebe Andreas Bescheid.«

Ihr Kollege nickte. »Sag ihm, er soll eine Streife mitnehmen. Övenhorst wird zwar kaum mit einer Verhaftung rechnen, aber man kann nicht wissen, wie er reagiert.«

»Ist Hardy ...«, flüsterte Melanie, »ich meine, Herr Övenhorst, wirklich ... Hat er ...?«

»Uns fehlte noch eine Information«, erklärte der Kriminalbeamte. »Sie haben uns gerade bestätigt, was wir bisher nur vermuten konnten. Täter und Opfer kannten sich nicht nur, sie waren ein Paar. Bis dieser Carsten dazwischengekommen ist. Meine Kollegin schickt nun jemanden los, der Övenhorst vorläufig festnehmen wird. Sie werden als Zeugin der Anklage vor Gericht auftreten müssen.«

*

Melanie Saathop schlief schlecht in dieser Nacht. Zwischen Träumen und Wachen kreisten Bilder in ihrem Kopf. Szenen von Claudias Geburtstagsfeier, Bilder von Hardy im *Wattnu* und auf dem Ausflugsschiff, Sätze aus dem Gespräch mit den Kriminalbeamten. Gewöhnlich interessierte sie sich nicht für den Inhalt der Cuxhavener Nachrichten. Aber am Morgen kaufte sie sich eine Zeitung. Auf der Lokalseite sprang ihr ein Foto von Hardys Barkasse entgegen, auf dem er im Kreis älterer Männer wohlgefällig einer jungen Frau zusah, die eine riesige Sektflasche an der Schiffswand zerschellen ließ. Hastig überflog sie den Artikel.

Reeder unter Mordverdacht?

Schiffseigner vorläufig festgenommen

Von Hajo Sommer

Gestern wurde der Cuxhavener Geschäftsmann und Eigentümer der Barkasse »Claudia« überraschend von der Polizei festgenommen. Wie Kriminalhauptkommissar Christiansen vom Fachkommissariat für Tötungsdelikte erklärte, wird Gerhard Ö. (52) beschuldigt, für den Tod der in der Nacht von Freitag auf Samstag ertrunkenen Claudia B. (24) und des 25-jährigen Carsten B. verantwortlich zu sein. Er soll das Fahrzeug des jungen Mannes mit seinem Wagen ins Hafenbecken gestoßen haben. Was zunächst nach einem Unfall ausgesehen hatte, muss nach Überzeugung der Kriminalpolizei und des zuständigen Staatsanwalts aufgrund der vorliegenden Ermittlungsergebnisse als vorsätzlich herbeigeführtes Ereignis angesehen werden. Deshalb wurde ein Haftbefehl erlassen. Ob die Anklage auf Mord oder Totschlag lauten wird, steht noch nicht fest. »Unsere Ermittlungen dauern an«, betonte Hauptkommissar Christiansen. »Es sind weitere Zeugen zu vernehmen. Der Beschuldigte bestreitet die Tat, aber schon jetzt sind die Indizien gegen ihn erdrückend.«

Demgegenüber betont Lars Lindhorst, der Anwalt des Reeders, es gebe keine handfesten Beweise für die Schuld seines Mandanten. Er sei deshalb zuversichtlich, beim Haftprüfungstermin seine Freilassung zu erreichen.

Über neue Entwicklungen im Fall Ö. werden wir unseren Leserinnen und Lesern berichten.

19

2017

Das Restaurant war eher unauffällig. Ein niedriges Gebäude, durch eine schmale Straße vom Deich getrennt, auf dem eine Schafherde weidete. Blickfang war ein kleiner rot-weißer Leuchtturm, der zur Landseite hin die Grundstücksgrenze markierte. Glaswände schützten den Außenbereich vor Wind. Marie stoppte den Roller neben einem Fahrradständer und stellte den Motor aus. »Sieht einladend aus«, kommentierte Jan Feddersen, als er vom Sozius gestiegen war und den Helm abgenommen hatte. »Danke übrigens fürs Mitnehmen.«

»Da nich für«, antwortete Marie und ließ ihren Blick prüfend über die Gäste gleiten, die hinter dem gläsernen Windschutz in der Abendsonne saßen. »Christiansen und Konrad scheinen noch nicht da zu sein. Oder sie sitzen drin. Komm, lass uns nachsehen!«

An der Tür empfing sie ein hochgewachsener älterer Herr mit grauem Bart. »Moin. Herzlich willkommen. Frau Janssen? Herr Feddersen?«

»Moin.« Marie nickte verblüfft. »Woher ...?«

»Eine junge Dame und ein junger Herr. Besondere Kennzeichen: beide blond, die Dame wahrscheinlich mit Motorroller.« Mit einer Kopfbewegung deutete er zu einem reservierten Tisch, der etwas abseits stand. »Sie werden erwartet. Herr Röverkamp und sein Begleiter kommen sofort. Sie machen sich gerade ein wenig frisch.« Er wandte sich um. »Ah, da ist er schon.« Hinter dem Wirt war Konrad Röverkamp aufgetaucht.

Maries Herz machte einen Sprung. Seine Verabschiedung lag wenige Tage zurück. Trotzdem war es ihr, als sei eine kleine Ewigkeit vergangen. In Gedanken überschlug sie die Zahl der Jahre, in denen sie tagtäglich mit ihm zusammengearbeitet hatte. 2004 hatten sie gemeinsam im FK1 begonnen, sich aneinander gewöhnt und sich schätzen gelernt. Anfangs war Christiansen ihr Chef gewesen.

Der Gastwirt trat zur Seite, Konrad kam mit ausgebreiteten Armen auf sie zu und umarmte sie. Wieder dachte Marie daran, dass er das während der gemeinsamen Dienstzeit nie gemacht hatte. »Wie schön, dass du kommen konntest! Und deinen neuen Kollegen hast du auch mitgebracht.« Er löste sich von ihr und schüttelte Jan Feddersen die Hand. »Freut mich.« Dann deutete er auf den Motorradhelm. »Sie haben sich Maries Fahrkünsten anvertraut. Das nehme ich als gutes Zeichen für die künftige Zusammenarbeit.« Mit einer einladenden Geste bat er sie zu dem reservierten Tisch. »Claus-Peter kommt gleich.«

Nachdem die drei Platz genommen hatten, erschien Christiansen. »Moin, Frau Janssen, Moin, Herr Feddersen. Ich freue mich, dass Sie uns alten Zauseln Gesellschaft leisten.« Er setzte sich und griff nach einer der Speisekarten, die auf dem Tisch lagen. »Konrad und ich essen gelegentlich hier. Sie können also davon ausgehen, dass die Küche empfehlenswert ist.« Er grinste fröhlich. »Ich hoffe, Sie halten es für eine gute Idee, dass wir Sie eingeladen haben, und sind nicht nur aus Pflichtgefühl gekommen.«

»Von Einladung war in Konrads Nachricht nicht die Rede«, wandte Marie ein. »Aber wir haben uns wirklich gefreut. Nicht wahr, Jan?«

Ihr Kollege nickte. »Absolut. Außerdem war ich sehr auf die Begegnung gespannt. Marie spricht mit großem Respekt von Ihnen beiden. Zahlen können wir natürlich selbst.«

Christiansen warf Röverkamp einen Blick zu. »Kommt gar nicht infrage«, bestimmte er. »Einladung ist Einladung.« Er deutete auf die Speisekarten. »Und nun sucht euch was aus. Empfehlen kann ich eigentlich alles. Der Fisch ist fangfrisch. Besonders lecker sind die Kabeljau-Loins. Auf Wunsch gibt's dazu einen wunderbaren Kartoffelstampf. Aber schaut selbst!«

Nachdem Marie und Jan sich bedankt hatten und Christiansens Empfehlung gefolgt waren, bestellten die Männer Weißwein und für Marie Wasser. Dann wandte sich Konrad Röverkamp an seine ehemalige Kollegin. »Und? Habt ihr schon einen gemeinsamen Fall, du und Herr Feddersen?«

»Allerdings«, antwortete Marie und sah Jan fragend an. »Ich weiß nur nicht, ob wir darüber sprechen können.«

»Für Fortschritte bei der Aufklärung des Falles wäre es vielleicht hilfreich«, sagte er lächelnd, »wenn wir den Rat erfahrener Ermittler einholen könnten. Ich gehe davon aus, dass die Kollegen die Angelegenheit vertraulich behandeln.«

»Das versteht sich von selbst«, versicherte Christiansen. »Aber ob wir euch helfen können? Ich bin jedenfalls gespannt. Handelt es sich um ein Tötungsdelikt?« Er sah Konrad Röverkamp an. »In der Zeitung habe ich nichts gelesen. Du?«

Sein ehemaliger Untergebener hob die Schultern und schüttelte wortlos den Kopf.

Marie lächelte. »Also gut.« Sie senkte die Stimme. »Dass nichts in der Zeitung stand, hat seinen Grund. Anfangs haben wir darauf verzichtet, die Öffentlichkeit zu informieren, weil es um ein heikles Thema ging. Angeblich hatte ein Wolf in der Wingst ein Mädchen gerissen. Ein solches Gerücht hätte eingeschlagen wie eine Bombe und wahrscheinlich zu heftigen Auseinandersetzungen in neuen und alten Medien und einer Flut an Fehlinformationen geführt. Tatsächlich hat es Tierfraß an einer Leiche gegeben, die im Wald entsorgt worden ist. Wir haben inzwischen herausgefunden, wie sie dorthin gekommen ist. Nun verfolgen wir die Spur zurück und hoffen, den Ausgangspunkt ihres Weges zu finden. An dem Transport waren vier Personen beteiligt, die wir identifizieren konnten. Aber keinem von denen trauen wir einen Mord zu. Einen der Beteiligten haben wir trotzdem vorläufig festgenommen. Das Zusammenspiel dieser vier Leute ist sehr kurios. Um hinter die letzten Einzelheiten zu kommen, müssen wir sie voneinander fernhalten und verhindern, dass sie sich gegenseitig informieren. Auch deshalb halten wir die Sache nach wie vor unter der Decke.«

»Habt ihr schon Hinweise auf einen möglichen Täter?«, fragte Konrad Röverkamp.

»Nein.« Marie sprach nicht weiter, denn in diesem Augenblick erschien der Wirt mit den Getränken. »Sie dürfen sich gern am Salatbüffet bedienen«, sagte er und deutete zur Tür der Gaststube. »Wenn Sie reinkommen, links.«

Nach der Vorspeise setzte Jan Feddersen Maries Bericht fort und erläuterte die seltsamen Verstrickungen der am Leichentransport Beteiligten. »Wir müssen«, schloss er, »den Arbeitgeber der Brüder, diesen Immobilienbesitzer und Schiffseigner, und dessen Umfeld unter die Lupe nehmen.«

»Parallel dazu versuchen wir«, fügte Marie hinzu, »mehr über das Opfer zu erfahren. Die bisher vorliegenden Informationen zur Toten sind ausgesprochen mager.« Sie sah Konrad an. »Mein ehemaliger Chef hat immer gesagt: Das Opfer …«

»… führt uns zum Täter«, ergänzte Röverkamp lächelnd.

Claus-Peter Christiansen hatte kommentarlos und konzentriert zugehört. Einmal hatte er eine ungläubige Miene gezeigt, ein andermal kaum wahrnehmbar den Kopf geschüttelt. Marie spürte, dass der ehemalige Kripochef über etwas nachdachte. Es war ihr, als lauschte er in sich hinein.

Sie sah ihn aufmerksam an und überlegte, ob sie fragen sollte, was ihn beschäftigte. Bevor sie sich schlüssig werden konnte, wurde ihr die Entscheidung abgenommen. Das Gespräch verstummte, weil die Bestellung gebracht wurde. Konrads Augen leuchteten, als die Teller vor ihnen standen. »Das sieht gut aus. Ich denke, ich habe nicht zu viel versprochen. Guten Appetit.«

Während des Essens stellte sich heraus, dass Konrad Röverkamp und Claus-Peter Christiansen aufmerksam die Meldungen aus der Inspektion im Presseprotal verfolgten. Nachdem sich die beiden erkundigt hatten, wie es Anne Lüken ging, drehte sich das Gespräch um Vorfälle, mit denen sich die Cuxhavener Polizei in letzter Zeit hatte beschäftigen müssen. Bei Holte-Spangen war ein älterer Herr mit seinem Pferdetransporter so ins Schleudern gekommen, dass die Tiere aus dem Anhänger katapultiert worden waren und weitgehend unverletzt wieder eingefangen werden konnten. In Hemmoor hatte ein Mann seine Nachbarin mit einem Messer bedroht, weil sie seine Annäherungsversuche zurückgewiesen hatte. Und auf der Nordheimstraße in Sahlenburg waren die beiden Kutschpferde eines Wattwagens durchgegangen und hatten eine Umzäunung gerammt. Die siebzehnjährige Wagenlenkerin war noch nicht im Besitz eines Führerscheins für Wattwagenführer.

Jan Feddersen schob als Erster seinen leeren Teller von sich. »Der Fisch war wirklich wunderbar. Eine gute Empfehlung.«

»Das kann ich nur bestätigen«, schloss Marie sich an, die genüsslich ein Stück Kabeljau auf die Gabel spießte. »Vielen Dank für den Tipp! Und für die Einladung.«

Nachdem auch die älteren Kollegen ihre Mahlzeit beendet hatten, kam Marie auf ihre Beobachtung zurück. »Als Jan vorhin die Einzelheiten unseres Falls berichtet hat, waren Sie für einen Moment sehr nachdenklich, Herr Christiansen. Oder war mein Eindruck falsch?«

Der pensionierte Kriminaloberrat schüttelte den Kopf. »Nein, Ihr Eindruck war zutreffend. Ich musste an einen Fall denken, der mich vor ungefähr dreißig Jahren beschäftigt hat. Wir haben damals einen Mann vor Gericht gebracht, der nach meiner Überzeugung zwei junge Menschen ermordet hat. Er war Besitzer eines Ausflugsschiffes, das in dem Verfahren immer mal wieder Thema war, und wurde aus Mangel an Beweisen freigesprochen. Es gab leider nur Indizien. Wir hielten sie für schwerwiegend, aber nach Ansicht des Gerichts waren sie für eine Verurteilung nicht ausreichend. Nach einiger Zeit sind weitere Hinweise aufgetaucht. Doch da war es zu spät. *Ne bis in idem.*«

Marie zog die Nase kraus. »Ich verstehe nicht.«

»Nicht zweimal in derselben Sache«, übersetzte Christiansen. »Vereinfacht ausgedrückt, handelt es sich um einen Grundsatz, wonach ein rechtswirksames Urteil endgültig ist. Ein Täter darf nach dem Abschluss eines Strafverfahrens nicht noch einmal wegen dieser Tat vor Gericht gestellt werden. Auch nicht, wenn neue Beweise auftauchen. Die Juristen nennen das *Strafklageverbrauch*. Es war der einzige Fall, den ich während meiner Dienstzeit erlebt habe.«

»Ich erinnere mich dunkel.« Marie kramte in ihrem Gedächtnis. »In der Ausbildung haben wir das gelernt. Aber in der Praxis ist es mir nie begegnet.« Sie sah ihren ehemaligen Kollegen an. »Oder?«

Konrad Röverkamp schüttelte den Kopf. »Nein. Zum Glück nicht.« Er wartete, bis die Bedienung die Teller abgeräumt hatte. Dann senkte er die Stimme. »Kann der Mann, von dem Claus-Peter gesprochen hat, der Arbeitgeber der beiden Brüder sein?«

»Övenhorst? Ja, durchaus. Allerdings ...«

Er wurde von Christiansen unterbrochen. »Euer Mann heißt Övenhorst?«

Marie und Jan Feddersen sahen ihn verblüfft an. »Ist das der Mann«, fragte Marie, »den Sie damals in Verdacht hatten?«

»Ja«, bestätigte Christiansen. »1988. Ich bin davon überzeugt, dass er mit seiner Limousine einen Sportwagen ins Hafenbecken gestoßen hat, in dem zwei junge Menschen saßen. Sie konnten sich nicht befreien und sind ertrunken.«

»Warum hat er das getan?« Jan Feddersen schüttelte ungläubig den Kopf. »Und es gab keine Spuren an den Fahrzeugen?«

»An dem Sportwagen schon. Aber nicht an Övenhorsts BMW. Er hat es offenbar geschafft, die vordere Stoßstange innerhalb von vierundzwanzig Stunden austauschen zu lassen. Die alte muss er in der Nordsee entsorgt haben. Jedenfalls ist zwei oder drei Jahre nach dem Prozess bei Baggerarbeiten in der Fahrrinne der Elbe eine Stoßstange aufgetaucht, die gut verpackt und deshalb gut erhalten war. Sie passte genau zu dem Fahrzeugtyp und wies Spuren der Kollision mit dem Sportwagen auf. Inzwischen war die Kriminaltechnik so weit fortgeschritten, dass wir die Lackspuren zuordnen konnten.«

»Das ist voll krass«, entfuhr es Marie. »Und was war das Motiv? Övenhorst muss damals ungefähr … fünfzig gewesen sein. Was hatte er mit den Opfern zu tun?«

»Beim Prozess konnte das nicht vollständig aufgeklärt werden. Die Mutter des getöteten Mädchens hat behauptet, ihre Tochter habe kurz davor gestanden, einen wesentlich älteren Mann zu heiraten. Dessen Alter hat sie mit zweiundvierzig angegeben, kannte ihn allerdings nicht persönlich und konnte auch seinen Namen nicht nennen. Övenhorst war zu dem Zeitpunkt zweiundfünfzig und hat die Beziehung abgestritten. Es gab zwar eine Zeugin, die darüber Bescheid wusste, aber vor Gericht nicht sehr glaubwürdig erschien.«

Konrad Röverkamp mischte sich ein. »War die Stoßstange aus der Nordsee der einzige zusätzliche Anhaltspunkt, der später aufgetaucht ist? Du hast von Hinweisen gesprochen.«

»Bei der Obduktion der jungen Frau ist Sperma gefunden worden. Das hat niemanden überrascht, denn in dem Sportwagen war es offensichtlich zu Geschlechtsverkehr gekommen. Damals hat man das Material nicht sehr gründlich untersucht. Es wäre vielleicht mit den zur Verfügung stehenden Methoden auch nichts weiter herausgekommen. Zwanzig Jahre später schon. Ich habe es 2008, bevor die asservierten DNA-Spuren vernichtet wurden, noch einmal untersuchen lassen.

Dabei hat sich gezeigt, dass sie von Övenhorst stammten. Offensichtlich hatte sich die junge Frau an dem Tag zuerst mit ihm und dann mit Carsten Bartels eingelassen. Der Tod hat die jungen Leute wohl mitten imVergnügen ereilt. «

Konrad Röverkamp zog die Augenbrauen hoch. »Du hattest eine Vergleichsprobe?«

»Die habe ich besorgt. Natürlich illegal. Mit dem Ergebnis hätte ich ohnehin nichts anfangen können. Mir ging es nur darum, die Wahrheit herauszufinden. Offensichtlich war Övenhorst nicht begeistert von der Ausflugsfahrt seiner jungen Freundin mit einem Gleichaltrigen.«

»Also hat der Mann zwei Menschenleben auf dem Gewissen.« Jan Feddersen wandte sich an Marie. »Das wirft ein neues Licht auf das aktuelle Tötungsdelikt. Findest du nicht?«

»Schon«, antwortete Marie zögernd auch, »aber ... Der Typ ist über achtzig und soll eine zweiundzwanzigjährige Frau getötet haben? Wenn ich Herrn Christiansen richtig verstanden habe, ging es damals um eine Beziehungstat. Also gab es ein Motiv. Das sehe ich in unserem Fall nicht. Wir wissen nicht einmal, ob Övenhorst das Opfer gekannt hat. Ich kann mir auch die Tatumstände nicht ausmalen.«

»Ich sehe«, warf Konrad Röverkamp ein, »ihr habt noch einiges zu tun.« Er griff nach der Speisekarte und öffnete sie. »Aber jetzt sollten wir uns erfreulicheren Dingen zuwenden. Zum Beispiel dem Dessert. Es gibt hier einen leckeren Eisbecher. Wie wär's damit?«

»Gern.« Marie schlug ebenfalls die Karte auf. »Da kann ich nicht widerstehen.«

*

Den zweiten und endgültigen Anlauf würde sie nehmen, ohne sich vorher mit Övenhorst zu verabreden. Da der ICD-Transmitter bei zwei Versuchen zuverlässig funktioniert hatte, war sie sicher, dass eine tödliche Manipulation des Herzschrittmachers nicht viel Zeit in Anspruch nehmen würde. Nachdem sie das Gerät noch einmal überprüft hatte, klappte sie den Aktenkoffer zu und machte sich auf den Weg.

Mit Beginn der Dämmerung hatten die Geschäfte in der Fußgängerzone ihre Beleuchtung eingeschaltet, nur die Bäckerei in Övenhorsts Haus lag im Dunkeln. Gisela Anderson umrundete das Gebäude und musterte vom Hof aus die Rückseite. Auch hier war kein Lichtschein zu sehen. Zwei Stufen führten zum Hintereingang. Sie fand das Namensschild und drückte auf den Klingelknopf. Sekunden später flammte hinter einem der Fenster eine Lampe auf. Kurz darauf waren schlurfende Schritte zu hören. Schließlich erhellte sich die Milchglasscheibe in der Haustür und wurde zurückgeschoben. Dahinter erschien Övenhorsts Gesicht. »Sie?«, grummelte er. »Was wollen Sie denn schon wieder?«

»Entschuldigen Sie bitte die späte Störung.« Anderson legte allen verfügbaren Charme in ihre Stimme. »Aber ich müsste Sie unbedingt noch einmal sprechen. Es dauert nicht lange. Wenn Sie vielleicht zehn Minuten erübrigen könnten?«

Övenhorsts Augen näherten sich der Luke, sein Blick wanderte prüfend über den Hof. Dann drehte er den Schlüssel im Schloss, die Tür sprang auf, er blieb darin stehen. »Also gut. Zehn Minuten.Worum geht es?«

»Um einen Passus im Mietvertrag.« Andersen versuchte ein gewinnendes Lächeln. »Können wir das vielleicht drinnen besprechen?«

Der alte Mann verzog das Gesicht und deutete mit dem Kopf in den Flur, zu einer wenige Schritte entfernten offenen Tür. »Meinetwegen. Da rein.« Er folgte ihr, die Tür schloss er nicht, wie um zu signalisieren, dass ihr Besuch von kurzer Dauer sein würde.

Anderson hielt unwillkürlich die Luft an, als sie den Raum betrat. Er wurde von einer Deckenlampe nur spärlich beleuchtet und war mit Möbeln aus den Achtzigerjahren so vollgestellt, dass nur schmale Gänge übrig geblieben waren, auf denen man sich bewegen konnte. Auf Tischen und Schränken lagen Papiere, Kleidungsstücke und Pappkartons. Es roch nach einer Mischung aus altem Rauch, faulen Äpfeln und ungewaschenen Socken.

Wortlos deutete Övenhorst auf einen Stuhl und ließ sich selbst in einen abgewetzten Ledersessel fallen. »Was wollen Sie also?«

Gisela Anderson setzte sich und legte den Aktenkoffer auf ihren Knien ab. »Sie erinnern sich vielleicht«, begann sie, »dass wir die Frage der Untervermietung noch nicht abschließend geklärt haben.« Sie öffnete den Deckel des Koffers so weit, dass sie hineingreifen konnte, und schaltete den ICD-Transmitter ein. »Ich bestehe darauf, ein Zimmer meiner Wohnung an eine junge Frau zu vermieten.«

Övenhorst schnaufte. »Hatte ich mich nicht deutlich genug ausgedrückt? Untervermietung kommt nicht infrage. Sie haben sich vergeblich herbemüht.«

»Das glaube ich nicht«, entgegnete Anderson und betätigte

die Regler des kleinen Apparats in ihrem Koffer. »Es gibt noch eine andere Sache, die wir zu besprechen haben.«

»Ich wüsste nicht, was.« Unwillig schüttelte Övenhorst den Kopf. »Sie können jetzt gehen.«

»Ich werde Ihnen auf die Sprünge helfen.« Anderson erhöhte die Sendeleistung des Transmitters. »Es geht um meine Tochter Claudia, die Sie ermordet haben.«

Die Gesichtszüge des alten Mannes erstarrten. »Sie sind ...?« Er brach ab und starrte sie sekundenlang mit offenem Mund an. Doch dann schien er sich zu fangen, richtete sich in seinem Sessel auf und machte eine abwehrende Handbewegung. »Ich habe niemanden ermordet. Das ist gerichtlich geklärt worden. Und nun verschwinden Sie! Sonst sehe ich mich gezwungen ...« Sein Gesicht verzerrte sich, eine Hand wanderte zur Brust, er stöhnte, beugte sich vor und stieß unverständliche Laute aus.

Gisela Anderson wartete.

*

Die Dämmerung musste eingesetzt haben, denn die dünnen Lichtstreifen an der Tür waren noch schmaler geworden und hatten an Leuchtkraft verloren. Annika rieb sich die Augen. Sie hatte seit Tagen zu wenig geschlafen, und nun senkte sich eine bleierne Müdigkeit auf sie herab. Timo war trotz der unbequemen Lage schon ein paar Mal das Kinn auf die Brust gesunken. Inzwischen hatte sie die Hoffnung aufgegeben, die Nacht in ihrem Bett verbringen zu können. Erst der neue Tag konnte eine Chance auf Befreiung aus dem unwirtlichen

Gefängnis bringen. »Was machen wir«, murmelte sie schläfrig, »wenn morgen wieder keine Leute an Bord kommen?«

»Die Kowalskis müssen Geld einnehmen«, antwortete Timo. »Sie können die Hafenrundfahrten oder Ausflüge zu den Seehundsbänken nicht so lange ausfallen lassen, das bekommt Övenhorst sonst mit.«

Annika hatte Zweifel, aber nicht mehr die Kraft, mit ihm zu streiten. Sie legte ihren Kopf auf seinen Schoß und schloss die Augen. »Ich bin so müde und kann doch nicht schlafen. Erzähl mir was Schönes! Wie wir aus der Misere rauskommen. Mit einem gut gehenden Geschäft, ohne diesen ... dieses Arschloch! Und ohne ständige Geldsorgen. Dafür mit netten Kunden und ... und ...«

Ein knirschendes Geräusch ließ sie aufschrecken. Im nächsten Augenblick flog die Tür auf und schlug krachend gegen die stählerne Schiffswand. Gleichzeitig blendeten hereinfallende Strahlen der tief stehenden Abendsonne ihre Augen. Annika richtete sich auf. Im hellen Rechteck der geöffneten Tür erschien die Silhouette eines Mannes. »Das ist Mike«, flüsterte Timo und beeilte sich, ebenfalls auf die Füße zu kommen.

»Mitkommen!«, knurrte Kowalski. »Die Lage hat sich geändert. Wir fahren zu Öve.« Er machte eine Handbewegung. »Los jetzt, ihr verpennten Bäckerbrötchen!«

Vorsichtig näherten sich Annika und Timo der Tür. Kowalski wich zur Seite, und sie traten ins Freie. Mit einer Kopfbewegung deutete er zur Gangway, in seiner Hand blitzte ein Messer auf. »Keine Zicken!«

Kurz darauf bestiegen sie ihren Fiat Doblo. Annika fuhr, Mike, das Messer einsatzbereit haltend, saß neben ihr, Timo hinten auf der Ladefläche. Hin und wieder warf sie Kowalski einen Blick zu. Seine Miene war verschlossen, er wirkte weniger selbstsicher als sonst. »Was ist jetzt anders?«, fragte sie schließlich. »Und was sollen wir bei Övenhorst?«

Mike presste nur die Lippen aufeinander. Erst als Annika auf dem Hof hinter der Bäckerei anhielt und den Motor abstellte, rückte er mit einer Antwort heraus. »Die Bullen haben meinen Bruder verhaftet«, murmelte er ungewohnt kleinlaut, fast weinerlich.

Sie sah ihn überrascht an. »Marco? Warum? Was hat er getan?«

»Bestimmt wegen der Sache mit der Leiche«, vermutete Timo. »Aber wieso nur ihn?«

Kowalski steckte das Messer ein und hob die Schultern. »Keine Ahnung. Öve hat gesagt, wir sollen untertauchen. Aber ich kann meinen Bruder nicht im Stich lassen. Ich weiß nicht, was ich machen soll.«

Annika entdeckte eine Träne in seinem Augenwinkel und spürte einen Anflug von Mitleid. Doch dann dachte sie an das Messer, das er gerade noch auf sie gerichtet hatte. »Was sollen wir bei Övenhorst?«, wiederholte sie.

»Er muss entscheiden, was mit euch passieren soll. Ihr wisst von der toten Frau, die wir ... entsorgt haben. Wir haben sie nicht umgebracht. Aber er kann uns den Mord anhängen. Er mit seinen teuren Anwälten, und wir mit unseren Vorstrafen ... Wir haben keine Chance.«

»Wenn ihr die Frau nicht getötet habt«, widersprach Timo, »könnt ihr deswegen wohl kaum verurteilt werden.«

Kowalski stieß einen bitteren Lacher aus. »Du hast keine Ahnung. Övenhorst sitzt immer am längeren Hebel. Euch hat er doch auch verarscht. Und René. Und die Mieter in seinem Haus.« Seine Miene verhärtete sich. »Los jetzt, aussteigen!«

*

Mit gespannter Aufmerksamkeit beobachtete Anderson den verkrümmten Körper des alten Mannes. Er war aus dem Sessel gerutscht, lag auf dem Boden, atmete hechelnd und gab unartikulierte Laute von sich. Speichel tropfte aus seinem Mund. Sie wusste, welche Impulse der Schrittmacher in seiner Brust produzierte. Statt des normalen Sinusrhythmus von hundert Stößen in 60 Sekunden wurden mehr als dreihundert in die rechte Herzkammer gejagt. Eine Stimulation, die unweigerlich zu einer ventrikulären Tachykardie, einer tödlichen Herzrhythmusstörung, führen würde. Es war eine Frage weniger Minuten bis zu Övenhorsts letztem Atemzug. Plötzlich schien ihr das Ende viel zu rasch zu kommen. Sie drehte die Regler des Transmitters zurück und wartete, bis sich der Atem des Mannes etwas normalisierte. Sie stand auf, legte den Aktenkoffer auf dem Stuhl ab und trat an Övenhorst heran. »Was wir hier gerade erleben, *Hardy*, nennt man *das letzte Stündlein.*«

»Ich brauche Hilfe«, stöhnte er. »Mein Herz! Rufen Sie einen Arzt!«

Andersen schüttelte den Kopf. »Warum sollte ich? Sie haben schon viel zu lange gelebt. Ihr verbrecherisches Dasein muss nicht verlängert werden.« Sie deutete auf seine Brust. »Ihr Schrittmacher wird Sie umbringen.«

Sie kehrte zu ihrem Stuhl zurück und klappte den Deckel des Aktenkoffers hoch. In dem Augenblick schlugen draußen auf dem Hof Autotüren. Rasch trat sie ans Fenster und spähte hinaus. Ein Lieferwagen. Drei Personen strebten auf das Haus zu. Sie unterdrückte einen Fluch, verschloss den Koffer, klemmte ihn unter den Arm und sah sich um. Im hinteren Bereich des Raumes gab es eine Tür. Sie erreichte sie mit wenigen Schritten, durch die sie in dem Nebenraum verschwand. Sekunden später klopfte es an der geöffneten Wohnungstür.

20

2017

»Ach, du Scheiße!« Mike Kowalski hatte den Mann auf dem Boden entdeckt. »Chef«, rief er und kniete sich neben den röchelnden Alten. »Was ist los?«

Övenhorst stöhnte. »Mein Herz. Ich brauche einen Arzt.«

Kowalski drehte sich zu seinen Begleitern um. »Er braucht einen Arzt«, wiederholte er.

Annika stieß Timo den Ellenbogen in die Seite. »Eins-eins-zwei. Ruf an!«

Ihr Mann zog das Handy aus der Tasche.

In dem Augenblick erkannte Kowalski seine Chance. »Warte!«, rief er. »Helft mir erst, ihn hinzusetzen!«

Mike und Timo hoben den alten Mann auf und setzten ihn in den Sessel. Kowalski sah sich um und zerrte einen kleinen Tisch zu Övenhorsts Platz. »Papier!«, rief er. »Wir brauchen ein Stück Papier. Schnell!«

Annika entdeckte einen Karton mit Dokumenten. Sie durchwühlte den Stapel darin, zog ein leeres Blatt dazwischen hervor und reichte es ihm. »Einen Stift«, forderte Kowalski nun. »Gebt ihm einen Stift!« Timo zog einen Kugelschreiber aus der Jackentasche und legte ihn vor Övenhorst auf den Tisch.

Mike Kowalski packte den alten Mann an den Schultern und rüttelte ihn leicht. »Du schreibst jetzt dein Testament. Danach holen wir einen Arzt.«

Övenhorst stöhnte wieder und schüttelte den Kopf.

»Wenn du nicht schreibst«, drohte Kowalski, »lassen wir dich verrecken. Überleg's dir!« Er drückte ihm den Stift in die Hand. »Los jetzt!«

Der Alte fügte sich. Langsam und in krakliger Schrift entstand das Wort *Testament*.

»Ich«, diktierte Mike Kowalski, »Gerhard Övenhorst, erkläre im Vollbesitz meiner geistigen Kräfte meinen letzten Willen. Beide Häuser in Cuxhaven, Nordersteinstraße, die Barkasse *Kühle Brise* sowie mein gesamtes übriges Vermögen erben nach meinem Tod die Brüder Mike und Marco Kowalski, Große Hardewiek neunundachtzig. Cuxhaven, Datum, Unterschrift.«

Mehrmals stockte Övenhorst beim Schreiben, griff an seine Brust, hustete und schüttelte den Kopf. Kowalski stieß ihn dann in die Seite, wiederholte seine Worte und trieb ihn an. »Los, weiter! Sonst kriegst du keinen Arzt.«

Nachdem Övenhorst den Text unterschrieben hatte, wandte sich Kowalski an Timo und Annika Hilgersen. »Ihr unterschreibt auch. Als Zeugen.«

Kaum hatten sie ihre Unterschriften zu Papier gebracht, faltete Kowalski das Blatt und steckte es ein. Dann deutete er auf den röchelnden alten Mann. »Wir bringen ihn ins Krankenhaus. Mit dem Bäckerauto. Los, fasst an!«

»Ist es nicht besser, den Notarzt zu rufen?«, wandte Annika ein.

Kowalski schüttelte den Kopf und zog ein Messer hervor. »Ihr macht, was ich sage!«

Timo steckte sein Mobiltelefon ein und packte Övenhorst an den Schultern. »Nimm die Beine!«, kommandierte er.

Gemeinsam schleppten sie Övenhorst zum Doblo und legten ihn hinein. Kowalski deutete mit der Messerspitze auf

Annika. »Du fährst!« Dann wandte er sich an Timo und streckte die Hand aus. »Dein Handy! Du bleibst hier! Und mach keinen Blödsinn! Sonst kriegst du deine Braut nicht zurück.«

Zögernd rückte Timo sein Smartphone heraus. Kowalski stellte fest, dass es ausgeschaltet war, forderte Timo auf, ihm die PIN zu geben und nickte zufrieden, als die SIM-Karte entsperrt wurde. Er ließ es in die Tasche gleiten und stieß Annika zur Fahrertür des Lieferwagens. »Los jetzt!«

Kurz darauf rollte der Fiat vom Hof. »Nicht zum Krankenhaus, zum Hafen«, befahl Mike Kowalski. »Du kennst dich ja aus.«

»Aber …«

»Nix aber. Ich muss meinen Bruder rausholen.« Er deutete nach hinten. »Der Alte ist mein Pfand. Er kommt mit mir aufs Schiff. Und morgen früh tausche ich ihn gegen Marco ein.«

»Und wenn er stirbt?«

»Der doch nicht. Der ist hart im Nehmen.« Er wandte sich um. »Stimmt's, Alter? Du bist ein zähes Luder.«

Övenhorst gab einen unartikulierten Laut von sich.

»Siehst du«, kommentierte Kowalski, »der ist putzmunter.«

Annika schwieg und konzentrierte sich aufs Fahren. Inzwischen war es dunkel, und es gab nur noch wenig Verkehr in der Stadt.

*

Nachdem auf der anderen Seite der Tür Ruhe eingekehrt war, wagte sich Gisela Anderson aus ihrem Versteck. Sie lauschte einen Moment auf Geräusche, durchquerte leise das Zimmer, verließ das Haus und machte sich auf den Heimweg. In ihrem Kopf kreisten die Sätze, die sie mit angehört hatte. Der Gedanke an das erzwungene Testament ließ sie lächeln. Sie war nicht sicher, ob es gültig sein konnte, aber allein die Tatsache, dass Gerhard Övenhorst genötigt worden war, gegen seinen Willen zu handeln, empfand sie als höchst befriedigend.

Ärgerlich blieb der misslungene Einsatz des ICD-Transmitters. Sie hätte die Aktion nicht unterbrechen sollen. Andererseits wäre sie vielleicht in Schwierigkeiten geraten, wenn sie beim Verlassen des Hauses den Leuten in die Arme gelaufen wäre, die zu Övenhorst gekommen waren. Sie wären auf den Toten gestoßen und hätten sie mit seinem Ableben in Verbindung gebracht. Nun wurde er ins Krankenhaus geschafft. Ihn dort ins Jenseits zu schicken, war ohnehin die bessere Lösung. Wenn ein alter Mann im Krankenhaus einem Herzleiden erlag, war das ein alltägliches Ereignis, das kaum polizeiliche Untersuchung nach sich zog. Ärzte hatten daran kein Interesse und würden einen natürlichen Tod bescheinigen. Vor dreißig Jahren befand sich das Städtische Krankenhaus an der Altenwalder Chaussee. Sie würde herausfinden müssen, ob es noch immer dort war, und einen Krankenbesuch planen.

*

Das Essen mit Konrad Röverkamp und Claus-Peter Christiansen hatte sich länger hingezogen, als Marie und Jan erwartet hatten. Die beiden alten Herren waren in bester Stimmung gewesen und hatten den »Gedankenaustausch mit jungen Kollegen«, wie Christiansen es genannt hatte, sichtlich genossen.

Nach dem Dessert hatte es Kaffee oder Espresso gegeben und dann den ein oder anderen Aquavit. Marie hatte es bedauert, mit dem Roller gekommen zu sein, und irgendwann war sie der Versuchung erlegen und hatte dem Vorschlag zugestimmt, das Fahrzeug stehen zu lassen. »Wir nehmen nachher alle zusammen ein Taxi«, hatte Konrad Röverkamp vorgeschlagen, »und lassen Maries Roller und die Räder hier. Morgen kommen wir her und holen sie ab.«

Daraufhin hatte sie sich an einigen Runden *Linie Aquavit* beteiligt und die Entspannung genossen. die mit dem Schnaps in gemütlicher Runde einherging. Auf dem Rückweg hatten sie zuerst Konrad in der Hamburg-Amerika-Straße abgesetzt, wo er mit Sabine Cordes lebte. Von dort war das Taxi nach Altenbruch gefahren. Hier ließen sie Claus-Peter Christiansen vor seinem Haus in der Altenbrucher Bahnhofstraße aussteigen. Danach saß außer dem Fahrer nur noch Jan Feddersen mit ihr im Wagen. Er hatte darauf bestanden, Marie nach Groden zu begleiten.

»Früher haben wir im ersten Stock zur Miete gewohnt«, erklärte Marie, als das Taxi vor dem Grundstück in der Freiherr-vom-Stein-Straße hielt. »Später konnten wir das Haus günstig erwerben. Und Felix hat viel selbst gemacht. Für uns und Nele ist es ideal.«

Jan nickte nachdenklich. »So eine Familienidylle hat mir auch mal vorgeschwebt. Leider hat es bei mir nicht geklappt.«

»Weil du keine Frau dazu gefunden hast oder weil es mit der, die du geheiratet hast, nicht geklappt hat?«

»Wir haben uns nach zehn Jahren scheiden lassen. Die Trennung habe ich überwunden. Schlimm ist aber, dass ich meinen Sohn nur selten sehe.«

»Das Foto auf deinem Schreibtisch?«

Jan nickte. »Lukas. Er ist fünfzehn.«

»Und macht Musik?«

»Mit Leidenschaft. Seit er in einer Schülerband spielt, gibt's weniger Probleme. Ich hoffe, das bleibt jetzt eine Weile so.«

»Ich wünsche es euch.« Marie lächelte. »Und du? Hast du neben dem Beruf noch eine Leidenschaft?«

»Segeln«, antwortete Jan. »Liegt aber im Moment auf Eis. Ich habe zu viel um die Ohren. Der Umzug nach Cuxhaven kam etwas überraschend. Jetzt bin ich dabei, eine Wohnung zu suchen.« Er wurde plötzlich ernst und begann, hektisch in seinen Taschen zu kramen. »Warte mal! Irgendwo hab ich eine Liste mit Angeboten aus dem Internet, die ich mir noch ansehen will. Wenn ich mich nicht irre, stand darauf ein Name ...« Er zog ein mehrfach geknicktes Blatt Papier hervor und faltete es auseinander. »Hier!« Mit dem Zeigefinger tippte er auf die Seite. »Schau mal, wie einer der Vermieter heißt. Das ist doch unser Mann!«

Marie war elektrisiert. Seit dem zweiten Aquavit in der fröhlichen Runde hatte sie nicht mehr an den Fall gedacht. Plötzlich war alles wieder da. »Ja, das ist er! Morgen sollten wir uns als Erstes mit ihm befassen. Nach dem, was wir heute Abend gehört haben, wäre ihm ... einiges zuzutrauen.«

Jan knüllte den Zettel zusammen und schob ihn zurück in die Tasche. »Ja, und bis dahin sollten wir noch eine Mütze voll Schlaf bekommen.« Er streckte die Hand aus. »Gute Nacht!« Dann nannte er dem Taxifahrer seine Adresse.

*

Am nächsten Morgen bereute Marie, ihren Roller in Spieka-Neufeld stehen gelassen zu haben. Nun musste sie Nele mit Felix zum Kindergarten bringen und sich dann von ihm zur Dienststelle fahren lassen. So traf sie mit Verspätung im Fachkommissariat ein.

Jan Feddersen, Dirk Allmers und Björn Frerksen sahen sie erwartungsvoll an, als sie das Büro betrat. »Moin, Marie. Gut, dass du kommst, wir brauchen dich.«

»Ist was passiert?«

»Entführung mit Geiselnahme«, erklärte Jan. »Offenbar hat Mike Kowalski diesen Övenhorst in seine Gewalt gebracht, um seinen Bruder freizupressen. Er will aber nur mit dir reden.«

»Der Anruf«, warf Björn Frerksen ein, »kam vom Mobilfunkanschluss eines gewissen Timo Hilgersen. Das ist der Inhaber der Bäckerei, die sich in Övenhorsts Haus befindet. Möglicherweise stecken er und Kowalski ja unter einer Decke.«

Marie sah ihre Kollegen an. »Und was soll ich ...?«

»Verhandeln«, antwortete Jan Feddersen und deutete auf das Telefon. »Die Nummer ist gespeichert. Versuch, ihn so lange wie möglich festzuhalten. Wir warten auf das Ergebnis der Handy-Ortung. Dirk und Björn fahren zur Bäckerei beziehungsweise zu Övenhorsts Haus und sehen sich dort um.« Er gab den Kollegen einen Wink. »Seid vorsichtig! Fordert Verstärkung an, wenn der Geiselnehmer sich verschanzt hat! Wir wissen nicht, ob er bewaffnet ist.«

Zögernd griff Marie zum Hörer, wählte die letzte Nummer aus der Anruferliste und schaltete den Lautsprecher ein. Kowalski meldete sich nach dem zweiten Rufzeichen. »Hallo«, sagte Marie. »Hier spricht Kriminaloberkommissarin Janssen.«

»Ich habe Övenhorst«, erklärte Kowalski. »Dem geht's nicht gut. Er muss ins Krankenhaus. Aber kommt erst los, sobald ihr meinen Bruder freigelassen habt. Marco ist unschuldig.«

»Wir können Ihren Bruder nicht einfach laufen lassen«, antwortete Marie. »Es sind noch einige Fragen zu klären. Wenn Sie versuchen, ihn freizupressen, bringen Sie ihn und sich selbst in Schwierigkeiten. Falls Sie beide wirklich unschuldig sind, wird sich das herausstellen. Eine Geiselnahme ist ein Verbrechen. Dafür wandern Sie in den Knast. Dann wäre Ihr Bruder erst recht allein.«

Marie hörte Kowalski atmen, aber er antwortete nicht. »Hallo?«, rief sie ins Telefon. »Sind Sie noch da?«

»Marco ist unschuldig«, wiederholte er.

»Ich mache Ihnen einen Vorschlag, Herr Kowalski. Bislang ist nichts wirklich Schlimmes passiert. Wenn Sie Herrn Övenhorst jetzt gehen lassen und freiwillig zu uns kommen, können Sie sich mit Ihrem Bruder beraten. Oder wir kommen zu Ihnen und bringen Ihren Bruder mit. Wir müssen nur wissen, wohin.«

»Ich will aber mit Marco unter vier Augen reden.«

Marie sah Jan fragend an. Der nickte. »Kein Problem«, fuhr sie fort. »Sie können ihn allein sprechen.«

Es entstand eine Pause, in der Marie dem Atem ihres Gesprächspartners lauschte. Schließlich räusperte er sich. »Ich rufe wieder an.« Die Verbindung wurde unterbrochen.

»Gut gemacht«, kommentierte Jan Feddersen.

Marie legte den Telefonhörer auf. »Ich weiß nicht …«

»Aber ich. Der Bruder ist seine Schwachstelle. Damit kriegen wir ihn. So oder so. Du hast ihm eine Brücke gebaut, über die er gehen wird. Ich bin ziemlich sicher.«

Marie schüttelte den Kopf. »In Wahrheit ist es eine Falle.«

»Natürlich.« Jan grinste. »Und wir werden ihn darin fangen. Das ist schließlich unsere Aufgabe.« Er griff nach seinem Handy, das sich summend bemerkbar machte, und warf einen Blick auf das Display. »Björn Frerksen. Das ging ja schnell.« Er tippte auf Rufannahme, meldete sich und hörte wortlos zu. Sekunden später steckte er das Telefon wieder ein. »Die Kollegen sind in Övenhorsts Haus. Dort haben sie nur Timo Hilgersen angetroffen. Der ist völlig fertig. Kowalski hat nicht nur dessen Mobiltelefon, sondern auch seine Frau. Die hat er mit einem Messer bedroht, eine Schusswaffe scheint nicht im Spiel zu sein. Sie sind mit dem Bäckerauto weggefahren, wohin, weiß er nicht. Angeblich zum Krankenhaus.«

»Dann geht es jetzt um zwei Menschen«, stellte Marie bestürzt fest. »Wir müssen die Geiselnahme beenden. Eigentlich brauchen wir ein SEK.«

»Du hast Recht. Aber bis die hier sind … Abgesehen davon lösen wir bei Kowalski Panik aus, wenn wir mit dem großen Besteck anrollen. Das kann böse ausgehen. Und den Deal mit dem Bruder können wir auch vergessen. Ich finde, wir sollten die Chance nutzen, die Sache selbst zu einem guten Ende zu bringen.« Er sah sie fragend an. »Bist du dabei?«

»Okay.« Marie nickte. »Wahrscheinlich handeln wir uns einen ordentlichen Anschiss vom Lütten ein. Aber das werden wir überleben.«

»So ist es.« Jan deutete auf den Monitor seines Computers. »Da kommt gerade die Info von den Kommunikationstechnikern.« Er kniff die Augenlider zusammen und beugte sich vor. »Der Anruf von Hilgersens Handy kam … aus dem Hafen. Vom Anleger der Alten Liebe.« Er sprang auf und griff nach seiner Jacke. »Die sind auf dem Schiff! Komm!«

Rasch folgte sie Jan, der mit großen Schritten den Flur durchquerte und die Treppen hinabeilte. Auf dem Hof, vor einem der betagten Dienstwagen, holte sie ihn ein.

Jan grinste. »Mit deinem Roller wären wir wahrscheinlich schneller.«

*

An der Alten Liebe bot sich das übliche Bild. Touristen schlenderten zum Anleger, fotografierten Schiffe auf der Nordsee, machten Selfies oder standen in Gruppen auf der Aussichtsplattform. Ein frischer Ostwind blies ihnen entgegen, als Marie und Jan den Anleger erreichten. Keins der Ausflugsschiffe lag an seinem Platz. Die *MS Flipper* verließ gerade den Vorhafen in Richtung Nordsee, weiter draußen entdeckte Marie *Otter* und *Störtebeker*. Aber auch die *Kühle Brise* hatte nicht am Kai festgemacht. Sie dümpelte mit einigen Metern Abstand im Hafenbecken.

»Der Kowalski ist nicht blöd«, kommentierte Jan. »So kommen wir nicht unbemerkt an ihn heran.«

»Wir brauchen die Hamburger«, erklärte Marie. »Die können ihn von der anderen Seite …«

»Hamburger?«, fragte Jan irritiert.

»Die Kollegen der Wasserschutzpolizei gehören zu Hamburg.« Marie zog ihr Mobiltelefon aus der Tasche.

»Warte!« Jan hob eine Hand. »Wo liegt das Boot der WSP?«

Marie deutete in Richtung Hafen. »Drüben am Alten Fischereihafen. Präsident-Herwig-Straße.«

»Sag ihnen, sie sollen auf mich warten. Ich gehe mit an Bord. In der Zwischenzeit kannst du Marco Kowalski herbringen lassen. Aber ohne Aufsehen, also nicht gerade im Streifenwagen.«

»Okay.« Marie informierte Dirk Allmers, der die Freilassung von Kowalski und seinen Transport zum Hafen organisieren sollte, und rief den Leiter der WSP-Dienststelle an. Nachdem sie ihm die Sachlage erklärt und dieser zugesagt hatte, das Küstenstreifenboot *Bürgermeister Brauer* klarzumachen und auf Hauptkommissar Feddersen zu warten, wählte sie die Nummer von Timo Hilgersens Handy.

»Bevor Sie mit Ihrem Bruder sprechen können«, sagte sie ohne Einleitung, als Kowalski sich meldete, »müssen Sie Frau Hilgersen und Herrn Övenhorst freilassen. Das ist unsere Bedingung.«

»Aber dann habe ich nichts mehr in der Hand«, wandte Kowalski ein.

»Sie haben mein Wort«, entgegnete Marie. »Und das von Hauptkommissar Feddersen. Wenn Sie vernünftig sind, werden wir uns außerdem beim Staatsanwalt für Sie einsetzen. Ihr Bruder ist hierher unterwegs. Ich rufe Sie wieder an, sobald er angekommen ist.«

»Ich will ihn sehen«, verlangte Kowalski.

»Und wir wollen sehen«, entgegnete Marie, »dass Herr Övenhorst lebt und es Frau Hilgersen gut geht. Ich werde mit

Ihrem Bruder auf dem Anleger warten. Sobald Frau Hilgersen und Herr Övenhorst an Land sind, können Sie miteinander reden.«

*

Zwanzig Minuten später erschienen zwei Polizeibeamte mit Marco Kowalski an der Alten Liebe. »Was ist mit Mike?«, fragte er. »Ist er hier?«

Marie bedankte sich bei den Kollegen, löste die Handfesseln, fasste Kowalski am Ärmel und führte ihn in Richtung Anleger. »Ihr Bruder ist auf der *Kühlen Brise.* Er hat eine Frau und einen Mann in seiner Gewalt. Das Schiff liegt im Hafen, nicht weit vom Kai entfernt. Sobald die Geiseln an Land sind, können Sie mit Ihrem Bruder sprechen. Ich rate Ihnen dringend, sich darauf zu einigen, auszusagen. Erklären Sie, wieso Sie die Leiche transportiert haben. Und wie das abgelaufen ist. Damit tragen Sie zur Aufklärung des Mordes bei. Das gibt Pluspunkte im Prozess. Nur so haben Sie eine Chance, nicht für viele Jahre im Gefängnis zu landen. Und was die Geiselnahme betrifft: Sie können Mike vor einem längeren Gefängnisaufenthalt bewahren, wenn es Ihnen gelingt, ihn zur Vernunft zu bringen.«

Marco Kowalski nickte stumm. Sein Blick war starr nach vorn gerichtet, als suchten seine Augen Kontakt zu seinem Bruder.

Wie zuvor dümpelte die *Kühle Brise* in einem Abstand von knapp zwei Metern vor dem Anleger im trüben Wasser des Hafenbeckens. Marie erkannte Mike Kowalski im Steuerhaus.

Von Övenhorst und Annika Hilgersen war nichts zu sehen. Am Kai hatte sich eine Reihe von Neugierigen versammelt, die offenbar auf das Anlegemanöver warteten. Während Marie Marco Kowalski langsam in Richtung Kaimauer dirigierte, hielt sie Ausschau nach dem Küstenstreifenboot der Wasserschutzpolizei. Die *Bürgermeister Brauer* war noch nicht zu sehen. Ihr Blick wanderte zurück zur *Kühlen Brise*, die sanft vor dem Anleger schaukelte, und suchte erneut nach einem Lebenszeichen der Geiseln. Wahrscheinlich, dachte sie, sind sie unter Deck eingesperrt.

Plötzlich riss Marco Kowalski einen Arm hoch, löste damit seinen Ärmel aus Maries Umklammerung und rannte los. Nach einer Schrecksekunde hastete sie ihm nach, griff automatisch nach ihrer Dienstwaffe, verwarf aber den Gedanken, sie zu ziehen, denn wegen der vielen Menschen hätte sie ohnehin nicht schießen können. Gleichermaßen wütend auf Kowalski wie auf sich, folgte sie dem Flüchtenden. Warum lief er davon? Es ergab keinen Sinn, sich der Situation zu entziehen. Weder seinem Bruder noch sich selbst würde er damit einen Dienst erweisen.

Doch dann erkannte sie, was Marco vorhatte. Er rannte nicht weg, sondern auf die Kaimauer zu, schlug Haken, umrundete Passanten oder stieß sie zur Seite, raste mit ungeahnter Schnelligkeit auf das Hafenbecken zu. Marie hatte Mühe, ihm zu folgen, sie heftete ihren Blick auf seinen Rücken, als könnte sie ihn aufhalten, und sprintete ihm so schnell sie konnte hinterher. Vor der Kaimauer beschleunigte Kowalski noch einmal, erreichte die Kante und sprang. Mit Füßen und Händen gleichzeitig landete er an der Reling der *Kühlen Brise*, schwang sich hinüber und fiel aufs Deck.

Marie hatte zwei oder drei Sekunden, um sich zu entscheiden, aber keine Zeit für Abwägungen. Instinktiv schätzte sie den Abstand zwischen Kaimauer und Schiff. Doch es war bereits zu spät. Sie konnte nicht mehr stoppen, würde im Hafenbecken landen, wenn sie den Sprung nicht riskierte. Als sie übers Wasser flog, drehte die Maschine hoch, die Barkasse bewegte sich vorwärts. Maries Füße stießen gegen die Bordwand und rutschten ab. Undeutlich vernahm sie hinter sich ein kollektives Aufstöhnen, gleichzeitig bekamen ihre Hände ein Tau zu fassen, das an der Reling hing. Einige Sekunden baumelte sie wie ein Fender außenbords an der Barkasse, die zunehmend an Fahrt gewann. Unter Aufbietung aller Kräfte zog Marie sich weiter nach oben, erreichte schließlich eine Querstange der Reling und klammerte sich schwer atmend dort fest.

Plötzlich erschien Marco Kowalskis Gesicht über ihr. Seine Miene drückte Überraschung und Zweifel aus. »Helfen Sie mir!«, krächzte Marie. »Ich kann mich nicht mehr lange halten.«

Kowalski zögerte einen Moment, dann griff er mit beiden Händen nach ihren Armen und zog sie aufs Deck.

»Idiot!«, stieß Marie hervor, als sie wieder zu Atem gekommen war. »Sie reiten sich immer weiter rein.«

»Tut mir leid«, Marco hob die Schultern. »Ich wollte nicht, dass Sie ... Ich meine, eigentlich wollte ich gar nicht ... Ich weiß auch nicht, was plötzlich in mich gefahren ist. Es war wie ... wie ... eine ... Fernsteuerung.«

»Reden Sie mit Ihrem Bruder!«, schnappte Marie. »Jetzt! Gleich taucht mein Kollege mit der Wasserschutzpolizei auf. Wenn die Geiseln gewaltsam befreit werden müssen, haben

Sie und Mike verdammt schlechte Karten. Lassen Sie Övenhorst und Annika Hilgersen vorher frei, können wir vielleicht noch etwas für Sie tun.«

In dem Augenblick ertönte eine Lautsprecherdurchsage. »Achtung, Achtung! Hier spricht die Wasserschutzpolizei. Stellen Sie die Maschine ab! Wir drehen bei und kommen an Bord!«

Kowalski sprang auf und stürzte in Richtung Führerhaus. Marie erhob sich ebenfalls, kontrollierte ihre Dienstwaffe und folgte ihm. Durch die Scheiben beobachtete sie, wie die Brüder aufeinander einredeten. Endlose Sekunden wartete Marie auf eine Reaktion. Schließlich wurde die Maschine gestoppt. Die *Kühle Brise* verlor an Fahrt, von der Bordwand drangen schabende Geräusche. Offenbar machte die *Bürgermeister Brauer* an der Barkasse fest. Sie hörte, wie jemand aufs Deck sprang. Im nächsten Augenblick tauchte neben dem Führerhaus eine Hand mit Pistole auf. Unwillkürlich tastete Marie nach ihrer Waffe. Doch dann erschien Jan Feddersen. Er ließ den Arm sinken. »Du? Wie kommst du auf das Schiff?«

»Das erkläre ich dir später«, antwortete Marie und deutete mit einem Kopfnicken auf das Führerhaus, dessen Tür sich geöffnet hatte. Die Kowalski-Brüder kamen mit erhobenen Händen heraus. »Das Mädchen ist im Kabelgatt«, rief Mike, »der Alte unten im Salon.«

»Wir machen eine Aussage«, erklärte Marco. »Wir wissen, wer die Frau getötet hat.«

»Övenhorst«, vermutete Jan Feddersen. »Richtig?«

Mike und Marco Kowalski nickten wortlos. Marie stieß einen Seufzer der Erleichterung aus. Sie zog ihr Mobiltelefon aus der Tasche und rief die Einsatzzentrale an. »Wir brauchen einen Notarztwagen. Zum Anleger an der Alten Liebe. Und eine Streife. Zwei Personen zur Vernehmung ins FK 1.«

Wenig später gab es einen Menschenauflauf. Neugierig beobachteten die versammelten Touristen, wie ein alter Mann auf einer Trage in den Krankentransportwagen geschoben wurde und wie Polizisten in Uniform zwei junge Männer in Handschellen abführten und in ein Polizeifahrzeug verfrachteten.

Nachdem die Fahrzeuge den Anleger verlassen hatten, verharrten einige Schaulustige am Ort des Geschehens, obwohl nichts mehr zu sehen war. Die Beamten der Wasserschutzpolizei hatten die *Kühle Brise* festgemacht und waren mit der *Bürgermeister Brauer* zurück zu deren Liegeplatz gefahren.

Schließlich gab es doch noch ein kleines Schauspiel. Marie und Jan Feddersen hatten Annika Hilgersen zu ihrem Dienstwagen geführt, um sie nach Hause zu bringen, als plötzlich ihr Mann aufgetaucht war. Wie in der Schlussszene eines Liebesfilms rannten Timo und Annika aufeinander zu, fielen sich in die Arme und küssten sich unter Tränen vor dem versammelten Publikum, bis die ersten Zuschauer Beifall klatschten.

»Wir haben noch kein Happy End«, stellte Jan Feddersen fest. »Auf uns wartet die Vernehmung der Kowalski-Brüder.«

»Und Kriminalrat Lütjen«, ergänzte Marie ahnungsvoll. »Mit einem Sack voller Rüffel und Ermahnungen.«

Jan hob die Schultern. »Gemeinsam werden wir's ertragen. Der Erfolg gibt uns schließlich Recht. Oder?«

*

Im Büro blinkte die Telefonanlage und signalisierte vier Anrufe. Der letzte war von Dirk Allmers gekommen. Anschließend hatte er eine SIMSme-Nachricht auf Maries Smartphone geschickt. *Björn und ich fahren zur Helios-Klinik, um herauszufinden, ob und wann Övenhorst vernehmungsfähig ist. Okay?*

Marie war dankbar für das selbstständige Handeln der Kollegen. Sie beantwortete rasch die Frage und wandte sich wieder dem Telefon zu.

Wie erwartet hatte sich Kriminalrat Lütjen gemeldet. Außerdem Anne Lüken. Und natürlich Felix. »Der Chef kann warten«, entschied Jan Feddersen. »Sprich du mit Felix! Ich telefoniere mit Anne. Die beiden wollen sicher wissen, was am Hafen geschehen ist.«

Jans Vermutung erwies sich als zutreffend. Bei der Pressesprecherin hatten verschiedene Medienvertreter angerufen, um Einzelheiten über die Polizeiaktion in Erfahrung zu bringen. Offenbar hatten einige Zuschauer bereits Fotos auf Facebook gepostet. Auch Felix war an detaillierten Auskünften interessiert. Es kostete Marie ziemliche Mühe, ihn auf den Nachmittag zu vertrösten. »Du bekommst deine Infos«, versprach sie. »Allerdings nicht von mir, sondern von Anne. Sie gibt eine Presseerklärung heraus, sobald wir unsere Vernehmungen durchgeführt haben.«

»Aber ich will sie als Erster«, forderte Felix. »Schließlich sind wir die Zeitung vor Ort. Und wir haben stillgehalten, um eure Ermittlungen nicht zu gefährden.«

»Darüber musst du mit ihr verhandeln.« Marie lächelte in sich hinein. »Ich bin sicher, dass du das hinkriegst.«

Nachdem Jan ebenfalls aufgelegt hatte, sah er sie fragend an. »Wollen wir? Ich bin gespannt, was uns die Kowalski-Brüder zu erzählen haben.«

Marie nickte. »Ich auch.«

*

In großer Aufmachung berichteten die Cuxhavener Nachrichten am nächsten Morgen auf der ersten Lokalseite über den Fall Övenhorst. Natürlich wurde der Name nicht gedruckt. Doch alteingesessene Cuxhavener wussten ebenso wie die Menschen aus seinem Umfeld, wer mit »Gerhard Ö.« gemeint war. Felix hatte auf Maries Anregung hin im Archiv geforscht, deshalb gingen die CN als einzige Zeitung auf die Vorgeschichte aus dem Jahr 1988 und den damaligen Indizienprozess ein.

Mordverdächtiger mit Vergangenheit

Staatsanwaltschaft bereitet Anklage gegen Cuxhavener Geschäftsmann vor

Von Felix Dorn

Der Cuxhavener Kriminalpolizei ist die Aufklärung eines zunächst rätselhaften Tötungsdelikts gelungen. Nachdem in einem Waldstück der Wingst eine Leiche gefunden worden war, kursierte vor Ort das Gerücht, ein Wolf habe ein Kind angefallen und getötet. Doch die Polizei fand schnell heraus, dass dieses Gerede jeder Grundlage entbehrte.

Bei der Toten handelte es sich um die 24-jährige Solveig V. aus Cuxhaven. Kriminalhauptkommissar Jan Feddersen und sein Team konnten klären, wie die Leiche an den Fundort gekommen war. Daran beteiligt waren zwei Angestellte des Geschäftsmanns und Reeders Gerhard Ö. (82). Sie sollen im Auftrag ihres Arbeitgebers gehandelt haben und beschuldigen ihn, die junge Frau umgebracht zu haben. Ö., der wegen gesundheitlicher Probleme derzeit ärztlich behandelt wird, bestreitet die Tat. Doch sowohl die Ermittler als auch der zuständige Staatsanwalt halten die Aussagen der Mitarbeiter für glaubhaft. Die Ergebnisse kriminaltechnischer Untersuchungen stützen ihre Version. Durch sie und weitere Zeugen konnten der Tatort bestimmt und die Tatzeit eingegrenzt werden. Nur der mutmaßliche Täter und sein Opfer befanden sich während des fraglichen Zeitraums in dem Haus, in dem Solveig V. zu Tode kam. Staatsanwalt Krebsfänger ist zuversichtlich, dass seine Anklage Erfolg haben wird.
Vor diesem Hintergrund bekommt ein fast 30 Jahre zurückliegender Fall Bedeutung. 1988 stand der Beschuldigte schon einmal wegen eines Tötungsdelikts vor Gericht. Er soll seine junge Geliebte sowie deren Freund ermordet haben. Die damals vorliegenden Indizien haben dem Gericht jedoch nicht für eine Verurteilung gereicht (mehr dazu auf Seite 2).
Ö. und seine Mitarbeiter wurden in einer spektakulären Aktion auf der Barkasse des Beschuldigten am Anleger der Alten Liebe festgenommen. Einer der Angestellten, der 35-jährige Mike K., hatte seinen Chef sowie eine

unbeteiligte weibliche Person dort festgehalten. Mithilfe der Wasserschutzpolizei, die das Ausflugsschiff blockierte, konnte ein Ermittler an Bord gehen. Zuvor war bereits eine Kriminaloberkommissarin unter Einsatz ihres Lebens vom Kai aus auf das Schiff gesprungen, als sie den Bruder des Geiselnehmers verfolgte. Ihr gelang es dann, die Brüder zur Aufgabe zu bewegen. »Gleichwohl wird sich Mike K. wegen Geiselnahme verantworten müssen«, sagte Staatsanwalt Krebsfänger und würdigte den gelungenen Einsatz des Cuxhavener Fachkommissariats. Auch der Leiter der Kripo, Kriminalrat Lütjen, äußerte sich lobend: »Ich bin stolz auf meine Beamten, die mutig und entschlossen gehandelt und die Ermittlungen erfolgreich zum Abschluss gebracht haben.«

*

»Mutig und entschlossen«, zitierte Jan aus der Zeitung und hielt Marie die Seite hin. »Damit bist du gemeint.«

»Danke«, wehrte sie ab. »Ich hab's gelesen. Aber das bezieht sich auf uns alle.«

»Jedenfalls ist der Lütte über sich hinausgewachsen.« Jan ließ das Blatt sinken. »Hoffentlich behält der Staatsanwalt Recht. Wenn Övenhorst verurteilt wird, und sei es nur wegen Totschlags, wird der Richter ihm eine lange Haftstrafe aufbrummen, sodass er den Rest seines Lebens im Knast verbringt. Das wäre dann auch noch Sühne für den Mord von damals.«

Marie nickte. »Es besteht aber die Gefahr, dass er die Urteilsverkündung nicht mehr erlebt. Nach dem, was Annika Hilgersen berichtet hat, leidet er unter Herzproblemen. In dem Alter …« Sie hob die Schultern. »Felix ist übrigens bei seiner Recherche im Archiv auf die Namen der Toten von 1988 gestoßen. Die Frau hieß Claudia Behrens.«

Jan Feddersen ließ die Zeitung sinken und sah Marie mit großen Augen an. »Behrens? So hieß doch die Frau Anderson früher. Womöglich ist sie die Mutter dieser Claudia. Das könnte erklären …«

»… was sie traumatisiert hat«, ergänzte Marie. »Nur dass wir ihr jetzt in der Nähe des Mörders ihrer Tochter begegnen, passt nicht ins Bild. Es sei denn, sie wollte nach so vielen Jahren Rache üben. Aber dafür ist zu spät. Jetzt ist die Justiz für Övenhorsts Bestrafung zuständig.«

Ihr Smartphone machte sich bemerkbar. Jan grinste. »Das klingt nach Miss Marple. Müsste demnach Kollege Röverkamp sein.«

Marie öffnete die Nachricht und las vor. »Herzlichen Glückwunsch Dir und Jan Feddersen! Claus-Peter Christiansen und ich freuen uns sehr über euren Erfolg. Liebe Grüße, auch von Sabine, Konrad.«

»Die beiden … ehemaligen Kollegen sind wirklich cool«, kommentierte Jan. »Gut drauf und richtig nett. Wenn wir den ganzen Papierkram bewältigt haben, können wir uns vielleicht mal wieder mit ihnen treffen.«

»Gute Idee.« Marie seufzte. »Aber jetzt geht's erst mal an die Protokolle.«

*

Nicht weit von der Dienststelle der Kriminalisten entfernt faltete Gisela Andersen die Zeitung zusammen. Sie hatte nicht vor, sich darauf zu verlassen, dass Gerhard »Hardy« Övenhorst verurteilt wurde. Sorgfältig überprüfte sie den ICD-Transmitter, schloss den Aktenkoffer, warf einen Blick auf die Uhr und bestellte ein Taxi. Kurze Zeit später war sie auf dem Weg zum Krankenhaus.

ENDE

Ich danke

Jutta Donsbach, Christine Parr, Elmar Drossmann und Dr. Lili Seide für die kritische Durchsicht des Manuskripts.
Kriminalhauptkommissar Michael Artmann danke ich für fachliche Beratung in polizeilichen und ermittlungstechnischen Fragen.
Wertvolle Hinweise zu geografischen und örtlichen Gegebenheiten im Cuxland verdanke ich Klaus Wülbern, der wieder akribisch auf die Suche nach möglichen Unstimmigkeiten gegangen ist.
Dankbar bin ich auch für die freundliche Unterstützung durch die Sprecherin der Cuxhavener Polizei, Hauptkommisssarin Anke Rieken, die meine Fragen mit viel Geduld beantwortet hat.
Nicht zuletzt danke ich meiner Frau Kristine für begleitende konstruktive Kritik und Unterstützung bei der Arbeit an diesem Roman.

Wolf S. Dietrich

Weitere Cuxland-Krimis von Wolf S. Dietrich

Wattläufer

Paperback, 222 Seiten, ISBN 978-3-935263-31-3

Eiskalter Sommer

Paperback, 234 Seiten, ISBN 978-3-935263-47-4

Hotel alte Liebe

Paperback, 246 Seiten, ISBN 978-3-935263-73-3

Windstille

Paperback, 235 Seiten, ISBN 978-3-95475-008-5

Krabbenkönig

Paperback, 238 Seiten, ISBN 978-3-95475-119-8

Die Journalistin Anna Lehnhoff ermittelt in Göttingen:

Grobecks Grab

Paperback, 255 Seiten, ISBN 978-3-935263-05-4

Die Tote im Leinekanal

Paperback, 221 Seiten, ISBN 978-3-935263-18-4

Johannisfeuer

Paperback, 233 Seiten, ISBN 978-3-935263-40-5

Rote Straße

Paperback, 256 Seiten, ISBN 978-3-935263-63-4

Altstadtfest

Paperback, 247 Seiten, ISBN 978-3-935263-99-3

Der Dritte Patient

Paperback, 235 Seiten, ISBN 978-3-95475-102-0

Das Goldstein-Haus

Paperback, 270 Seiten, ISBN 978-3-95475-147-1

Die Hauptkommissarin Hanna Wolf ermittelt in Kassel:

Letzter Abflug Calden

Paperback, 230 Seiten, ISBN 978-3-935263-09-2

Die Tränen des Herkules

Paperback, 221 Seiten, ISBN 978-3-935263-27-6

Weinbergbunker

Paperback, 230 Seiten, ISBN 978-3-935263-57-3

Der Müritz-Krimi mit Hanna Wolf:

Fische lügen nicht

Paperback, 232 Seiten, ISBN 978-3-935263-83-2